Drehn Sie sich um, FRAU LOT!

Ephraim Kishon

Drehn Sie sich um, FRAU LOT!

Deutsch von Friedrich Torberg

Weltbild

Titel der englischen Ausgabe: Look back, Mrs. Lot!

Genehmigte Lizenzausgabe für
Verlagsgruppe Weltbild GmbH
Steinerne Furt 67, 86167 Augsburg 2004

Gesetzt aus der FB Garamond
Druck und Bindung: GGP Media GmbH, Karl-Marx-Str. 24, 07381 Pößneck

Gedruckt auf chlorfrei gebleichtem Papier

Printed in Germany

ISBN 3-89897-108-2

Inhalt

»... Lots Weib aber sahe hinter sich und ward zur Salzsäule.«
(Genesis XIX, 26)

Heute könnte sich Frau Lot getrost umwenden. Wo einst die sündigen Städte Sodom und Gomorrha standen, würde sie die neuen israelischen Pottasche-Werke erblicken, deren einzige Sünde darin besteht, daß sie mit Verlust arbeiten...

Zur Einführung

Dieses Buch ist ein kühnes und neuartiges Experiment: Es will ein Bild des Staates Israel zeichnen, ohne es mit Zionismus zu überladen. Natürlich birgt ein solches Experiment mannigfache Gefahren. Israel ohne Zionismus – das könnte sich als ebenso unhaltbar erweisen wie Amerika ohne Baseball. Wir möchten deshalb unsere Ankündigung eines nichtzionistischen Buches dahin modifizieren, daß dem Leser die üblichen Lobeshymnen über Israel ausnahmsweise erspart bleiben sollen und daß er statt dessen den Vorzug genießen wird, nur das Beste über Israel zu hören.
Nicht als ob der Staat Israel keine Fehler hätte. Aber wir lieben ihn mitsamt seinen Fehlern, so, wie die Kanadier Kanada lieben, die Portugiesen Portugal und die Engländer Frankreich. Der einzige Unterschied zwischen uns und den eben genannten Ländern besteht darin, daß wir auf der Landkarte bedeutend schwerer zu finden sind. Unser Land ist so winzig, daß die meisten Globen und Atlanten keinen Platz für seinen Namen erübrigen können. Gewöhnlich kennzeichnen sie es mit »Jerusalem«, als ob Israel die Hauptstadt von Jerusalem wäre, nicht umgekehrt.
Nun, über derlei Kleinigkeiten wundern wir uns nicht. Überhaupt wundern wir uns über sehr wenig. Schließlich ist ja ganz Israel das Ergebnis einer Reihe von Wundern.
Erinnern wir uns: Theodor Herzl, ein jüdischer Journalist aus Budapest, der kein Wort Hebräisch sprach, wurde durch den Dreyfusprozeß zu dem Entschluß inspiriert, einen jüdischen Staat ins Leben zu rufen. Und siehe da: Ein paar Jahrzehnte später gab es diesen jüdischen Staat tatsächlich. Bis

heute weiß kein Mensch, am allerwenigsten die Engländer, wie das alles geschah.
Wunder haben also von Anfang an zum ständigen Inventar der israelischen Wirklichkeit gehört. Sie werden selbst in die kühlsten, nüchternsten Planungen einkalkuliert. Wenn der Finanzminister irgendeines anderen Landes in einer Kabinettsitzung verkündet: »Meine Herren, nur ein Wunder kann uns retten«, so bedeutet das, daß die betreffende Regierung, oder vielleicht das ganze Land, vor einer Katastrophe steht. In Israel bedeutet es nichts weiter, als daß das betreffende Wunder in den nächsten zwei, drei Tagen geschehen wird. Und das tut es auch. Kein Wunder, daß Israel ein Wunderland ist.
Gibt es, um noch ein Beispiel zu nennen, einen zweiten Staat, dessen Angehörige zum weitaus größeren Teil außerhalb der Staatsgrenzen leben? Eine paradoxe Situation, gewiß. Aber sie hat ihre Vorteile. Millionen von Steuerzahlern außerhalb der Staatsgrenzen sind der Wunschtraum aller Finanzminister.
Wir lieben unsere Brüder in der Diaspora. Und unsere Brüder in der Diaspora lieben uns noch viel mehr. Sie addieren zu ihrer Liebe die Gewissensbisse, von denen sie geplagt werden, weil sie in der Diaspora leben und nicht bei uns. Um die Wahrheit zu sagen: Die meisten von ihnen verstehen gar nicht, warum sie diesen lächerlichen kleinen Fleck auf der Landkarte so sehr lieben. Sie verstehen den Unterschied nicht, der zwischen diesem Staat und allen anderen Staaten des Globus besteht.
Und jetzt ist es an der Zeit, unsere Leser mit Harry bekannt zu machen. Denn auch Harry hat den Unterschied nicht verstanden. Aber er hat ihn verstehen gelernt.

Der Unterschied

Der erwähnte Harry ist ein entfernter Onkel von mir. Mit vollem Namen heißt er Harry Klein. Eines Tages – es ist noch nicht allzu lange her – emigrierte er nach Amerika, um die gleiche Zeit, da ich nach Israel ging. Harry war das, was man einen »guten Juden« nennt, aber er war kein Zionist. Deshalb ging er ja auch nach New York.

Überdies war Harry ein sehr naiver Mensch. Er hielt sich für einen ausgezeichneten Geschäftsmann und glaubte fest daran, daß er nur in Amerika zu landen brauchte – und die Dollars würden in seine Taschen zu fließen beginnen. Kaum war er in Amerika gelandet, begannen die Dollars in seine Taschen zu fließen. Was sollte ich tun? Es blieb mir nichts anderes übrig, als ihm mit bescheidenem Stolz zu schreiben, daß ich in Israel zwar nicht auf Rosen gebettet wäre, aber keinerlei Mangel litte. Was sollte er tun? Es blieb ihm nichts anderes übrig, als mir keine Pakete mehr zu schicken.
Unsere Meinungsverschiedenheiten kamen zum offenen Ausbruch, als ich anläßlich eines Besuchs in New York für ein paar Tage bei meinem entfernten Onkel Harry abstieg. Die permanente Nahostkrise hing drohend über uns, und Harry wich um kein Jota von seinem Standpunkt:
»Jedes Jahr bekommt ihr meine Spende. Regelmäßig. Aber ich will Mumpitz heißen, wenn ich eine Ahnung habe, wozu das gut sein soll. Was ist denn so großartig bei euch dort unten? Hast du dort irgend etwas, was ich hier in New York nicht habe?«
»Ich fühle mich dort unten sehr wohl«, stellte ich fest.
»Und ich fühle mich hier sehr wohl«, antwortete er. »Was ist der Unterschied?«
»Ich lebe unter zwei Millionen Juden.«
»Ich auch.«
»Unser Präsident ist Jude.«
»O. K. Sollte ich jemals den Ehrgeiz haben, Präsident zu werden, dann komme ich nach Israel.«
Wenn unser Gespräch so weit gediehen war, pflegten es wir abzubrechen.
Während meines Aufenthaltes bekam ich vom US State Department die ehrenvolle Einladung, am 4. Juli – dem amerikanischen Nationalfeiertag – der Parade beizuwohnen. Ich rang mir die noble Geste ab, meinen entfernten Onkel Harry Klein mitzunehmen. Schon um ihm zu zeigen, welches Prestige ein israelischer Bürger in den Vereinigten Staaten von Amerika genösse.
Auf die Gefahr hin, daß man mich in Israel einer unpatriotischen Haltung zeihen wird, gebe ich zu, daß auch die Amerikaner eine gewisse Fähigkeit im Veranstalten von Paraden besitzen. Eine Zeitlang vergnügte ich mich damit, die im Zug mitmarschierenden Militärkapellen zu zählen. Bei fünfzig gab ich auf.
Harry befand sich in einem Taumel der Begeisterung und klatschte sich die Hände wund.

»Nun?« fragte er. »Wie sind wir?«
»Nicht schlecht«, murmelte ich. »Gar nicht schlecht.«
Kaum sechs Stunden später näherte sich die Parade ihrem Abschluß. Etwa vierhundert Jetflieger der verschiedensten Typen donnerten über uns hinweg. Harry folgte ihnen verzückten Blicks.
»Siehst du«, sagte er, »wir sind die größte Macht der Welt.«
Ich wollte etwas besonders Gescheites und Witziges entgegnen, hatte aber das ungewöhnliche Pech, daß mir nichts einfiel.

Im folgenden Jahr, gerade als die Bäume zu blühen begannen, tauchte mein entfernter Onkel Harry Klein unvermutet bei uns in Israel auf. Aus keinem besonderen Anlaß und aus keinem besonderen Interesse an Israel. Gott behüte. Er war nur gerade auf einer Vergnügungsreise in Europa gewesen und hatte plötzlich den Einfall gehabt, seine entfernten Verwandten in Israel zu besuchen. Warum auch nicht.
Diesmal war er der Tourist und wurde infolgedessen von der Regierung betreut. Auf diese Weise fand ich mich am Unabhängigkeitstag im Besitz einer Tribünenkarte und konnte endlich einmal der großen Parade beiwohnen.
Die Organisation klappte hervorragend. Kein Zuschauer mußte mehr als zwanzig Meilen zu Fuß gehen, um seinen Platz zu erreichen. Die Plätze waren nicht sehr bequem, aber dafür blies ein erstklassiger Chamsin, unser beliebter heimischer Wüstenwind.
Mein Onkel Harry Klein biß die Zähne zusammen und schwieg.
Ungefähr eine Stunde saßen wir in angespannter Erwartung. Dann marschierten die ersten Abteilungen vorüber, mit Fahnen und Standarten. Harry applaudierte.
Dann folgen acht Kampfflugzeuge vom Typ »Mystère« über unsere Köpfe. Harry sah ihnen nach. In seinen Augen glänzten Tränen.
Vier Helikopter folgten. Harry heulte wie ein kleines Kind.
Ich wandte mich zu ihm:
»Siehst du, Klein«, sagte ich. »Das ist der Unterschied.«

Jüdisches Poker

In der vorangegangenen Skizze habe ich dem Leser einen kleinen Geschmack der chauvinistischen Atmosphäre vermittelt, die in Israel herrscht und die nicht scharf genug verurteilt werden kann. Um ihn mit einem anderen Aspekt der jüdischen Mentalität vertraut zu machen, beichte ich nunmehr von einer Pokerpartie, die ich eines schläfrigen Nachmittags mit meinem Freund Jossele hatte.[1] Sie wird dem Leser tiefere Kenntnisse über die jüdische Seele beibringen als sämtliche Nahostkommentare der National Broadcasting Company.

Wir waren schon eine ganze Weile lang am Tisch gesessen und hatten wortlos in unserem Kaffee gerührt. Jossele langweilte sich.

»Weißt du was?« sagte er endlich. »Spielen wir Poker!«

»Nein«, sagte ich. »Ich hasse Karten. Ich verliere immer.«

»Wer spricht von Karten? Ich meine jüdisches Poker.«

Jossele erklärte mir kurz die Regeln. Jüdisches Poker wird ohne Karten gespielt, nur im Kopf, wie es sich für das Volk des Buches ziemt.

»Du denkst dir eine Ziffer, und ich denk mir eine Ziffer«, erklärte mir Jossele. »Wer sich die höhere Ziffer gedacht hat, gewinnt. Das klingt sehr leicht, aber es hat viele Fallen. Nu?«[2]

»Einverstanden«, sagte ich. »Spielen wir.«

Jeder, von uns setzte fünf Piaster, dann lehnten wir uns zurück und begannen uns Ziffern zu denken. Alsbald deutete mir Jossele durch eine Handbewegung an, daß er seine Ziffer gefunden hätte. Ich bestätigte, daß auch ich soweit sei.

1 Jossele ist kein direkt hebräischer Name, aber ich möchte keinem Unschuldigen die zungenbrecherische Korrektheit der hebräischen Nomenklatur aufbürden.

2 Die Interjektion »Nu«, die ungefähr dem englischen »well« entspricht, spielt im Hebräischen die Rolle des Jolly Joker. Einer oberflächlichen Statistik zufolge hat »Nu« 680 verschiedene Bedeutungen, je nach dem Stand des Gesprächs, dem Gesichtsausdruck des Sprechers und der Tageszeit. Hier folgen, wahllos herausgegriffen, einige dieser Bedeutungen:
»Komm schon!«
»Was ist los?«
»Laß mich in Ruhe.«
»Ich habe kein Wort verstanden. Was willst du eigentlich?«
»Schön. Nehmen wir an, es ist so, wie du sagst. Ich gebe das keineswegs zu, ich sage nur: Nehmen wir an. Aber deshalb brauchst du nicht gleich zu schreien, du Idiot.«

»Gut«, sagte Jossele. »Laß deine Ziffer hören.«
»11«, sagte ich.
»12«, sagte Jossele und steckte das Geld ein. Ich hätte mich ohrfeigen können. Denn ich hatte zuerst 14 gedacht und war erst im letzten Augenblick auf 11 heruntergegangen, ich weiß selbst nicht warum.
»Höre«, sagte ich zu Jossele. »Was wäre geschehen, wenn ich 14 gedacht hätte?«
»Dann hätte ich verloren. Das ist ja der Reiz des Pokerspiels, daß man nie wissen kann, wie es ausgeht. Aber wenn deine Nerven fürs Hasardieren zu schwach sind, dann sollten wir vielleicht aufhören.«
Ohne ihn einer Antwort zu würdigen, legte ich zehn Piaster auf den Tisch. Jossele tat desgleichen. Ich dachte sorgfältig über meine Ziffer nach und kam mit 18 heraus.
»Verdammt«, sagte Jossele. »Ich hab nur 17.«
Mit zufriedenem Lächeln strich ich das Geld ein. Jossele hatte sich wohl nicht träumen lassen, daß ich mir die Tricks des jüdischen Pokers so rasch aneignen würde. Er hatte mich wahrscheinlich auf 15 oder 16 geschätzt, aber bestimmt nicht auf 18. Jetzt, in seinem begreiflichen Ärger, schlug er eine Verdoppelung des Einsatzes vor.
»Wie du willst«, sagte ich und konnte einen kleinen Triumph in meiner Stimme nur mühsam unterdrücken, weil ich mittlerweile auf eine phantastische Ziffer gekommen war: 35!
»Komm heraus«, sagte Jossele.
»35!«
»43!«
Damit nahm er die vierzig Piaster an sich. Ich fühlte, wie mir das Blut zu Kopf stieg. Meine Stimme bebte:
»Darf ich fragen, warum du vorhin nicht 43 gesagt hast?«
»Weil ich mir 17 gedacht hatte«, antwortete Jossele indigniert. »Das ist eben das Aufregende an diesem Spiel, daß man nie –«
»Ein Pfund«, unterbrach ich trocken und warf eine Banknote auf den Tisch. Jossele legte seine Pfundnote herausfordernd langsam daneben. Die Spannung wuchs ins Unerträgliche.
»54«, sagte ich mit gezwungener Gleichgültigkeit.
»Zu dumm!« fauchte Jossele. »Auch ich hab mir 54 gedacht. Gleichstand. Wir müssen noch einmal spielen.«
In meinem Hirn arbeitete es blitzschnell. Du glaubst wahrscheinlich, daß

ich wieder mit 11 oder etwas Ähnlichem herauskommen werde, mein Junge! dachte ich. Aber du wirst eine Überraschung erleben... Ich wählte die unschlagbare Ziffer 69 und sagte, zu Jossele gewendet: »Jetzt kommst einmal du als erster heraus, Jossele.«

»Bitte sehr.« Mit verdächtiger Eile stimmte er zu. »Mir kann's recht sein. 70!«

Ich mußte die Augen schließen. Meine Pulse hämmerten, wie sie seit der Belagerung von Jerusalem nicht mehr gehämmert hatten.

»Nu?« drängte Jossele. »Wo bleibt deine Ziffer?«

»Jossele«, flüsterte ich und senkte den Kopf. »Ob du's glaubst oder nicht: Ich hab sie vergessen.«

»Lügner!« fuhr Jossele auf. »Du hast sie nicht vergessen, ich weiß es. Du hast dir eine kleinere Ziffer gedacht und willst jetzt nicht damit herausrücken! Ein alter Trick! Schäm dich!«

Am liebsten hätte ich ihm die Faust in seine widerwärtige Fratze geschlagen. Aber ich beherrschte mich, erhöhte den Einsatz auf zwei Pfund und dachte im gleichen Augenblick »96« – eine wahrhaft mörderische Ziffer.

»Komm heraus, du Stinktier!« zischte ich in Josseles Gesicht. Jossele beugte sich über den Tisch und zischte zurück:

»1683!«

Eine haltlose Schwäche durchzitterte mich.

»1800«, flüsterte ich kaum hörbar.

»Gedoppelt!« rief Jossele und ließ die vier Pfund in seiner Tasche verschwinden.

»Wieso gedoppelt? Was soll das heißen!«

»Nur ruhig. Wenn du beim Poker die Selbstbeherrschung verlierst, verlierst du Hemd und Hosen«, sagte Jossele lehrhaft. »Jedes Kind kann dir erklären, daß meine Ziffer als gedoppelte höher ist als deine. Und deshalb –«

»Genug!« schnarrte ich und schleuderte eine Fünfpfundnote auf den Tisch. »2000!«

»2417!«

»Gedoppelt!« mit höhnischem Grinsen griff ich nach dem Einsatz, aber Jossele fiel mir in den Arm.

»Redoubliert!« sagte er mit unverschämtem Nachdruck, und die zehn Pfund gehörten ihm. Vor meinen Augen flatterten blutigrote Schleier.

»So einer bist du also«, brachte ich mühsam hervor. »Mit solchen Mitteln versuchst du mir beizukommen! Als hätte ich's beim letztenmal nicht ganz genauso machen können.«
»Natürlich hättest du's ganz genauso machen können«, bestätigte mir Jossele. »Es hat mich sogar überrascht, daß du es nicht gemacht hast. Aber so geht's im Poker, Jachabibi.[3] Entweder kannst du es spielen, oder du kannst es nicht spielen. Und wenn du es nicht spielen kannst, dann laß die Finger davon.«
Der Einsatz betrug jetzt zehn Pfund.
»Deine Ansage, bitte!« knirschte ich.
Jossele lehnte sich zurück und gab mit herausfordernder Ruhe seine Ziffer bekannt:
»4.«
»100 000!« trompetete ich.
Ohne das geringste Zeichen von Erregung kam Josseles Stimme: »Ultimo!« Und er nahm die zwanzig Pfund an sich.
Schluchzend brach ich zusammen. Jossele strich mir tröstend über den Scheitel und belehrte mich, daß nach dem sogenannten Hoyleschen Gesetz derjenige Spieler, der als erster »Ultimo« ansagt, auf jeden Fall und ohne Rücksicht auf die Ziffer gewinnt. Das sei ja gerade der Spaß im Poker, daß man innerhalb weniger Sekunden –
»Zwanzig Pfund!« Aufwimmernd legte ich mein letztes Geld in die Hände des Schicksals.
Josseles zwanzig Pfund lagen daneben. Auf meiner Stirn standen kalte Schweißperlen. Ich faßte Jossele scharf ins Auge. Er gab sich den Anschein völliger Gelassenheit, aber seine Lippen zitterten ein wenig, als er fragte:
»Wer sagt an?«
»Du«, antwortete ich lauernd. Und er ging mir in die Falle wie ein Gimpel.
»Ultimo«, sagte er und streckte die Hand nach dem Goldschatz aus.
Jetzt war es an mir, seinen Griff aufzuhalten.
»Einen Augenblick«, sagte ich eisig. »Ben Gurion!«
Und schon hatte ich die vierzig Pfund bei mir geborgen.

3 Jachabibi ist der arabische Ausdruck für »alter Junge« und wird als Anrede unter sehr vertrauten Freunden gebraucht, oder von völlig Fremden auf der Straße, oder von Schulkindern in der Schule, oder von Regierungsmitgliedern bei stürmischen Kabinettsitzungen.

»Ben Gurion ist noch stärker als Ultimo«, erläuterte ich. »Aber es wird spät. Wir sollten Schluß machen, Jachabibi.«
Schweigend erhoben wir uns. Ehe wir gingen, unternahm Jossele einen kläglichen Versuch, sein Geld zurückzubekommen. Er behauptete, das mit Ben Gurion sei eine Erfindung von mir. Ich widersprach ihm nicht. Aber, so sagte ich, darin besteht ja gerade der Reiz des Pokerspiels, daß man gewonnenes Geld niemals zurückgibt.

Unternehmen Babel

Neben dieser spezifisch jüdischen Mentalität besitzt Israel noch weitere Gemeinsamkeiten: das allumfassende Durcheinander seiner Umgangssprachen. Die Heimführung der Zerstreuten aus sämtlichen Winkeln der Welt mag eine noch so großartige, ja epochale Leistung darstellen – in sprachlicher Hinsicht hat sie ein Chaos erzeugt, gegen das sich der Turmbau von Babel wie die Konstruktion einer bescheidenen Lehmhütte ausnimmt. In Israel werden mehr Sprachen gesprochen, als der menschlichen Rasse bisher bekannt waren. Zwar kann sich auch ein Waliser mit einem Schotten und ein Schotte mit einem Texaner nur schwer verständigen. Aber es besteht zwischen ihnen immer noch eine ungleich größere linguistische Verwandtschaft als zwischen einem Juden aus Afghanistan und einem Juden aus Kroatien.
Die offizielle Sprache unseres Landes ist das Hebräische. Es ist auch die Muttersprache unserer Kinder – übrigens die einzige Muttersprache, welche die Mütter von ihren Kindern lernen. Amtliche Formulare müssen hebräisch ausgefüllt werden. Die meistgelesene Sprache ist Englisch, die meistgesprochene Jiddisch. Hebräisch läßt sich verhältnismäßig leicht erlernen, fast so leicht wie Chinesisch. Schon nach drei oder vier Jahren ist der Neueinwanderer in der Lage, einen Straßenpassanten in fließendem Hebräisch anzusprechen:
»Bitte, sagen Sie mir, wie spät es ist, aber womöglich auf englisch.«
Im Umgang mit den Behörden wird der Bürger gut daran tun, sich der offiziellen Landessprache zu bedienen, damit man ihn versteht. Noch bes-

ser ist es allerdings, sich der offiziellen Landessprache nicht zu bedienen und nicht verstanden zu werden.
Als Beweis für diese These diene das folgende Erlebnis.
Es begann damit, daß ich zwecks Einfuhr eines Röntgenapparates bestimmte Schritte unternehmen mußte. Ich rief im Ministerium für Heilmittelinstrumente an und erkundigte mich, ob man für die Einfuhr eines Röntgenapparates eine Lizenz benötigte, auch wenn man den Apparat von Verwandten geschenkt bekommen hat und selbst kein Arzt ist, sondern nur an Bulbus duodenitis leidet und den Magen so oft wie möglich mit Röntgenstrahlen behandeln muß.[1]
Im Ministerium ging alles glatt. Am Informationsschalter saß ein junger Mann, der seinen Onkel vertrat. Der Onkel war gerade zur Militärübung für Reservisten abkommandiert, und der junge Mann schickte mich zum Zimmer 1203, von wo man mich auf Nr. 4 umleitete. Nachdem ich noch durch die Nummern 17, 3, 2004, 81 und 95 hindurchgegangen war, erreichte ich endlich Nr. 604, das Büro von Dr. Bar Cyanid, Konsulent ohne Portefeuille für Angelegenheiten der externen Röntgenbestrahlung.
Vor dem Zimmer Nr. 604 stand niemand. Trotzdem wurde ich belehrt, daß man das Amtszimmer nur mit einem numerierten Passierschein betreten dürfe, der auf Nr. 18 erhältlich sei. Durch diese Passierscheine sollte die lästige Schlangenbildung hintangehalten werden.[2]
Vor dem Zimmer Nr. 18 stand eine entsetzlich lange Schlange. Ich begann blitzschnell zu rechnen: selbst wenn keine der sich anstellenden Personen länger als 30 Sekunden in Anspruch nähme und jede fünfte Person durch plötzlichen Todesfall ausschiede, würde ich frühestens in fünf bis sechs Jahren drankommen. Das ist, angesichts der schwierigen wirtschaftlichen Verhältnisse, unter denen wir leben müssen, eine sehr lange Zeit.

1 Die britische Mandatsregierung hat uns sehr viel Gutes hinterlassen, darunter auch die Vorliebe für Lizenzerteilungen. Wer in Israel etwas zu importieren oder zu exportieren wünscht – Automobile, Kühlschränke, Nahrungsmittel, Bücher, Blumen, Bürsten oder Nadeln – muß um eine Lizenz ansuchen, und bevor er sie bekommt, ist der Kühlschrank in der Sonne weggeschmolzen, die Nahrung verdorben, das Buch unlesbar geworden und die Nadel im Heu verlorengegangen. Deshalb empfiehlt es sich, den Beamten, der die Lizenz ausstellen soll, ein wenig anzutreiben.

2 In Israel gilt das Schlangestehen als notwendiges Übel, in England als Lebensform. Wir Israeli haben keinen größeren Ehrgeiz, als das Schlangestehen zu umgehen (auch unser Vorvater Jakob erhielt den väterlichen Segen außer der Reihe). Und wir bewundern die Engländer, die an den Autobushaltestellen ruhig, geduldig und gewissenhaft Schlange stehen und erst dann zu stoßen und zu drängen beginnen, wenn der Bus anhält.

Ein gewisser selbstsüchtiger Zug, der in meinem Wesen immer wieder durchbricht, verleitete mich, das angrenzende Zimmer 17 zu betreten und von dort ins Zimmer Nr. 18 einzudringen, wo man die zur Vermeidung von Schlangenbildungen eingeführten Nummernscheine bekam. Das Zimmer war leer. Nur hinter dem Schreibtisch saß ein vierschrötiger Beamter, der mich durchdringend ansah und – vielleicht aus Schreck über mein unvermutetes Auftauchen – die folgenden unhöflichen Worte von sich gab: »Eintritt durch den Nebenraum verboten. Wer durch die Seitentüre kommt, wird nicht abgefertigt. Haben Sie draußen keine Schlange gesehen? Auch Sie müssen sich anstellen, genau wie jeder andere!«[1]

In solchen Situationen muß man sich etwas Ungewöhnliches einfallen lassen, sonst ist man verloren.

»Bulbus«, sagte ich mit Nachdruck. »Bulbus duodenitis.«

Der Beamte war offenkundig ein medizinischer Laie. Er glotzte mich verständnislos an. »Was?« fragte er. »Wer? Wieso?«

Und in diesem Augenblick kam mir der erlösende Einfall, der sehr wohl zu einem epochalen Umschwung in der Geschichte des israelischen Schlangestehens führen könnte.

1 Wir Israeli werden gelb vor Neid, wenn wir an die ausgesucht höflichen Umgangsformen denken, die in den Amtsstellen der westlichen Hemisphäre gang und gäbe sind. In Israel verläuft das typische Telefongespräch mit einer typischen Sekretärin in einer typischen Amtsstelle ungefähr folgendermaßen:
»Ist Herr X in seinem Büro?«
»Machen Sie sich nicht lächerlich.«
»Wann kommt er wieder?«
»Wie soll ich das wissen?«
»Würden Sie eine Nachricht für Herrn X übernehmen?«
»Lassen Sie die dummen Witze.« (Sie legt den Hörer ab, ohne auch nur eine einzige Silbe notiert zu haben.)
Im hochzivilisierten Westen hingegen, besonders in der angelsächsischen Welt:
»Ist Herr X in seinem Büro?«
»Ich fürchte, daß er im Augenblick nicht anwesend ist, mein Herr.«
»Wann kommt er wieder?«
»Es tut mir außerordentlich leid, mein Herr, aber darüber könnte ich Ihnen keine absolut zuverlässige Auskunft geben. Hübsches Wetter heute, mein Herr, nicht wahr?«
»Ja, ganz hübsch. Der Regen ist in den letzten Tagen entschieden wärmer geworden. Würden Sie eine Nachricht für Herrn X übernehmen?«
»Mit größtem Vergnügen, mein Herr.«
(Die Nachricht wird langsam diktiert, schwierigere Worte werden sorgfältig buchstabiert.)
»Danke sehr, mein Herr. Auf Wiederhören, mein Herr.« (Sie legt den Hörer ab, ohne auch nur eine einzige Silbe notiert zu haben.)

»Dvargitschoke plokay g'vivtschir?« äußerte ich in fragendem Tonfall und mit freundlichem Lächeln. »Schmusek groggy. Latiten?«
Das blieb nicht ohne Wirkung.
»Redste jiddisch?« fragte der Beamte. »Odder vielleicht du redst inglisch?«
»Dvargitschoke plokay.«
»Redste fransoa?«
»G'vivtschir u mugvivtschir ...«
Der Beamte erhob sich und rief seinen Kollegen aus dem Nebenzimmer herbei.
»Der arme Kerl spricht nur ungarisch«, informierte er ihn. »Du stammst doch aus dieser Gegend. Vielleicht kommst du dahinter, was er will?«
»Chaweri«, sprach der andere mich an. »Te mit akarol mama?«
»Dvargitschoke plokay«, lautete meine prompte Antwort. »Latiten?«
Der Transsylvanier versuchte es noch mit Rumänisch und einem karpato-ruthenischen Dialekt, zuckte die Achseln und ging ab. Als nächster kam ein hohlwangiger Kassierer aus der Abteilung für Kalorienforschung und unterzog mich einer arabischen, einer türkischen und einer holländischen Fühlungnahme. Ich verharrte standhaft bei meinem Dvargitschok und hob bedauernd die Arme. Ein Ingenieur aus dem zweiten Stock ging mit mir fast alle slawischen Sprachen durch; das Ergebnis blieb negativ. Sodann wurde ein Botenjunge aufgetrieben, der finnisch sprach. »Schmusek«, wiederholte ich verzweifelt. »Schmusek groggy.« Der Koordinator für die Fruchtbarmachung toter Sprachen wollte mich in eine lateinische Konversation verwickeln, der Generaldirektor des Amtes für Reiskornzählung in eine rätoromanische. »G'vivtschir« war alles, was sie aus mir herausbekamen. Eine unbekannte Dame erprobte an mir ihre italienischen, spanischen und japanischen Sprachkenntnisse, der Portier des Gebäudes, ein Immigrant aus Afghanistan, nahm mit Freuden die Gelegenheit wahr, einige Worte in seiner Muttersprache zu äußern, und gab freiwillig noch einige Brocken Amharisch drauf. Ein Buchhalter – Pygmäe und möglicherweise Kannibale – versuchte sein Glück mit dem Dialekt des Balu-Balu-Stammes. Um diese Zeit war bereits eine ansehnliche Menschenmenge um mich versammelt, und jeder entwickelte seine eigene Theorie, woher ich käme und was ich wollte. Die Mehrzahl der Kassierer neigte der Ansicht zu, daß ich ein Mischung einer Mestizenmutter mit einem weißen Indianervater sei, die Buchhalter hielten mich für einen Eskimo, was jedoch vom Leiter der Osteuropa-Abteilung, der selbst ein Eskimo war,

entschieden bestritten wurde. Der Chefkontrolleur des Amtes für verschwindende Vorräte, telefonisch herbeigerufen, unternahm einen tapferen Klärungsversuch auf siamesisch, scheiterte jedoch an meinem soliden Verteidigungswall von Dvargitschoks. Nicht besser erging es dem Verwalter der Öffentlichen Illusionen auf aramäisch. »Plokay.« Walonisch. Baskisch. »Mugvivtschir.« Norwegisch, papuanisch, griechisch, portugiesisch, tibetanisch, ladinisch, litauisch, Suaheli, Esperanto, Volapük ... nichts. Kein Wort.

Nach und nach brachen die mich Umringenden erschöpft zusammen. Da machte ich ein paar rasche Schritte zum Schreibtisch des Beamten und raffte – als hätte ich sie eben erst entdeckt – einen der dort liegenden Nummernscheine an mich. (Das war, man erinnert sich, der eigentliche Grund meines Hierseins.)

»Er will eine Nummer!« Die frohe Botschaft verbreitete sich wie ein Lauffeuer durch die Kanzleien und Korridore.

»Eine Nummer will er haben! Endlich! Eine Nummer! Halleluja!«

Die Beamten nötigten mir zur Sicherheit einen zweiten Nummernzettel auf, klopften mir auf die Schultern, gratulierten mir, umarmten mich, und wenn ich nicht irre, küßte ein Kontrolleur sogar den Saum meines Gewandes. Tränen standen in aller Augen, und der Jubel über die Heimführung der Zerstreuten war allgemein.

»Dvella«, murmelte ich und war selbst ein wenig bewegt. »Dvella ...«

Zu Hause fand ich in meinen Rocktaschen noch weitere zwanzig Nummernzettel.

Ein Oldtimer

Der Ordnung halber sei vermerkt, daß ich den Röntgenapparat schließlich doch nicht bekommen habe, obwohl man mich ohne weiteres Schlangestehen in das Büro von Dr. Bar Cyanid geleitete. Allem Anschein nach werden Lizenzen für die Einfuhr von Röntgenapparaten nur an neu eingewanderte Ärzte vergeben.

Neueinwanderer können im allgemeinen tun, was sie wollen. Im ersten Jahr ihrer Ansässigkeit brauchen sie nicht einmal Einkommensteuer zu zahlen. Manche unternehmungslustigen israelischen Bürger machen einen ganz anständigen Lebensunterhalt daraus, daß sie in bestimmten Zeitabständen das Land verlassen und als Neueinwanderer wiederkommen. Ungeachtet dieser Bevorzugung gilt ein Neueinwanderer, der sich über nichts beklagt, entweder als Idiot oder als Großkapitalist. (Das gesamte Großkapital ist hierzulande in jüdischen Händen zusammengezogen, ein Umstand, der allseits heftigen Unwillen erregt.)

Auch die Lage der mittellosen Neueinwanderer, die sich seltsamerweise in der Überzahl befinden, ist keineswegs hoffnungslos. Es gibt Leute, die vor zwanzig Jahren mit einem einzigen Koffer ins Land gekommen sind, und heute besitzen sie diesen Koffer noch immer. Sie sind die sogenannten »Oldtimer«, die um ihrer Ideale willen Unsägliches gelitten haben, als sie jung waren. Sie haben sich bis auf den heutigen Tag eine gesunde Feindseligkeit gegen alle jene bewahrt, die erst später gekommen sind und die – nach Meinung der Oldtimer – das reine Luxusleben führen.

Zorn und Abscheu spiegelten sich in den Gesichtszügen jenes älteren Herrn, der mich eines Tages vor dem Eingang zum Kino anhielt:

»Wohin so eilig, Jossele?«

Ich gestand ihm, daß ich mir eine Eintrittskarte ins Kino gekauft hätte.

»Eintrittskarte ins Kino?« wiederholte er mit schneidender Verachtung. »In deinem Alter war ich froh, wenn ich mir eine Gurke zum Nachtmahl kaufen konnte. Aber Kinokarten? Vor dreißig Jahren hat kein Mensch daran gedacht, ins Kino zu gehen. Damals sind hier noch die Tragkamele vorbeigezogen, und von den Boulevards konnte man aufs offene Meer hinaussehen.«

»Interessant«, sagte ich. »Aber jetzt muß ich nach Hause.«

»Nach Hause?« Er nickte bitter. »Wir hatten kein Zuhause. Wir pflegten ein paar Schachteln und Konservenbüchsen übereinanderzuschichten, verklebten das Ganze mit Packpapier – und das war unser Zuhause. Hast du Möbel?«

»Nicht der Rede wert.« Ich wurde vorsichtig. »Meistens sitzen wir auf Ziegelsteinen.«

»Ziegelsteinen?! Von Ziegelsteinen wagten wir nicht einmal zu träumen! Wo hätten wir das Geld für Ziegelsteine hernehmen sollen?«

»Ich weiß nicht«, gestand ich kleinlaut. »Um die Wahrheit zu sagen: ich habe die Ziegelsteine nicht gekauft, sondern von einem unbewachten Bauplatz gestohlen.«

»Gestohlen!« Die Stimme des alten Herrn bebte vor Zorn. »Ich habe achtzehn Jahre lang hier gelebt, ehe ich es wagte, meinen ersten Ziegelstein zu stehlen! Wir hatten damals nicht einmal Sand, um darauf zu liegen. – Trinkst du Wasser?«

»Sehr selten. Vielleicht einmal in der Woche.«

»Einmal in der Woche?« Er packte mich an den Schultern und schüttelte mich, als ob er mich mixen wollte. »Bist du dir klar darüber, Bürschchen, daß man seinerzeit in Jerusalem für Wasser bares Geld zahlen mußte? Die Zunge klebte uns am Gaumen, aber wir konnten unseren Durst nicht löschen. Wir hatten nicht einmal den lumpigen Piaster, Jossele, um uns ein Glas Wasser zu kaufen!«

»Ich heiße nicht Jossele«, warf ich ein. »Und überhaupt, ich kenne Sie nicht, mein Herr.«

»Du kennst mich nicht?« brüllte mein Gesprächspartner. »Wenn wir in deinem Alter die Frechheit gehabt hätten, jemanden nicht zu kennen, hätte man uns windelweich geprügelt! Aber ihr jungen Grünschnäbel von heute könnt euch natürlich alles erlauben...«

Damit ließ er mich stehen und ging zornig seines Weges. Ich war niedergeschmettert. Der Boden schwankte unter meinen Füßen. Ich mußte mich hinlegen. Ein Taxi überfuhr mich. Früher einmal mußten die Pioniere achtzehn bis zwanzig Jahre warten, bevor sie zum erstenmal von einem Taxi überfahren wurden. Die Zeiten haben sich geändert.

Brautkauf im Kibbuz

Der ständige Ratschlag, der den Hungrigen in diesem Lande erteilt wird, lautet: »Geh in einen Kibbuz.«

Die berühmten israelischen Kibbuzim sind ein Unikum in der Geschichte: die einzigen landwirtschaftlichen Kollektive, die auf freiwilliger Basis errichtet wurden und die ohne Geheimpolizei, Schnellgerichte und Hinrichtungskommandos weiterbestehen. Die Sowjetunion hat gegen diese Provokation wiederholt Einspruch erhoben.

Unsere Kibbuzim besitzen Ländereien, Industrien und Goldminen von unschätzbarem Wert, aber das einzelne Kibbuzmitglied sieht niemals einen roten Heller, weil das ganze Eigentum dem Kollektiv gehört. Alle Kibbuzmitglieder besitzen die gleichen Rechte, essen die gleiche Nahrung und tragen Hemden von der gleichen Größe. Entweder haben alle ein Radio oder niemand. Wenn einer ins Kino geht, müssen alle ins Kino gehen. Als Ministerpräsident Ben Gurion vor einigen Jahren demissionierte und sich in den Kibbuz Sde Boker zurückzog, brachte er das ganze Kollektiv ins Wanken, weil er jede Bevorzugung ablehnte, einschließlich der ihm vom Arzt vorgeschriebenen Diät. Er wollte genauso verköstigt werden wie alle anderen Mitglieder des Kibbuz. Infolgedessen mußten alle anderen Mitglieder des Kibbuz auf eine salzlose, proteinarme Diät gehen. Etwas später wurden für alle Kibbuzmitglieder zwangsweise Griechischkurse eingeführt, weil unser Expremier, der bekanntlich ein großer Platoverehrer ist, die Lehren dieses klassischen Denkers nicht allein in sich aufnehmen wollte.

»Der Kollektivismus ist eine gewaltige Idee, die nur den einen Nachteil hat, daß sie sich verwirklichen läßt«, bemerkte einmal ein witziger Zeitgenosse. Und wie recht hatte ich doch!

Ein sonderbarer Mikrokosmos ist so ein Kibbuz. Ich möchte ihn dem Leser durch die Schilderung eines Besuchs nahebringen, zu dem ich mich auf Einladung meines Freundes Schimon entschlossen hatte, um in der majestätischen Ruhe der Natur, wie sie den Kibbuz auszeichnet, für ein paar Tage dem lärmenden Betrieb der rauchgeschwängerten Großstadt zu entfliehen.

Schimon konnte sich vor Freude über meine Ankunft nicht fassen, denn er war gerade an diesem Tag in ein neues Zimmer übersiedelt, sein kleiner Junge lag mit Masern zu Bett[1], seine Frau spielte Hebamme bei einer widerstrebenden Kuh, und er selbst mußte dringend in den Speisesaal, wo eine Vollversammlung über den Fall eines Kibbuzmitgliedes beraten sollte. Dieses Mitglied hörte auf den Namen »Ricki der Verrückte« und verlangte aus der Kibbuzkasse schon seit Wochen eine Summe von vierhundert Pfund.

»Wozu braucht ein Kibbuznik Geld?« fragte ich, während ich hinter Schimon zum Speisesaal rannte.

1 Auch das gehört zu den Grundsätzen des Kollektivismus: wenn ein Kind im Kibbuz Masern bekommt, bekommen alle Kinder Masern.

Schimon, als Schatzmeister des Kibbuz die denkbar zuverlässigste Auskunftsstelle, gab mir die denkbar aufschlußreichste Auskunft:
»Um sich eine Frau zu kaufen.«
Und immer noch im Eiltempo erzählte er mir den Hergang der Geschichte:
Vor einiger Zeit war Ricki der Verrückte mit der Funktion eines »Einkäufers« betraut worden, hatte in einer von Jemeniten bewohnten Nachbarsiedlung zu tun gehabt und hatte sich dort Hals über Kopf in ein jemenitisches Mädchen namens Chefzibah verliebt. Daß sein Familienname Kraus war und Chefzibahs Familienname Habivel, störte ihn nicht. Ungesäumt stellte er sich ihrem Papa vor und gab dem bärtigen Herrn Habivel seine ehrsamen Absichten in bezug auf Chefzibah bekannt.
Papa Habivel erteilte sofort seine Zustimmung. Mehr als das: In Anbetracht der Jugend des Brautwerbers verlangte er für seine Tochter nur vierhundert Pfund in bar.[1]
Herrn Habivels Forderung rief bei Ricki tiefe Verblüffung hervor, aber der alte Mann erklärte ihm mit patriarchalischer Geduld, daß er als Vater Anspruch darauf hätte, die in seine Tochter investierten Spesen im Verehelichungsfalle ersetzt zu bekommen, zuzüglich einer Prämie für das eingegangene Risiko, denn seine Tochter hätte ja auch sterben oder davonlaufen können. Ricki der Verrückte mußte einsehen, daß es sich hier um eine uralte, unabänderliche Sitte handle. Gedankenvoll kehrte er in den Kibbuz zurück.
Was tut ein normaler Stadtbewohner unter solchen Umständen? Er nimmt ein Darlehen bei einer Bank auf, verkauft den Familienschmuck seiner Großmutter, veruntreut Firmengelder oder macht Überstunden.
Ein Kibbuznik hat keine Großmutter mit Familienschmuck, keine Bank, die ihm ein Darlehen gewährt, und keine Firmenkasse, die er plündern könnte. Er hat nichts zu verkaufen außer seinem reinen Gewissen, und dafür bekäme er höchstens fünfzig bis sechzig Pfund. Er kann also nur an die Kibbuzverwaltung appellieren, damit sie ihm das nötige Geld zum Erwerb einer Gattin gibt.
Die Kibbuzverwaltung lehnte das Ansuchen Rikkis des Verrückten nach kurzer Debatte ab, und zwar aus drei Gründen: 1. Man kauft keine Frau

1 Die bärtigen Einwanderer aus dem Jemen sind um etwa 2000 Jahre hinter unserer Entwicklung zurück und konservativ bis zur Halsstarrigkeit. Es ist unmöglich, sie zur Aufgabe auch nur einer einzigen ihrer uralten Sitten zu bewegen, sofern diese Sitte für sie von Vorteil ist. Und die Sitte, Töchter für möglichst teures Geld in die Ehe zu verkaufen, ist eine vorteilhafte.

um bares Geld. 2. Wir leben nicht mehr im Steinzeitalter. 3. Hat man so etwas je gehört?
Das Sekretariat machte sich jedoch erbötig, mit dem alten Herrn Habivel in Fühlung zu treten und ihn von der Unmöglichkeit seines Verlangens zu überzeugen.
Tatsächlich begaben sich der Kibbuzsekretär und die Vorsitzende des Sozialausschusses an einem der nächsten Tage in die jemenitische Nachbarsiedlung. Nach zwei Tagen kamen sie zurück und berichteten einer abermals einberufenen Vollversammlung, daß schließlich und endlich ... bei nüchterner Betrachtung der gegebenen Sachlage sowie bei entsprechender Berücksichtigung der jemenitischen Lebensformen ... daß also, kurz und gut und im Grunde, gegen die Forderung von Herrn Habivel sen. im Prinzip nichts einzuwenden sei. Vierhundert Pfund sei allerdings ein exorbitant hoher Preis, den man unmöglich zahlen könne. Für vierhundert Pfund bekäme man ja schon eine Kuh oder eine Dieselpumpe.
Ricki der Verrückte schlug Krach, daß die Wände zitterten. Er verwahrte sich dagegen, daß man seine Chefzibah mit einer Kuh vergliche und sie obendrein geringer einschätze als eine solche, forderte die unverzügliche Bereitstellung der zu ihrem Ankauf nötigen Summe und drohte für den Ablehnungsfall mit seinem sofortigen Austritt aus dem Kibbuz. Er würde es nicht zulassen, daß eine Gesellschaft fühlloser Geizhälse sein Lebensglück vernichte, sondern würde ein neues Leben beginnen und als Besitzer einer Blumenzucht reich und glücklich werden.
In dieser Situation fand die dringende Vollversammlung statt, die ich eingangs erwähnt habe.
Es herrschte eine aufs äußerste gespannte Stimmung. In den ersten Reihen saßen die Funktionäre, dahinter die übrigen männlichen Kibbuzmitglieder. Die weiblichen saßen an den Wänden und strickten warme Sweater. Die Kinder standen an den Fenstern und trafen trotz wiederholter Aufforderungen keine Anstalten, schlafen zu gehen. Die Dialoge zwischen ihnen und ihren Eltern folgten dem Muster: »Willst du eine Ohrfeige haben?« – »Ja, ich will eine Ohrfeige haben.«[1]

1 Wir werden in späteren Kapiteln noch ausführlicher auf die neue, im Land geborene Generation zu sprechen kommen – ein halbwilder Menschenschlag, der mit seinen verweichlichten Vorfahren nichts weiter gemein hat, als daß er von ihnen gezeugt wurde. Wenn israelische Eltern prahlen wollen, dann sagen sie: »Unser Sohn ist schon vierzehn Jahre alt, aber er hat uns noch nie geohrfeigt!«

In unheilschwangerer Stille betrat der Sekretär des Kibbuz die Rednertribüne.
»Chawerim«, begann er. »Wir stehen vor einem noch nicht dagewesenen Problem. Ricki braucht vierhundert Pfund, denn soviel kostet seine Braut. Wir alle kennen und lieben unseren Ricki. Er ist ein alter Kibbuznik und ein guter Arbeiter. Deshalb schlage ich vor, daß wir die Hälfte des Brautpreises bezahlen und ihm für die andere Hälfte ein in zwanzig Jahren rückzahlbares Darlehen gewähren.«
Aber da war Ricki der Verrückte schon aufgesprungen:
»Ich brauche keine Gefälligkeiten von euch!« schrie er. »Ich verlange, daß ihr den Tatsachen ins Auge seht. Heiraten ist eine biologische Notwendigkeit. Ihr könnt mich also, wenn ihr wollt, als krank betrachten und die vierhundert Pfund für meine Heilung bewilligen.«
»Einen Augenblick!« unterbrach ihn die Vorsitzende des Gesundheitskomitees. »Könntest du dich nicht unter unseren Kibbuzmädchen nach einer geeigneten Medizin umschauen?«
»Hört, hört!« erklang es aus den Reihen der Strickenden.
Jetzt ging Ricki erst richtig in Saft:
»Ich habe meine Wahl bereits getroffen, und Schluß! Ich denke gar nicht daran, ein Mädchen zu heiraten, das nichts kostet oder weniger als vierhundert Pfund. Chefzibah oder keine. Das ist mein letztes Wort.«
Ungeheurer Lärm entstand. Der Vorsitzende schwang die Glocke, um sich Gehör zu verschaffen.
»Chawerim«, sagte er. »Freunde! Freunde!! Eine emotionelle Krise kann nicht mit emotionellen Mitteln gelöst werden, sondern nur mit den Mitteln des Verstandes. Ich beantrage, den Beitrag des Kibbuz für Rickis Braut auf zweihundertfünfzig Pfund zu erhöhen und die restlichen hundertfünfzig Pfund durch eine Sammlung unter den Mitgliedern aufzubringen.«
»Was sonst noch? Das fehlt uns gerade!« Die aufgeregten Stimmen der Mädchen schwirrten durcheinander. »Keinen Piaster für die Jemenitin! Keinen Piaster für Ricki! Er soll seine Schnorraktion in Amerika veranstalten oder sonstwo...«
In diesem Augenblick meldete sich Schimon zu Wort und stellte eine erschütternd einfache Frage: Er wollte wissen, von welchem Budget man die zweihundert oder zweihundertfünfzig Pfund zu nehmen gedachte?
Der Sekretär murmelte allerlei Undeutliches von verschiedenen Möglich-

keiten ... von Wegen, die sich bei gutem Willen immer finden ließen ..., und daß man die Brücke erst überschreiten sollte, wenn man vor ihr stünde ...
»Vielleicht könnte man den Betrag von unserem Erziehungsbudget abzweigen?« schlug ein friedfertiger Kibbuznik vor und duckte sich unter dem Schwall von Protestrufen, der über ihn hereinbrach:
»Ausgeschlossen! Was fällt dir überhaupt ein? Sollen unsere Kinder darunter leiden, daß Ricki verrückt ist?«
»Und was ist mit *meinen* Kindern?« brüllte Ricki seinerseits. »Haben sie kein Recht, geboren zu werden?!«
»Bitte, Chawerim!« Der Sekretär schlug mit beiden Fäusten so lange auf den Tisch, bis halbwegs Ruhe eintrat. »Wir müssen eine Lösung finden. Vielleicht – mißversteh mich nicht, Ricki – vielleicht können wir das Geld aus dem Viehbestandsbudget freimachen. Wir haben nämlich – unterbrich mich nicht, Ricki – wir haben nämlich gerade eine Kuh kaufen wollen – und da dachte ich –«
»Mörder!« klang es im Chor der entfesselten Mütter. »Wie kannst du es wagen! Du spielst mit dem Leben unserer Kinder! Milch für unsere Kleinen! Milch! Milch! Milch!«
Von einer gedeihlichen Diskussion war nicht mehr die Rede. Ricki der Verrückte erhob sich und bat ums Schlußwort. Bis morgen mittag, so sagte er mit zitternder Stimme, hätte das Geld zur Stelle zu sein, auch wenn man zu diesem Zweck einige Kibbuzmädchen verkaufen müßte. Wenn nicht, würde es dem ganzen Kibbuz noch sehr, sehr leid tun.
In die entstandene Stille meldete sich abermals Schimon:
Wie wäre es, wenn der Kibbuz einen »Heiratsfonds« errichtete, in den künftig jeder Junggeselle zwischen fünfundzwanzig und fünfzig Pfund pro Braut einzuzahlen hätte, je nach Gewicht und anderen hervorstechenden Merkmalen?
Erlöst schloß der Vorsitzende die Versammlung:
»Chawerim«, sagte er, »das ist ein sehr vernünftiger Vorschlag. Ich möchte nur namens der Kibbuzverwaltung unsere Junggesellen ersuchen, ihre Bräute womöglich unter den Kibbuzmädchen zu wählen. Oder, wenn es schon unbedingt eine Braut von auswärts sein muß, dann sollten sie wenigstens auf keine übertriebenen Preisforderungen eingehen.«
Damit war die Versammlung beendet, aber es wurde noch lange in kleineren Gruppen weiterdiskutiert. Erst kurz vor 5 Uhr früh konnte ich endlich zu Bett gehen.

Um 7 Uhr stand ich auf, um den Autobus zu erreichen, der mich ins friedliche Tel Aviv zurückbringen sollte, in die majestätische Ruhe der Großstadt.

Kettenreaktion

Niemand zwingt den Neueinwanderer, ein Kibbuzidealist zu werden. Auch dem privaten Unternehmertum öffnet sich in unserem winzig kleinen Land ein unabsehbar weites und fruchtbares Feld.

Wenn es zum Beispiel ruchbar wird, daß ein Neueinwanderer die Einfuhrgenehmigung für eine Schachtel Nähnadeln bekommen hat, verfällt der Nähnadelmarkt sofort in wilde Panik, weil eine Schachtel Nähnadeln die Bedürfnisse des Landes auf fünf Jahre hinaus deckt. In solchen Fällen werden unsere Finanzgenies – wir haben auch die, nicht nur militärische Tausendsassas – mit Sicherheit irgendeine geniale Lösung finden; etwa indem sie alle vorhandenen Nähnadelvorräte für einen Pappenstiel aufkaufen, die Schachtel des Neueinwanderers ins Meer werfen und Unsummen an der Profitspanne verdienen. Es ist nicht einmal unbedingt nötig, daß in der betreffenden Schachtel auch wirklich Nähnadeln sind. Hauptsache, daß eine Schachtel, oder ein schachtelähnlicher Gegenstand, ins Meer geworfen wird.

Im allgemeinen erfreut sich der Kaufmann hierzulande keiner ganz so hohen Achtung wie, sagen wir, in den Vereinigten Staaten, vielleicht weil er im Umgang mit seiner Kundschaft nicht ganz so korrekt ist. Niemals werde ich jenen Schuhmacher in der Bronx vergessen, der in seinem Fenster ein großes Plakat mit der Aufschrift hängen hatte: »Hier werden Ihre Schuhe repariert, während Sie warten.« Er brauchte zur Reparatur meiner Schuhe drei volle Monate, aber es läßt sich nicht leugnen, daß ich während dieser drei Monate tatsächlich auf die Reparatur gewartet habe. Amerikanische Handwerker arbeiten sehr sorgfältig.

In England weiß jeder Vater mit ziemlicher Sicherheit, was sein Sohn einmal wird: Bäcker, Industrieller, Staatsbeamter, Sozialist, Lord (oder beides). Nicht so bei uns. Bei uns wissen nicht einmal die Erwachsenen, womit sie am nächsten Tag ihren Lebensunterhalt verdienen werden. Es kann

geschehen, daß ein Bürger auf der Straße nach einer Adresse gefragt wird – und von da an betätigt er sich als Fremdenführer.
Ich, um endlich aufs Thema zu kommen, erzeuge seit neuestem Waschmaschinen. Ursprünglich hatte ich Bildhauerei gelernt und war infolgedessen als Nachtwächter tätig, bevor ich den Beruf eines Schriftstellers ergriff. Und vielleicht wäre ich noch immer Elektromechaniker, wenn uns die Spiegels damals nicht eingeladen hätten
Es war ein kühler Sonntagabend, als wir die Spiegels besuchten und uns zwei Stunden lang so tödlich langweilten wie nie zuvor. Ich sage das ungern, denn die Spiegels, besonders Aurel, sind nette Leute und liebenswürdige Gastgeber. Aber irgendwie ging uns der Gesprächsstoff aus, und um zehn Uhr abends konnten wir unsere Augen nur noch mit Hilfe von Daumen und Zeigefinger offenhalten. Um halb elf schliefen auch meine Finger ein, und es wurde mir unweigerlich klar, daß wir sofort aufbrechen müßten, weil ich sonst nicht mehr die Kraft hätte, meine Frau zu wecken. Unter Mobilisierung aller noch vorhandenen Energie erhob ich mich und teilte unseren Gastgebern mit, daß wir sie nunmehr verlassen würden.
»Nein, das dürfen Sie nicht!« In jähem Schreck fuhr Frau Spiegel aus ihrem Schlummer hoch. »Warum die Eile?«
»Es tut mir leid«, stammelte ich. »Trotzdem ... wir müssen jetzt unbedingt gehen ... weil ... nun ja ... ich habe eine wichtige geschäftliche Verabredung. Es tut mir wirklich leid.«
»Sei nicht ungemütlich«, sagte Aurel Spiegel. »Die Leute können warten.«
Es glückte mir, meiner Stimme einen halbwegs glaubhaften Unterton von Trauer beizumengen:
»Ich würde ja selbst viel lieber hierbleiben. Aber was hilft's. Und wenn wir uns nicht beeilen, versäumen wir noch den letzten Bus.«
»Wohin wollt ihr denn so spät?«
»Nach Petach Tikvah.[1] Dort habe ich nämlich meine Verabredung. Leider ...«
»Na schön.« Aurel resignierte. »Dann bringe ich euch also mit dem Wagen zur Haltestelle.«

1 Petach Tikvah liegt zwölf Meilen von Tel Aviv entfernt – eine sehr beträchtliche Entfernung für Israel, wo in den Eisenbahnzügen Warnungstafeln angebracht sind: »Es ist verboten, sich nach Jordanien hinauszulehnen.«

»Nein, nein!« protestierte ich. »Bitte nein! Wir wollen euch keine Mühe machen.«
»Lächerlich«, sagte Aurel und hatte bereits den Mantel angezogen.
Als wir an der Haltestelle aus seinem Wagen stiegen, bedankten wir uns sehr herzlich, warteten noch ein paar Sekunden und machten uns dann zu Fuß auf den Weg nach Hause.
Wir hatten nicht mit Aurels goldenem Herzen gerechnet. Schon stoppte er den Wagen und kam herangelaufen:
»Wohin denn, ihr Kretins? Das ist ja gar nicht die Haltestelle für den Bus nach Petach Tikvah!«
Damit faßte er uns unter, der Gute, und führte uns zur richtigen Haltestelle, wo keine Menschenseele mehr zu sehen war. Aurel ließ sich die Mühe nicht verdrießen und studierte sorgfältig den schlecht beleuchteten Fahrplan. Ein Seufzen entrang sich seiner Kehle.
»Mein Gott, der letzte Bus ist vor fünf Minuten abgefahren. Das ist ja schrecklich. Jetzt versäumt ihr unseretwegen diese wichtige Verabredung!«
»Macht nichts«, begütigte ich. »So wichtig war sie gar nicht.«
»Doch, doch. Sonst hättest du ja nicht zum Aufbruch gedrängt. Weißt du was? Ich fahre euch mit meinem Wagen hin.«
»Das erlaube ich nicht!« rief ich gepeinigt. »Auch Gastfreundschaft muß ihre Grenzen haben!«
»Kein Wort weiter«, entschied Aurel. »Ich könnte heute nacht nicht schlafen, wenn ich euch jetzt nicht sofort nach Petach Tikvah führe...«
Und so fuhren wir los. Während der ganzen Fahrt knieten meine Frau und ich im Fond, die Augen starr auf die langsam entschwindenden Lichter von Tel Aviv gerichtet, schwarze Verzweiflung im Herzen.
Petach Tikvah lag in lieblichem Mondschein, als wir ankamen.
»Wohin genau?« fragte Aurel und unterdrückte ein Gähnen.
Mein Hirn begann fieberhaft zu arbeiten. Die einzige Adresse, die ich in Petach Tikvah kannte, war das Hotel Grienspan.[1] Und auch das nur, weil dort einmal einer meiner Gläubiger gewohnt hatte. Ich wandte mich an Aurel:
»Bitte laß uns beim Grienspan aussteigen.«
Endlich waren wir aus dem Wagen draußen, bedankten uns nochmals für Aurels überwältigende Güte und betraten das Hotel. Ein mißgelaunter Nachtportier empfing uns.

1 Auch die israelischen Hotels sind ausschließlich in jüdischen Händen. Wie soll das enden?

»Nur einen kleinen Augenblick«, sagte ich, indem ich ihm zuzwinkerte. »Wir gehen gleich wieder.«
Während wir noch dastanden und auf das Geräusch des abfahrenden Autos warteten, begann mein Eheweib plötzlich zu wanken:
»Er kommt zurück«, wimmerte sie.
Da setzte sich auch schon die Drehtür in Bewegung, Aurel trat ein, erklärte, daß ihn ein wenig fröstele, und verlangte eine Tasse Tee.
Der Portier wurde noch um einige Grade mißgelaunter:
»Was ist hier los? Wen suchen Sie eigentlich?«
»Wer? Ich?«
»Ja, Sie.«
»Wenn Sie *mich* meinen – ich habe hier eine Verabredung mit einem gewissen ... also kurz und gut ... und den muß ich sofort sprechen.«
»Wie heißt er?«
»Was heißt das: wie heißt er? Ach ja ... richtig. Sie wollen seinen Namen wissen. Herschkowitz, wenn ich nicht irre. Tatsächlich. Ist Herr Herschkowitz schon angekommen?«
»Jawohl«, antwortete der Portier. »Er ist hier.«
»Bitte schauen Sie noch einmal nach«, sagte ich mit erhobener Stimme. »Er *muß* hier sein. Ich habe eine Verabredung mit ihm.«
»Ich sage Ihnen ja, daß er hier ist. Auf Nummer 23.«
»Das ist wieder einmal echt Herschkowitz. Ich hätte geschworen, daß er nicht kommen würde.«
»Aber er *ist* gekommen«, röhrte der Portier. »Wie oft soll ich Ihnen noch sagen, daß er hier ist?!«
»*Wer* ist hier?«
»Herschkowitz. Auf Nummer 23. Ich werde ihn sofort rufen.« Und ehe ich es verhindern konnte, hatte er nach dem Telefon gegriffen: »Herr Herschkowitz? Entschuldigen Sie die Störung ... ich mußte Sie leider wecken ... jemand ist hier, der Sie dringend zu sprechen wünscht.« Er hielt die Muschel zu und wandte sich an mich: »Herschkowitz will wissen, um was es sich handelt?«
»Eine persönliche Angelegenheit«, antwortete ich. »Streng vertraulich.«
Als Herschkowitz die Stiege herunterkam, im Pyjama und mit halbgeschlossenen Augen, hatte ich das Gefühl, daß mein Kragen mit einemmal um zwei Nummern zu klein wäre. Auf der Stirn meiner Ehegattin sammelten sich mit unglaublicher Schnelligkeit zahllose kleine Schweißperlen.

Wir schielten beide nach der Tür. Nur Aurel saß da und schlürfte behaglich seinen Tee.
Herschkowitz trat mit unheilkündender Miene auf uns zu. Plötzlich aber, wie durch Zauber, heiterte sein Gesicht sich auf.
»Hallo, alter Junge!« rief er strahlend zu Aurel hinüber. »Was machst denn du hier? Das ist aber eine frohe Überraschung!«
Für die nächsten Minuten waren die beiden Freunde damit beschäftigt, sich gegenseitig auf den Rücken zu schlagen, während wir unseren glasigen Blick auf die Türe geheftet hielten. Schließlich erfuhr Herschkowitz von Aurel, daß eigentlich wir es waren, die mit ihm sprechen wollten.
»Was wünschen Sie von mir?« fragte mich Herschkowitz mit freundlichem Lächeln.
»Tja – das ist nicht so einfach. Rauchen Sie?«
»Nein.«
»Ich auch nicht. Früher habe ich Pfeife geraucht, aber mein Arzt –«
»Was wünschen Sie von mir?«
»Also, Herr Herschkowitz – ich habe Interesse.«
»Interesse an was?«
»Sie wissen doch ...«
»An den Waschmaschinen?«
»Natürlich!« jauchzte ich auf. »An den Waschmaschinen.«
»Dann kann ich Ihre Eile verstehen«, sagte Herschkowitz. »Ich werde sofort Neumann in Chaderah anrufen.«
»Bitte nicht jetzt«, sagte ich flehend. »Es ist schon spät. Wir können ja morgen mit Neumann sprechen.«
»Sind Sie verrückt? Morgen fliegt Neumann nach Mailand!«
Damit begann er an der Wahlscheibe zu drehen, entschuldigte sich bei dem offenkundig erzürnten Neumann, daß er ihn zu so später Stunde im Schlaf störe – aber der Mann aus Tel Aviv sei soeben angekommen, und vielleicht könnte man die Sache jetzt gleich unter Dach und Fach bringen.
Eine Minute später kam Herschkowitz an unseren Tisch und teilte uns mit, daß wir sofort nach Chaderah fahren müßten. Aurel würde sicherlich so freundlich sein, uns hinzubringen.
Aurel brachte uns hin. Neumann, allem Anschein nach ein cholerisches Temperament, ging sofort in medias res und informierte mich, daß dreißig Prozent der Aktien noch zu haben wären.
»Kaufen Sie – ja oder nein?«

»Ich ... kann ich mir das noch ein wenig überlegen?«
»Wie Sie wünschen.« Neumann stand auf. »Nur um ganz sicher zu gehen, wollen wir jetzt noch Weingartner aufsuchen. Kommen Sie.«
»Ich brauche keinen Weingartner«, stieß ich heiser hervor. »Ich kaufe die Aktien.«
Nachher hatte ich noch alle möglichen Papiere zu unterzeichnen, aber das spielte sich bereits in einem rosafarbenen Nebel ab. Als es vorbei war, rüttelte ich meine Frau wieder ins Bewußtsein zurück, und bei Morgengrauen waren wir in Tel Aviv.
Auf dem Weg zu meinem Büro kaufte ich eine Zeitung. Balkendicke Lettern auf der Titelseite verkündeten, daß die »Neumann-Kishon Trust Company« in Chaderah die größte Waschmaschinenfabrik des Landes gegründet hatte. Solel Boneh[1] hatte zweiundvierzig Prozent der Anteile, Neumann achtundzwanzig Prozent, ich selbst dreißig Prozent. Die Fabrik, so hieß es, würde sofort die Produktion aufnehmen und den ganzen Mittleren Osten mit Waschmaschinen versorgen.

Ein wundertätiger Arzt

Der beste Ratschlag, den man einem Neueinwanderer geben kann, lautet: »Seien Sie Arzt!«
In den dreißiger Jahren, als die Einwanderung aus Deutschland ihren Höhepunkt erreichte, herrschte ein solcher Andrang an Ärzten, daß vorsichtige Hausfrauen ein Schild vor die Türe hängten: »Sprechstunden für Ärzte nur nachmittags von 3 bis 4 Uhr.« Heute ist das anders. Immer mehr Leute werden krank, immer weniger Leute werden Ärzte. Israel ist ein wahres Ärzteparadies geworden.
Gewiß, auch in Amerika sind die Wartezimmer der Ärzte überfüllt. Aber die Amerikaner gehen nur deshalb zum Doktor, weil die Mitgliedskarte

1 Solel Boneh ist ein kapitalistisches Unternehmen der sozialistischen Gewerkschaften. Um sich ein Bild von seiner Größe zu machen, muß man sich vor Augen halten, daß der jüdische Staat einen untrennbaren Bestandteil von Solel Boneh bildet.

irgendeiner Gesundheitsorganisation sie dazu verpflichtet. Die Juden gehen zum Doktor, weil es sie freut, krank zu sein.
Was aber ist es, das so viele Leute krank macht? Es ist der graue, trostlose Alltag. Die Menschen sehnen sich nach ein wenig Abwechslung, und da die Krankheit ihnen Abwechslung verschafft, sind sie sogar bereit, Geld dafür auszugeben. Und der Doktor ist bereit, es zu nehmen.
Mein eigener Fall begann mit einem sonderbar leeren Gefühl in der Magengrube[1], gefolgt von einem dumpfen inneren Grollen. Zuerst schenkte ich der Sache keine Beachtung. Aber als sich jenes Gefühl der Leere verstärkte, besonders nachdem ich einmal acht Stunden lang nichts gegessen hatte, wurde ich unruhig und erkundigte mich bei meiner alten Tante, was ich tun sollte. Nach kurzem Nachdenken empfahl sie mir, ärztliche Hilfe in Anspruch zu nehmen.
»Gut«, sagte ich. »Ich gehe zum ›Krankenschutz‹.«[2]
»Verrückt geworden?« schnarrte meine Tante. »Die nehmen dir ja nur dein Geld ab. Du gehst zu Großlockner.«
»Wer ist das?«
»Wer das ist? Du weißt nicht, wer Professor Großlockner ist? Der Wunderdoktor, der schon Hunderttausende gerettet hat?«
»Hunderttausende? Aber, aber ...«
»Hör auf zu aberabern und geh zum Professor Großlockner. Sprich deutsch mit ihm. Und sei unbesorgt – er wird etwas Ernstes finden.«
Ich wollte mich sofort auf den Weg machen, wurde jedoch von meiner Tante belehrt, daß man sich bei dem Wundermann telefonisch anmelden müsse. Am Telefon bestellte mich eine weibliche Stimme für Dienstag in

1 In tropischen Gegenden muß man mit dem Magen sehr vorsichtig sein, schon wegen der zahlreichen orientalischen Gaststätten, die starr an der altarabischen Überlieferung festhalten, daß es sinnlos sei, für Sauberkeit zu sorgen, weil ja sowieso alles von Allah abhängt.

2 Der »Krankenschutz« gehört zu den blühendsten Unternehmen in Israel. Mindestens eine halbe Million Aktionäre legen dort ihre monatlichen Investitionen an. Der »Krankenschutz« funktioniert ganz ausgezeichnet. Nur wenn jemand krank wird, läßt er ein wenig nach. Die Spitalpflege, die er seinen Schützlingen bietet, muß als kärglich bezeichnet werden. In einem der »Krankenschutz«-Spitäler gab es einmal einen Patienten, der eine schwere Magenoperation überstanden hatte und fürchterliche Hungerqualen litt. Man behandelte ihn mittels Hypnose. »Sie essen jetzt eine heiße Kartoffelsuppe ... einen großen Teller gute, nahrhafte Kartoffelsuppe ...«, suggerierte ihm der Arzt. »Warum suggerieren Sie ihm nicht etwas Besseres?« fragte eine teilnahmsvolle Krankenschwester. »Zum Beispiel Brathuhn mit Reis und gemischtem Salat?« Der Arzt zuckte die Achseln: »Bedaure! Er ist ein Kassenpatient.«

drei Wochen um 5.26 Uhr. »Bis dahin wollen Sie bitte nicht essen, nicht trinken, nicht schlafen und nicht rauchen«, fügte sie hinzu.

Als ich zur festgesetzten Minute ankam, fand ich das Wartezimmer weit offen und mit fünfzig bis sechzig Patienten gefüllt. Mein freundlicher Gruß blieb unerwidert. Über dem Raum lag eine Atmosphäre religiöser Weihe. Die Türen, die aus ihm hinausführten, öffneten und schlossen sich lautlos, weißgekleidete Schwestern huschten hin und her, von Zeit zu Zeit wankten halbnackte Männer herein und verschwanden wie Schemen, dann reihten sich mehrere Patienten hintereinander auf und wurden im Gänsemarsch durch eine der Türen befördert. Das alles geschah mit einer beängstigenden Präzision. Es war ein geölter Monsterbetrieb.

Ich mochte ihn etwa eine halbe Stunde lang mit wachsender Ehrfurcht bestaunt haben, als eine Nurse auf mich zukam und mich aufforderte, ihr zu folgen.

Wir betraten das Aufnahmezimmer. Die Nurse griff nach einer gewaltigen Kartei und fragte mich nach meinen Personaldaten: Name? Geboren? Herkunftsland? Beruf?

»Journalist.«

»Sechsundzwanzig Pfund.«

»Warum so viel?«

»Das ist die Taxe für die erste Untersuchung. Nur Kollegen und Angehörige verwandter Berufe bekommen eine Ermäßigung.«

»Sehr gut. Ich repariere auch Schreibmaschinen.«

»Einen Augenblick, bitte.« Die Nurse schlug in einem abgegriffenen Handbuch nach. »25,50«

Ich zahlte die ermäßigte Taxe und kehrte auf meinen Posten im Wartezimmer zurück. Knappe zwei Stunden später wurde ich von einer anderen Nurse in ein anderes Zimmer geführt, das als einziges Mobiliar ein Bett enthielt. Da die Nurse eine ältliche, vertrauenerweckende Person war, riskierte ich die Frage, wofür dieser alte Gauner eigentlich so unverschämt viel Geld verlangte.

»Mein Mann ist kein philanthropisches Institut«, antwortete Frau Großlockner. Dann schlug sie ein dickes Buch auf und fragte mit eisiger Stimme, was mich hergeführt hätte.

Es klingt vielleicht ein wenig sonderbar – aber ich liebe es nicht, mich mit Personen weiblichen Geschlechts über meine körperlichen Beschwerden zu unterhalten, am allerwenigsten in einem Zimmer, in dem sich nichts weiter

befindet als ein Bett. Ich verweigerte Frau Großlockner die gewünschte Auskunft. Daraufhin wurde ich wieder auf meinen Warteplatz zurückgeschickt, von wo ich den ständig anwachsenden Betrieb ungestört beobachten konnte. Die Zahl der Krankenschwestern, die allein oder mit Patienten unterm Arm den Raum durchquerten, schien sich immer noch zu vermehren. Ich konnte mich nicht enthalten, meinen Sitznachbarn anzutippen:
»Wo nimmt er nur die vielen Krankenschwestern her?« fragte ich leise.
»Lauter Großlockners«, flüsterte er zurück; »Der Professor hat sieben Schwestern und drei Brüder. Sie alle arbeiten hier.«
Einer der Brüder führte mich bald darauf in ein Badezimmer, drückte mir eine Eprouvette in die Hand und ließ mich etwas tun, was mir die Frage »Warum?« entlockte. Weil man nie wissen könne, antwortete er. Und weil mich der Professor erst dann persönlich empfangen würde, wenn alle Vorbereitungstests durchgeführt wären.
Kaum war ich mit der Eprouvette zu Rande gekommen, als eine Großlocknersche Schwester mich in die Küche bugsierte, um mich einer Blut- und Magensaftprobe zu unterziehen. Dann ging es wieder zurück zu meiner Ausgangsbasis. Bei Einbruch der Dämmerung erschien eine weitere Schwester, die mich und zwei andere Patienten aufforderte, uns bis zum Gürtel zu entkleiden, unsere Plätze nicht zu verlassen und uns auf kürzesten Abruf bereitzuhalten. Um diese späte Stunde war es im Wartezimmer bereits so kalt geworden, daß unsere Zähne hörbar zu klappern begannen. Es täte ihr leid, sagte die Nurse, aber die kostbare Zeit des Professors dürfe nicht verschwendet werden.
»Ich gebe Ihnen jetzt ein paar Anweisungen, an die Sie sich strikt zu halten haben«, fuhr sie fort. »Um Zeit zu sparen, wollen Sie bitte beim Betreten des Ordinationszimmers jede Begrüßung unterlassen. Setzen Sie sich sofort auf die drei Stühle in der Mitte des Zimmers, atmen Sie tief und strecken Sie die Zungen heraus. In dieser Position verbleiben Sie so lange, bis Sie andere Instruktionen bekommen. Belästigen Sie den Professor nicht mit Fragen oder Bemerkungen. Er weiß alles aus der Kartei. Sollte er seinerseits eine Frage an einen von Ihnen richten, dann antworten Sie nicht, oder – falls sich das wirklich nicht umgehen läßt – antworten Sie in reinen, einfachen Hauptsätzen von drei bis fünf Worten. Und dann ohne Gruß hinaus. Wiederholen Sie!«
Wir rezitierten die Regeln. Dann öffnete sich die Tür des Allerheiligsten. Ein leiser Pfiff ertönte.

»Jetzt!« rief unsere Nurse. »Marsch hinein!«
Wir marschierten hinein und folgten den uns erteilten Vorschriften. Der Professor nahm die Zungenparade ab. »Was für Krankheiten hat es in Ihrer Familie gegeben?« fragte er mich.
»Verschiedene«, antwortete ich (ein Wort).
»Wie alt sind Sie?«
»Dreißig.« (Korrekterweise hätte meine Antwort »fünfunddreißig« lauten müssen, aber ich wollte keine Zeit verschwenden.)
Mit seiner wundertätigen Hand ergriff der Professor ein spitzes Instrument, stach mich in den Rücken und fragte mich, was ich fühlte.
»Ein Stechen im Rücken«, sagte ich.
»Herr Kleiner«, sagte der Professor, »Ihre Wirbelsäule braucht gründliche Behandlung.«
»Entschuldigen Sie«, sagte der Patient zu meiner Linken, obwohl ihm seine immer noch heraushängende Zunge das Reden sehr erschwerte, »aber *ich* heiße Kleiner, und ich –«
»Unterbrechen Sie mich nicht!« unterbrach ihn der Professor in begreiflichem Ärger, ehe er sich wieder mir zuwandte, um die Diagnose zu stellen. Sie lautete auf leichte Erkältung, wahrscheinlich verursacht durch längeres Sitzen mit nacktem Oberkörper in ungeheizten Räumen. Therapie: zwei Aspirintabletten.
Ein Wink des Professors entließ uns. Die beiden anderen wollten noch etwas sagen, wurden aber von den Schwestern unter Anwendung von Brachialgewalt hinausbefördert.
Einer der Patienten, ein kleines, engbrüstiges Männchen, beklagte sich während des Ankleidens bitterlich, daß er der Postbote sei und nur versucht hätte, einen eingeschriebenen Brief zuzustellen. Er sei heute zum drittenmal zwangsweise untersucht worden, ungeachtet seiner Proteste. Letzten Montag hätte man ihn bereits zum Zweck einer Blinddarmoperation ins Spital verfrachtet, und er wäre nur mit knapper Not aus dem Ambulanzwagen entkommen.

Nehmen Sie Platz

Wenn ein Neueinwanderer aus irgendwelchen technischen Gründen kein Arzt werden kann, dann empfiehlt sich als zweitbeste Lösung die Laufbahn eines Beamten im Staatsdienst. Das Gehalt eines israelischen Staatsbeamten ist nicht sehr hoch, aber seine Tätigkeit ermöglicht ihm häufige Teepausen mit anregenden Gesprächen, weshalb man ihn vielfach als Intellektuellen betrachtet.

Die auffälligste Eigenheit des israelischen Staatsbeamten besteht darin, daß er nicht vorhanden ist. Das heißt: Er ist vorhanden, aber nicht dort, wo er sein sollte. Also nicht in seinem Büro. Meistens befinden sich die israelischen Beamten in einer Besprechung. Es gibt mehrere tausend Vorwände für die Abhaltung von Besprechungen. Manche Besprechungen ziehen sich zwei bis drei Tage hin, andere dauern nur fünf bis sechs Stunden. So lange muß man eben warten. Warten wir also...

Eines heißen Sommertages bekam mein Schwiegervater Bernhard – ein alter Zionist, der erst kurz zuvor nach Israel gekommen war – einen Empfehlungsbrief[1] an die Wohnbaugenossenschaft »Amidar« mit dem Ersuchen, ihm eine Wohnung zuzuweisen und ihm womöglich keinen höheren Preis zu berechnen als den üblichen.

Auf Wunsch meines Schwiegervaters ging ich selbst in das Zentralbüro der »Amidar«, um die Sache rasch zu erledigen. Man wies mich zum Zimmer Nr. 314, wo sich ein Herr namens Cheschwan meiner annehmen würde.

Zimmer Nr. 314 war leer. Im Nebenzimmer erfuhr ich, daß Herr Cheschwan gerade eine Besprechung mit Herrn Stern hätte, aber jeden Augenblick zurückkommen müßte. Ich wurde freundlich aufgefordert, solange Platz zu nehmen.

Ich nahm Platz. Ich saß eine Weile. Ich ging eine Weile auf und ab. Ich nahm abermals Platz. Dann öffnete sich die Tür. Ein Mann steckte den Kopf herein und fragte: »Wo ist Cheschwan?«

»Er ist in einer Besprechung mit Stern«, sagte ich. »Nehmen Sie Platz.«

1 Da der Staat Israel außerstande ist, jedem Neueinwanderer sofort eine Wohnung zur Verfügung zu stellen, stellt er den alten Zionisten unter ihnen wenigstens Empfehlungsbriefe zur Verfügung, die das Auffinden einer Wohnung erleichtern sollen. Infolgedessen wimmelt es unter den Neueinwanderern von alten Zionisten. (Es wurden bisher zweiundfünfzig ehemalige Sekretäre Theodor Herzls gezählt.)

Der Mann schien in Eile zu sein, denn er verschwand wortlos. Wenige Minuten später erschien ein anderer Mann, offensichtlich ein Beamter, und sah sich nervös im Zimmer um.
»Seien Sie nicht nervös«, beruhigte ich ihn. »Cheschwan ist in einer Besprechung mit Stern, aber er muß jeden Augenblick zurückkommen. Nehmen Sie Platz.«
»Keine Zeit. Wenn Cheschwan zurückkommt, bestellen Sie ihm bitte, daß Mayer ihn zu einer dringenden Besprechung erwartet. Er soll sofort kommen.«
»In Ordnung«, sagte ich.
Eine knappe Viertelstunde war vergangen, als wieder ein Beamter hereinkam und fragte: »Wo ist Kirschner?«
»Er war gerade hier«, antwortete ich. »Wenn Cheschwan von Stern zurückkommt, schicke ich ihn sofort hinüber. Nehmen Sie Platz.«.
»Danke. Wissen Sie zufällig, ob er schon etwas wegen des Wohnbauprojektes Ramat Aron unternommen hat?«
»Das ist sehr wahrscheinlich«, sagte ich.
»Dann nehme ich die Mappe gleich mit. Wenn er nach Feintuch fragt, sagen Sie ihm, daß ich eine Besprechung mit Mayer habe.«
Einige Sekunden später stand Kirschner atemlos vor mir:
»Wo ist die Mappe Ramat Aron? Der Alte wird tobsüchtig, wenn sie sich nicht sofort findet!«
»Um Himmels willen!« rief ich. »Vor einer Minute hat Feintuch die Mappe zum Alten mitgenommen!«
»Und wo ist Cheschwan?«
»Er konferiert noch immer mit Stern. Ich warte hier auf ihn.«
»Gut«, meinte Kirschner. »Wenn das so ist, dann geben Sie doch bitte den Goldberg-Plan in die Givath-Seren-Mappe!«
»Mit Vergnügen«, sagte ich, übernahm die Papiere, suchte in den Regalen die Mappe Givath Seren heraus und gab den Goldberg-Plan hinein. Kaum war das erledigt, als Feintuch ins Zimmer stürzte.
»Was machen denn Sie hier?!« stieß ich unbeherrscht hervor, denn jetzt verlor ich langsam die Geduld. »Warum sind Sie noch nicht in der Besprechung? Wo doch der Alte ohnehin so schlecht gelaunt ist! Haben Sie gerne Krach?«
»Ich bin ja schon unterwegs. Ich wollte mir nur den Goldberg-Plan abholen.«

»Wozu brauchen Sie gerade jetzt den Goldberg-Plan, Feintuch? Ich habe ihn eben erst in die Givath-Seren-Mappe gegeben. Soll ich ihn vielleicht wieder hervorkramen? Das ist doch unglaublich! Alle nützen mich aus. Und ich Idiot lasse mich von allen ausnützen.« Feintuch war sichtlich verwirrt.

»Ich wollte den Goldberg-Plan ja nur für Mayer haben«, stotterte er – entschuldigend. »Was halten Sie übrigens von dem Plan?«

»Nicht schlecht. Aber ich wüßte gern, was der Alte dazu sagt.«

Feintuch nahm den Plan an sich, um ihn an Mayer weiterzugeben. Bevor er ging, sagte er mir noch, daß der Alte es sehr gerne sähe, wenn ich die Liste der präsumtiven Mieter des Wohnbauprojektes Shekem durchginge und für Stern einen Bericht darüber schriebe.

Ich machte mich sofort an die Arbeit.

Während ich die Liste noch überprüfte, erschien Feintuch: ich möchte sofort zu Mayer kommen. »Als ob ich vier Paar Hände hätte, wie?« bemerkte ich mit wohlbegründetem Tadel, raffte die Akten zusammen und ging zum Alten. Mayer wollte meine Meinung über die architektonischen Qualitäten des Projektes Ramat Aron hören. Ich erklärte ihm offen, daß die Häuser zu nahe beieinanderstünden und die Fenster zu klein wären. Kirschner begann zu stammeln. »Immer dasselbe«, sagte er. »Um so schlimmer«, gab ich scharf zurück. Und das sei nur ein weiterer Beweis dafür, daß es so nicht weitergehen könne.

Der Alte gab mir hundertprozentig recht, versetzte Kirschner in eine andere Abteilung (der wird mich jetzt mit seinem Haß verfolgen, dachte ich) und erteilte mir den Auftrag, das Ramat-Aron-Projekt zu übernehmen. Ich schickte sofort nach Feintuch und verlangte einen genauen Bericht innerhalb vierundzwanzig Stunden. Dann bestellte ich einen Wagen, fuhr nach Ramat Aron hinaus, hatte ein ausführliches Gespräch mit dem Architekten, prüfte die Pläne, nahm ein paar kleinere Verbesserungen vor und entließ einen aufmuckenden Ingenieur ohne Abfertigungsgelder. Dann fuhr ich in mein Büro zurück.

Dort erwartete man mich bereits in großer Erregung. Kirschner, der mir meinen meteorhaften Aufstieg neidete, hatte hinterrücks eine Flüsterkampagne gegen mich begonnen. Er wurde leichenblaß, als Feintuch auf mich zukam und mir mitteilte, daß Stern persönlich mich zu einer dringenden Besprechung erwarte.

Ich erstattete Stern einen detaillierten, vertraulichen Bericht über den der-

zeitigen Stand des Projektes und sparte nicht mit kritischen Bemerkungen über das langsame Arbeitstempo.
»Aber Sie müssen einsehen, Stern«, sagte ich abschließend, »daß ich ohne die entsprechende Autorität keine Verantwortung übernehmen kann.«
Stern sah das ein, berief sofort eine außerordentliche Sitzung des Exekutivkomitees ein und gab den Mitgliedern seines Stabes bekannt, daß er mich zu seinem Vertreter ernannt hatte. Mayer versuchte, ein paar schäbige Andeutungen über meine relativ kurze Dienstzeit anzubringen, aber Stern war an diese Intrigen gegen mich bereits gewöhnt, drückte mir zum Abschied demonstrativ die Hand und sprach mir, für alle hörbar, sein Vertrauen aus.
Als ich in mein Büro kam, um mir noch rasch einmal die Akte Givath Seren vorzunehmen, begegnete ich einem neuen Mann. Mayer stellte ihn mir vor. Es war Herr Cheschwan, den ich sofort mit einer wichtigen Aufgabe in der Registratur betraute.
»Ich bin gewiß kein Unhold«, sagte ich ihm, »aber ich verlange pünktliche und gewissenhafte Arbeit. Ganz besonderen Wert lege ich darauf, daß mein Stab während der Bürostunden, also während das Publikum Zutritt zu den Amtsräumen hat, an keinen Besprechungen teilnimmt. Es könnten sonst die merkwürdigsten Situationen entstehen.«
Nachdem ich meinem Schwiegervater einen kompletten Wohnblock in Ramat Gan zugewiesen und einen kleinen Vorschuß auf mein Gehalt behoben hatte, machte ich Feierabend.
Seit diesem Tage arbeite ich im Zentralbüro der »Amidar«. Sprechstunden täglich von 11 bis 1, Zimmer 314. Wenn Sie mich in meinem Zimmer nicht vorfinden, dann bin ich gerade in einer Besprechung. Nehmen Sie Platz.

Professor Honig macht Karriere

So nachdrücklich wir dem israelischen Neueinwanderer die Ärztelaufbahn empfehlen können, so unsicher sind wir, ob es sich empfiehlt, in Israel einen akademischen Titel zu tragen. Israel ist vielleicht das einzige Land der Welt, das die uralte menschliche Sehnsucht nach Gleichheit und Brüderlichkeit beinahe verwirklicht hat. In Israel wird tatsächlich nach dem Grundsatz gehandelt, daß jeder Mensch nach seinen Fähigkeiten arbeiten und nach der Anzahl seiner Kinder bezahlt werden soll. Demzufolge bekommt ein Schullehrer das gleiche Gehalt wie die Waschfrau, die den Fußboden seines Klassenzimmers säubert, und das klingt in der Theorie noch halbwegs akzeptabel. Praktisch sieht es allerdings so aus, daß die Waschfrau mehr Kinder hat als der Schullehrer – und schon ist die Gleichheit beim Teufel. Von der Brüderlichkeit ganz zu schweigen.

Dr. Imanuel Walter Honig wurde vor ungefähr sechzig Jahren in Frankfurt am Main geboren. Er absolvierte die Mittelschule in Prag, studierte Mathematik an der Universität Antwerpen und warf sich hernach, obwohl ihn seine Eltern dem Grundstückshandel vorbestimmt hatten, mit wilder Energie auf die Naturwissenschaften. Einen Doktortitel erwarb er an der Sorbonne, einen weiteren an der Universität Basel. Um diese Zeit war Imanuel Walter Honig fünfunddreißig Jahre alt; eine hartnäckige Lungenkrankheit hatte ihn an einer rascheren Beendigung seiner Studien behindert.

Nach seiner endgültigen Genesung studierte Dr. Dr. Dr. I. W. Honig Nationalökonomie und Staatswissenschaften, ging nach Oxford und wurde dort mit vierzig Jahren Dozent in diesen beiden Fächern. Weitere fünf Jahre angestrengter wissenschaftlicher Arbeit machten ihn zum Direktor einer staatlichen Lehranstalt in Rom. Während dieser fruchtbaren Periode verfaßte Professor Honig sein dreizehnbändiges Meisterwerk »Der Einfluß der Index-Schwankungen in den ökonomischen Statistiken auf die soziale Struktur des Mittelstandes«. Als Fünfzigjähriger konnte er endlich seinen Lebenstraum erfüllen, sich in Israel anzusiedeln. In einem bescheidenen Gemeindebau in Tel Aviv fand Professor Honig mit seiner Familie Unterkunft. Die Familie bestand aus seiner Gattin Emma, zwei Kindern, seinem Vater und seinen Schwiegereltern. Er bekam auch sofort eine Anstellung als Mittelschulprofessor und lebte eine Zeitlang ohne wirkliche Sorgen. Seine Kollegen kamen ihm mit allem Respekt entgegen, der einem angesehenen Wissenschaftler gebührt, und in seiner Freizeit entwickelte er eine neue Theorie über die Berechnung des Lebenserwartungs-Koeffizienten im Versicherungswesen.

Im Sommer 1951 begann sich seine Lage nachteilig zu verändern. Er kam mit seinem Budget nicht mehr so richtig aus, und da die Lebenskosten unaufhörlich stiegen, fiel es ihm immer schwerer, seine umfangreiche Familie zu ernähren. Schließlich mußte er sogar auf den Ankauf der für seine Forschungsarbeit unentbehrlichen Bücher verzichten, und 1953 war es bereits so schlimm, daß er den Schulweg zu Fuß zurücklegte und einmal in der Woche fastete. Um dem Leser die prekäre Situation Dr. Dr. Dr. Honigs vor Augen zu führen, geben wir nachstehend einen Überblick über sein Einkommen.[1]

	Monatseinkommen		
Jahr	brutto	netto	Bemerkungen
1951	I£ 253.70	I£ 201.45	
1952	I£ 292.65	I£ 196.50	Annahme eines Berufspostens durch die Ehefrau[2]
1953	I£ 325.49	I£ 196.87	Gehaltserhöhung nach Hungerstreik[3]

Nach und nach verkaufte Professor Honig seine sämtlichen Wertgegenstände, bis er eines Tages nichts mehr zu verkaufen hatte, außer vielleicht seine älteren Verwandten. Unter solchen Umständen entschloß sich seine Gattin Emma zu einem verzweifelten Schritt und schrieb einen Brief an ihren in New York lebenden Onkel, den sie zeitlebens bitter gehaßt hatte.

1 Zum besseren Verständnis dieser Tabelle muß man sich über gewisse Eigentümlichkeiten des israelischen Steuerverfahrens klar sein. Im Laufe einer 2000jährigen, grausamen Unterdrückung hatten sich die Juden daran gewähnt, von feindseligen Behörden unter dem Vorwand der Besteuerung ihres sauer erworbenen Geldes beraubt zu werden. Jetzt, im eigenen Staat, setzen sie aus purer Gewohnheit ihre Gegenmaßnahmen fort und übersehen den fundamentalen Unterschied, daß sie jetzt nicht mehr von feindseligem Gojim, sondern von braven Juden unter dem Vorwand der Besteuerung ihres sauer erworbenen Geldes beraubt werden. Infolgedessen fatiert jeder Jude nur die Hälfte von dem, was er wirklich verdient. Die Steuerbehörde weiß das und verdoppelt ihre Steuervorschreibung, so daß alles wieder auf gleich kommt – ausgenommen bei jenen armen Teufeln, die in tragischer Verkennung der steuerbehördlichen Absichten tatsächlich ihr ganzes Einkommen fatieren. Einer von diesen armen Teufeln war Dr. Dr. Dr. Imanuel Walter Honig.

2 Infolge eines raffinierten Einfalls der Steuerbehörde müssen Ehepaare höhere Steuern zahlen, wenn Mann und Frau arbeiten. Hier zeigt sich wieder einmal die bekannte orientalische Lebensauffassung, derzufolge die Frau nicht arbeiten soll (gegen Entlohnung, versteht sich).

3 In regelmäßigen Zeitabständen treten die Angehörigen intellektueller Berufe in Streik, um Gehaltserhöhungen zu erreichen (statt für größeren Familienzuwachs zu sorgen). Nach einiger Zeit wird ihnen tatsächlich eine Gehaltserhöhung zugestanden, die gerade ausreicht, um sie in eine höhere Steuergruppe einzuordnen, und die Rechnung geht auf: 2+2=1.

Der Brief rührte des Onkels amerikanisches Herz, und kurz darauf traf ein Paket von ihm ein, das zwanzig Tafeln Schokolade enthielt. Was blieb dem Professor übrig, als das Paket an den Pedell zu verkaufen, der den Schülern während der Unterrichtspausen Süßigkeiten feilbot?
Etwas später erfuhr Professor Honig durch Zufall, daß der betrügerische Pedell die Schokoladensendung, die für insgesamt fünf israelische Pfund in seine Hand übergegangen war, um 20 Pfund verkauft hatte.
»Dieses ist im höchsten Grade ungerecht!« konstatierte Dr. Dr. Dr. Honig. Hierauf veranlaßte er seine Gattin Emma, noch einen Brief an den Onkel in Amerika zu schreiben, und als das nächste Paket ankam, verzichtete er darauf, seine Geschäftsverbindung mit dem Pedell zu reaktivieren. Er verkaufte den Inhalt selbst an die Schüler, und zwar um 1,20 Pfund pro Tafel.[1]
Die hieraus resultierenden Einnahmen brachten das Monatsbudget des Professors halbwegs ins Gleichgewicht und beeinflußten im übrigen seine Einschätzung der statistischen Indexschwankungen nicht unerheblich.
Nach einiger Zeit begann sich Professor Honig zu fragen, warum er eigentlich nur amerikanische Schokolade verkaufen sollte. Fortan verkaufte er

1 Das hat durchaus nichts Beschämendes an sich. Früher konnte ein Angestellter von seinem Gehalt leben. Heute – angesichts der herrschenden Überproduktion von Steuern, Zöllen, Darlehenszinsen, Abzügen, Aufschlägen und neuen Zöllen – müssen die Menschen mehr arbeiten, um sich zusätzliche Einnahmequellen zu schaffen, aus denen sie die Abgaben für ihre ursprünglichen Einnahmen decken können. Ein Querschnitt durch die Recherchen eines privaten Marktforschungsinstitutes ergab folgende typische Erscheinungen:
R. L. Hauptberuf: städtischer Ingenieur. Verkauft in seiner Freizeit Lotterielose. Seine Frau stopft berufsmäßig Strümpfe und verschweigt diese Tätigkeit der Steuerbehörde. Während der Mittagspause singt sie im gemischten Unterhaltungsprogramm des Senders »Die Stimme Israels«.
K. N. Hauptberuf: Kassierer. Seit siebenunddreißig Jahren in derselben Firma beschäftigt. Arbeitet bis Mitternacht als Akrobat, von Mitternacht bis 8 Uhr früh als Nachtwächter. Entschuldigt sich von Zeit zu Zeit mit Magenkrämpfen von seiner Büroarbeit und näht zu Hause Hemden. Verübt gelegentlich Unterschlagungen.
A. P. Hauptberuf: Bibelexperte. Arbeitet nachmittags als Testpilot. Bezog für sein zehntes Kind eine einmalige Zuwendung von I£ 100,–. Hat zwei Söhne und eine Tochter an Missionare verkauft. Tanzt bei Hochzeiten. Studiert Panzerschrankknacken.
T. A. bekleidet eine hohe Stelle im Schatzamt (Gehaltsklasse VIII). Ist an den Abenden als Liftboy beschäftigt. Unterrichtet an Sonn- und Feiertagen Hula-Hula. Schraubt in seinen Amtsräumen elektrische Birnen aus und verkauft sie. Urlaubsbeschäftigung: Spionage für eine fremde Macht.
S. P. weltberühmter Schauspieler. Arbeitet in den Morgenstunden als Koch in der letzten arabischen Hafenkneipe von Jaffa. Pflegt nach Schluß der Vorstellung die Kritiker anzupumpen. Fängt Hunde, nimmt ihnen die Halsbänder ab und verkauft sie.

auch heimische Erzeugnisse. Er tat das auf stille, unaufdringliche Art, indem er nach Schluß des Unterrichts sein Warenlager aus der Schublade des Katheders hervorzog und seine Schüler wie folgt anredete:

»Schokolade, Waffeln, saure Drops, Pfefferminz, Karamellen, alles erste Qualität...«

Die Resonanz unter den Schülern war außerordentlich lebhaft, und der Verkauf der Süßigkeiten sicherte dem Professor ein Einkommen, das seinen Lebensstandard zusehends verbesserte. Anfang 1955 gab er den wöchentlichen Fasttag auf und begann wieder im Bus zur Schule zu fahren. 1956 konnte er sich dann und wann bereits einen Kinobesuch leisten, und 1957 hatte er sogar eine unverkennbare Gewichtszunahme zu verzeichnen. Seine Depressionen sind verschwunden, seine wissenschaftliche Arbeit macht Fortschritte, Das nicht ganz unberechtigte Minderwertigkeitsgefühl, das ihn so lange geplagt hat, ist restlos sublimiert. Dr. Dr. Dr. Honig nimmt heute im gesellschaftlichen Leben eine Stellung ein, die nur knapp unter der eines Autobuschauffeurs oder eines Bauarbeiters liegt.

Die nachfolgende Tabelle erklärt das in Ziffern:

	Monatseinkommen		
Jahr	brutto	netto	Bemerkungen
1956	I£ 342.30	I£ 342.30	
1957	I£ 351.00	I£ 351.00	Einführung von Eiscreme
1958	I£ 607.89	I£ 607.89	Einführung von Kaugummi

Vor einiger Zeit drohte ein bedauernswerter Zwischenfall die stürmische Aufwärtsbewegung seiner Karriere zu unterbrechen: Die Schulleitung erhob Einspruch dagegen, daß Professor Honig während der Pausen mit umgehängtem Bauchladen durch die Korridore des Schulgebäudes strich, und forderte ihn auf, diesen ambulanten Kleinhandel einzustellen, weil er sich mit den ethischen Verpflichtungen eines Jugendbildners nicht in Einklang bringen ließe.

Professor Honig tat das einzig Mögliche: Er trat von seinen Lehramt zurück und lebt seither nur noch vom Süßwarenhandel. Sein Kompagnon ist der Pedell, der früher an dieser Anstalt englische Literatur unterrichtet hatte.

Bitte recht freundlich

Israel bietet dem Neueinwanderer unbegrenzte Chancen in der Politik. Wenn er sich im richtigen Zeitpunkt auf die richtige Sprosse einer Parteileiter stellt, kann er bis in die Regierung kommen. Es geschieht nicht selten, daß man den gleichen Moische, mit dem man vor dreiundzwanzig Jahren in einer Ausspeisungsküche Teller gewaschen hat, als Minister wiederfindet. Man benimmt sich bei solchen Gelegenheiten völlig ungezwungen, schlägt ihm mit einem dröhnenden: »Hallo, Moische, wie geht's dir denn immer?« auf die Schulter und fällt vor Aufregung in Ohnmacht.

Solche steile Erfolgskarrieren sind allerdings kein Monopol der israelischen Politik. Es ist noch in allgemeiner Erinnerung, daß ein britischer Gouverneur eines Tags einen Araberscheich zu sich rufen ließ und den unter tiefen Bücklingen Herannahenden mit folgenden Worten empfing:

»Höre, Abdullah, mein Freund – wenn ich dich jemals wieder beim Haschischschmuggel erwische, wirst du in den Jordan geworfen.«

»Gnade, Gnade!« winselte der Scheich. »Eure Exzellenz müssen sich eines armen, hilflosen Arabers erbarmen!«

»Nun«, sagte der Gouverneur, »du hast tatsächlich Glück, Abdullah. Nach soeben eingetroffenen Instruktionen aus London soll ich dich zum König machen.«

»Zum König? Mich? Eure Exzellenz belieben zu scherzen.«

»Ich spreche im Ernst. Von jetzt an bist du der König dieses Landes.«

Abdullah richtete sich auf:

»Danke, mein Freund«, sagte er und hielt dem Gouverneur die Hand zum Kuß hin. »Wollen Sie bitte meinen lieben Vetter, den König von England, aufs herzlichste von mir grüßen.«

Von Ehrfurcht gepackt, fiel der Gouverneur auf die Knie und empfing in Anerkennung der Verdienste, die er sich um den Thron erworben hatte, aus den Händen Seiner Majestät den soeben geschaffenen Großorden des Grünen Kamels.

Dieses Ereignis hat sich allerdings schon vor ziemlich langer Zeit zugetragen. Heute ernennen die Engländer im Mittleren Osten immer weniger und weniger Könige. Dafür werden immer mehr und mehr Moisches Minister. Möglicherweise besteht zwischen diesen beiden Tatsachen sogar ein ursächlicher Zusammenhang.

Nachfolgend ein Erlebnis, das ich mit einem solchen Moische hatte.
Pünktlich um 5.45 Uhr nachmittags, der vom Protokollchef festgesetzten Zeit, versammelten wir uns in der großen Empfangshalle. Nur etwa fünfzehn prominente Vertreter des israelischen Kunst- und Kulturlebens waren eingeladen. Dunkler Anzug erbeten. Tee unter der Patronanz des Ministers selbst. Überflüssig zu sagen, daß die ganze eingeladene Elite gekommen war: führende Maler und Bildhauer, weltbekannte Opernsänger und Schauspieler, einige arrivierte Schriftsteller, der größte Dichter des Jahrhunderts und zwei Ästheten von internationalem Ruf.
Um 5.50 Uhr verließ der Erste Sekretär den Raum, um den Minister einzuholen. Der Zweite Sekretär, ein hochgewachsener Mann mit imponierend angegrauten Schläfen, edlem Profil und hervorragend geschnittenem Cutaway, ging unterdessen von einem Gast zum andern, um jeden einzelnen mit gedämpfter Stimme darauf aufmerksam zu machen, daß der Minister nun bald erscheinen würde, und ob wir nicht vielleicht etwas leiser reden möchten.
»Schon gut, schon gut, Jankel«, brummte der größte Dichter des Jahrhunderts, mit dem ich mich gerade unterhielt; dann wandte er sich wieder an mich: »Jankel ist ein sehr netter Kerl. Ich erinnere mich noch an die Zeit, als er Versicherungsagent war und allen Menschen fürchterlich auf die Nerven ging. Ich selbst habe ihn zweimal aus meiner Wohnung hinausgeworfen. Übrigens kenne ich auch den Minister sehr gut. Er war früher Postbeamter. Hat Briefmarken verkauft. Erst nach seiner Heirat mit Bienenfelds jüngerer Tochter begann seine Karriere in der Politik.«
»Trotzdem«, warf ich ein. »Er muß doch auch begabt sein.«
»Begabt? Nebbich!« äußerte der Barde mit tiefer Überzeugung. »Er war ein ganz gewöhnlicher Beamter und nicht einmal sehr gescheit. Immer irrte er sich beim Abzählen der Marken. Bienenfeld hat ihn protegiert, das ist alles. Erst unlängst habe ich wieder eine sehr komische Geschichte über ihn gehört. Auf irgendeinem Empfang fragt dieser Halbidiot den russischen Botschafter ... hahaha ... stellen Sie sich vor ... fragt also den russischen Botschafter ... hahaha ... wie viele Briefmarken man in Rußland auf, einen diplomatischen Postsack klebt ... hahaha ... oh!«
Der größte Dichter des Jahrhunderts hörte jäh zu lachen auf, erbleichte und machte eine tiefe Verbeugung. Soeben hatte der Minister den Saal betreten.
»Seine Exzellenz, der Herr Minister!« verkündete der Erste Sekretär. Die anwesenden Künstler verneigten sich, die Damen knicksten. Man konnte

die innere Bewegung, von der alle erfaßt waren, beinahe mit Händen greifen. Ich selbst spürte eine sonderbare Lähmung von meinen Fußsohlen über das Rückgrat und bis in meinen Kopf hinaufkriechen: Zum erstenmal im Leben stand ich einem echten, wirklichen, amtierenden Minister gegenüber.
Ein liebenswürdiges Lächeln lag auf dem Antlitz des Ministers, als er zur Begrüßung die Reihe seiner Gäste entlangschritt. Für jeden von uns hatte er ein paar freundliche Worte. Als er bei mir anhielt, fühlte ich, wie mich die Kräfte verließen, und mußte mich rasch gegen die Wand lehnen, sonst wäre ich vielleicht zusammengebrochen. Auch der größte Dichter des Jahrhunderts, der neben mir stand, zitterte an allen Gliedern.
»Ich freue mich, Sie kennenzulernen«, sagte der Minister zu mir. »Wenn ich nicht irre, habe ich erst vor wenigen Wochen ein sehr schönes Gedicht von Ihnen gelesen.«
Noch nie im Leben war ich von einer solchen Welle von Seligkeit durchflutet worden wie in diesem Augenblick. Ich hatte gar nicht gewußt, daß es Wellen von solcher Seligkeit überhaupt gibt. Der Minister hat etwas von mir gelesen! Von mir! Der Minister! Gelesen! Etwas! Er hat es selbst gesagt! Daß er es gelesen hat! Und jeder konnte es hören! Es gibt noch Wunder auf der Welt: Ein Minister hat etwas von mir gelesen! Gewiß, ich habe in meinem Leben kein einziges Gedicht geschrieben, aber was tut das? Noch meine Enkelkinder werden davon sprechen. Erzähl doch, Großpapa, wie war das damals, als der Minister zu dir kam und sagte: Wenn ich nicht irre...?
Nicht minder beseligt als ich war der größte Dichter des Jahrhunderts, denn der Minister hatte ihm gesagt, daß er sein neues Buch außerordentlich bemerkenswert fände. Diese Worte murmelte der Dichter nun immer wieder entzückt vor sich hin. Waren es doch des Ministers eigene Worte. Welch ein hervorragender Mensch, dieser Minister! Welch ein kaum faßliches Ausmaß von Intelligenz! Jetzt begreift man erst, warum Bienenfeld ihm seine Tochter gegeben hat: einem Mann von so scharfer Urteilskraft und so exquisitem Geschmack! Oder finden Sie nicht? »Einen Augenblick –«
Blitzschnell stürzte der Barde auf den Minister zu, der ein paar Schritte weiter entfernt stand und offenbar eine Zigarette anzünden wollte. Aber der weltbekannte Violinvirtuose, der schon die ganze Zeit sein Feuerzeug sprungbereit in der Hand hielt, kam dem Barden zuvor. Auch die beiden

Ästheten von internationalem Ruf, brennende Zündhölzer in Händen, sprangen herzu, stießen jedoch mitten in der Luft zusammen und stürzten zu Boden. Lächelnd, als wäre nichts geschehen, erhoben sie sich und schielten hoffnungsfroh nach der gefüllten Zigarettendose des Ministers.
Plötzlich erstarb die Konversation. Magnetisch angezogen, drängte alles auf den Minister zu, um einen Platz in seiner Nähe zu ergattern. Es schien, als hätten die Anwesenden ihr ganzes Leben lang nur die eine Sehnsucht gehabt, den Saum seines Gewandes zu berühren. Sie traten einander auf die Füße, pufften einander in die Rippen, und der berühmte Bildhauer focht mit der bekannten Opernsängerin hinter dem Rücken Seiner Exzellenz ein stummes Handgemenge aus ... Was war geschehen?
Klick!
Ein greller Blitz aus einer Ecke des Raums. Das war's. Deshalb das Gedränge. Ein Journalist hatte einen Schnappschuß gemacht.
Die Vertreter des israelischen Kunst- und Kulturlebens zerstreuten sich wieder. Nur ein Lyriker blieb auf dem Teppich zurück.
Ich nahm mir vor, den Fotografen scharf im Auge zu behalten, damit ich wenigstens den nächsten Schnappschuß, falls ein solcher kommen sollte, nicht versäumte. Da – jetzt! Ein Titan der zeitgenössischen Bühne ist an den Fotografen herangetreten, flüstert ihm etwas ins Ohr und macht sich dann unauffällig an den Minister heran, um ihn in ein Gespräch zu verwickeln ... Jetzt dreht sich der Minister zu ihm um ... das ist der Augenblick ... der Bühnentitan schiebt seinen Arm unter den des Ministers ... ich renne los ...
Klick!
Wieder der blendende Blitz. Aber im letzten Moment hat sich der füllige Körper eines literarischen Nobelpreisanwärters zwischen die Kamera und mich geschoben, nein, zwischen die Kamera und die ganze Gruppe. Sekundenlang sah es aus, als wollte sich der Bühnentitan auf den Nobelpreisträger werfen und ihn erdrosseln. Aber er gab sich mit einem Tritt ins Nobelschienbein zufrieden.
Zum Schluß war jeder Besucher mindestens einmal mit dem Minister zusammen geknipst worden – jeder, nur ich nicht. Irgendwie kam ich immer zu spät. Wenn ich noch so plötzlich losrannte – die guten Plätze um den Minister waren bei meiner Ankunft immer schon besetzt. Es würde kein Bild von mir und dem Minister geben ...
Aber was sehe ich da? Der Minister winkt? Wem? Mir? Das muß ein Irr-

tum sein. Ich drehe mich um, ob vielleicht jemand anderer dasteht, dem er gewinkt haben könnte – aber nein, er meint wirklich mich! O Gott! Welch ein erhabener Augenblick! Ich habe den Zenit meiner Laufbahn erreicht. Die ganze Stadt, das ganze Land wird von mir sprechen. Der Minister hat ausdrücklich gewünscht, mit mir zusammen fotografiert zu werden!
Ich eile an die Seite Seiner Exzellenz und werfe dabei einen flehenden Blick auf den Fotografen, damit er nur ja nicht vergißt, die historische Aufnahme zu machen. Er soll knipsen! Er soll unbedingt sofort knipsen!
»Sind Sie aus der Tschechoslowakei?« fragt mich der Minister. Verzweiflung erfaßt mein Herz: Nein, ich bin nicht aus der Tschechoslowakei. Warum, o warum bin ich nicht aus der Tschechoslowakei! Aber so schnell gebe ich nicht auf. Jetzt heißt es Zeit gewinnen. Das ist die Hauptsache. Zeit gewinnen, bis der Fotograf knipst. Worauf wartet er noch, zum Teufel? Er soll schon knipsen!
»Ja ... sehen Sie, Exzellenz ...« Ich dehne die Worte, ich dehne sie so lang ich kann, damit der Fotograf genug Zeit hat, seine Kamera zu laden. Wer ist dieser Strauchdieb überhaupt? Ich werde seine Adresse ausforschen und werde ihm das Handwerk legen ... »Was wünschen Exzellenz über die Tschechoslowakei zu wissen?«
»Wir sprachen gerade darüber, ob es in Prag vor dem Krieg ein Zsrvzmgyvynkvcyupq nix comfwpyviz gegeben hat.«
»In Prag?« Noch immer versuche ich Zeit zu gewinnen. Jetzt hebt der Lump endlich die Kamera. Schneller, schneller! Siehst du denn nicht, daß die anderen schon herbeistürzen? In ein paar Sekunden bin ich vollkommen zugedeckt. Knips doch endlich!
»Ja, in Prag«, nickt Seine Exzellenz.
»Hm ... nun ... soweit ich mich erinnern kann ... (du sollst knipsen, du Schwerverbrecher, knipsen!) »... ich meine ... eigentlich schon ... das heißt ...«
Klick!
Endlich ... Aber – aber wo war das Licht? Wo war der blendende Blitz? Um Himmels willen: Das Magnesium hat nicht funktioniert! Man müßte alle Magnesiumfabrikanten aufhängen. Und diesen Gauner von Fotografen dazu ...
Der Minister, nach allen Seiten freundlich grüßend, verläßt den Saal, der Erste Sekretär gibt bekannt, daß der Empfang beendet ist.
Ich bin ruiniert.

Bon Voyage

Kein Menschenschlag wird in Israel so innig beneidet wie die »Schlichim«, die Emissäre. Jeden Montag und Donnerstag brechen sie nach irgendwelchen legendären Ufern auf, um Spenden für unser armes Land zu sammeln oder den dortigen Juden die Einwanderung in unser Paradies auf Erden schmackhaft zu machen. Überdies beteiligen sie sich an diversen internationalen Tagungen, wo sie unser Land nach besten, wenn auch begrenzten Fähigkeiten repräsentieren.

Vor Antritt ihrer Mission müssen sich die Emissäre einem hochgradig anspruchsvollen Test unterziehen und sich das Hirn über Fragen zermartern wie: »Welcher Partei gehören Sie an?«, »Seit wann?«, »Was ist die Nummer Ihrer Mitgliedskarte?« und »Waren Sie bei den letzten Wahlen aktiv tätig?« Erst wenn er alle diese Prüfungen überstanden hat, wird der Emissär mit den Schwierigkeiten und Tücken des internationalen Protokolls vertraut gemacht. Das geschieht auf ungefähr folgende Weise:

»Am Vorabend Ihrer Abreise zum ... Kongreß in ... habe ich den Vorzug, Ihnen im Namen der Partei und der Regierung zu gratulieren. Wir sind überzeugt, eine glückliche Wahl getroffen zu haben, und halten Sie für hervorragend geeignet, unser Land vor diesem so überaus wichtigen internationalen Forum zu vertreten. Ich möchte die Gelegenheit wahrnehmen, Sie wissen zu lassen, daß mir die ehrenvolle Aufgabe zuteil wurde, Ihnen einige kleine Fingerzeige zu geben, die Ihnen bei der Erfüllung Ihrer schwierigen Mission vielleicht dienlich sein können. Wir sind uns selbstverständlich klar darüber, daß Sie keiner Ratschläge bedürfen. Aber wir bitten Sie dessenungeachtet um eine wohlwollende Aufnahme unserer Bemühungen, Ihnen behilflich zu sein.

Oft genug üben scheinbare Kleinigkeiten entscheidenden Einfluß auf das Urteil aus, das man sich über einen Menschen bildet. Ich würde Ihnen deshalb empfehlen, die Delegierten, deren Bekanntschaft Sie machen werden, nicht schon fünf Minuten später mit dem Vornamen anzureden. Ebensowenig ist es ratsam, alte jüdische Witze zu erzählen, deren Pointe bei der Übersetzung aus dem Jiddischen in die Sprache der anderen Delegierten sowieso verlorengeht. Die Verteilung von israelischen Zigaretten an die Delegierten ist gleichfalls zu unterlassen; wir sind heute zu unserer großen Genugtuung bereits soweit, daß israelische Erzeugnisse von den übrigen

Völkern nicht mehr als Wunder der Improvisation bestaunt werden. Schließlich, und obwohl dieser Hinweis wahrscheinlich überflüssig ist, möchte ich mir die Freiheit nehmen, Sie darauf aufmerksam zu machen, daß Sie die Gegenstände, denen Sie nahe kommen, nicht unbedingt mit den Fingern berühren müssen. Auch sollten Sie von Ihren Fingern möglichst wenig Gebrauch machen, wenn sich in der Nähe Ihres Tellers ein Eßbesteck befindet. Was Tischmanieren im allgemeinen betrifft, bin ich sicher, daß die Ihren, hochgeschätzter Herr Emissär, über jeden Zweifel erhaben sind. Immerhin könnte es Ihnen im Wirbel der Ereignisse entfallen, daß nicht jede Speise sich dazu eignet, vor Genuß durch die Gabel passiert zu werden, und daß die Rosinen nicht deshalb in den Kuchen eingebacken sind, damit man sie einzeln herausklaubt. Vorausgesetzt, daß Sie mir diesen kleinen Ratschlag nicht übelnehmen, sollten Sie Ihre Suppe womöglich dann konsumieren, wenn das Orchester gerade einen Militärmarsch spielt. Ähnliches gilt für das gewöhnlich nach Beendigung der Mahlzeit durchgeführte Vorhaben, Speisereste durch intragutturale Saugtätigkeit aus den Zähnen zu entfernen.
Ohne Zweifel werden Sie Ihren Aufenthalt in den verschiedenen Weltstädten zur Besichtigung von Sehenswürdigkeiten ausnützen wollen. Bei solchen Anlässen benehmen Sie sich bitte ganz natürlich, aber nicht allzu natürlich. Schokoladenpapier und dergleichen werfen Sie im Theater nicht vom Balkon hinunter und im Museum nicht auf den Fußboden. Unterbrechen Sie den Vortrag des Museumsführers nicht durch die Bemerkung, daß man auch bei uns in Askalon so altes Zeug gefunden hat. Im Hotel geben Sie nur dem Personal Trinkgeld, nicht dem Besitzer.
Ganz allgemein berücksichtigen Sie bitte den unterschiedlichen Intelligenzgrad der Delegierten, die ja auf manchen Gebieten vollkommene Ignoranten sind. Zum Beispiel wird der eine oder der andere über die interne Parteistruktur unseres Landes nur mangelhaft informiert sein und wird für Ihre sarkastischen Äußerungen über die Ihnen mißliebigen Parteien kein rechtes Verständnis aufbringen. Der Versuch, fremde Delegierte in der Sprache der Bibel zu unterweisen, hat nur geringe Chancen auf Erfolg. An Debatten über Kulturfragen beteiligen Sie sich durch diplomatisches Schweigen.
Es wird auf die meisten Delegierten keinen besonderen Eindruck machen, wenn Sie ihnen erzählen, daß Sie bereits seit fünfunddreißig Jahren in Israel leben. Die meisten Delegierten leben seit ihrer Geburt in dem Land, das sie vertreten.

Auf dem Festbankett, das die örtliche Judenschaft für Sie veranstaltet, fallen Sie nicht zu heftig über jene Juden her, die zu keinen zionistischen Veranstaltungen kommen, weil Sie dann nicht mehr über die anderen herfallen können, die gekommen sind. Vermeiden Sie es, Ihre Zuhörer zur sofortigen Auswanderung nach Israel zu zwingen. Lassen Sie ihnen wenigstens Zeit zum Kofferpacken.

Abschließend möchte ich Sie noch davor warnen, während der Ansprache eines anderen Delegierten mit der Zeitung zu rascheln, in der Sie lesen. Auch sollten Sie, selbst wenn es dazu einer übermenschlichen Anstrengung bedarf, während der Generaldebatte nicht einschlafen. Diese bei uns so bewährte Praxis hat sich im Ausland noch nicht durchgesetzt. Darüber hinaus... ich wiederhole: darüber hinaus... und ich muß Sie bitten, meinen Ausführungen noch ein paar Minuten lang zu folgen... ich muß Sie wirklich bitten... so wachen Sie doch auf... was ist denn los... wach auf, Jossele...«

Schaschlik, Sum-Sum, Wus-Wus

Mit dem Magen verhält es sich wie mit den Gewerkschaften: Er läßt sich nichts befehlen und geht störrisch seinen eigenen Weg. Daraus ergeben sich zahlreiche Komplikationen.

Wenn der Neueinwanderer an Land gegangen ist, küßt er den Boden, auf dem seine Vorväter wandelten, zerschmettert die Fensterscheiben einiger Regierungsämter, siedelt sich im Negev an und ist ein vollberechtigter Bürger Israels. Aber sein konservativer, von Vorurteilen belasteter Magen bleibt ungarisch, oder holländisch, oder türkisch, oder wie sich's gerade trifft.

Nehmen wir ein naheliegendes Beispiel: mich. Ich bin ein so alteingesessener Israeli, daß mein Hebräisch manchmal bereits einen leichten russischen Akzent annimmt – und trotzdem stöhne ich in unbeherrschten Qualen auf, wenn mir einfällt, daß ich seit Jahr und Tag keine Gänseleber mehr gegessen habe. Ich meine: echte Gänseleber, von einer echt gestopften Gans.

Anfangs versuchte ich diese kosmopolitische Regung zu unterdrücken. Mit aller mir zur Verfügung stehenden Energie wandte ich mich an meinen Magen und sprach:

»Höre, Magen! Gänseleber ist pfui. Wir brauchen keine Gänseleber. Wir werden schöne, reife schwarze Oliven essen, mein Junge, und werden, nicht wahr, stark und gesund werden, nicht wahr, stark und gesund werden wie ein Dorfstier zur Erntezeit.«
Aber mein Magen wollte nicht hören. Er verlangte nach der dekadenten, überfeinerten Kost, die er gewohnt war.
Ich muß an dieser Stelle einschalten, daß die hartnäckig ungarische Attitüde meines Magens mir überhaupt schon viel zu schaffen gemacht hat. In den Vereinigten Staaten wäre ich seinetwegen beinahe gelyncht worden. Es geschah in einer »Cafeteria«, einer jener riesenhaften Selbstbedienungsgaststätten, in denen man auf ein appetitliches Tablett alle möglichen Dinge teils auflädt, teils aufgeladen bekommt. Mein Tablett war bereits ziemlich voll, als ich an die Ausgabestelle für Eistee herantrat.
»Bitte um ein Glas kalten Tee ohne Eis«, sagte ich der jungen Dame in Kellnerinnentracht.
»Gern«, antwortete sie und warf ein halbes Dutzend Eiswürfel in meinen Tee.
»Verzeihen Sie – ich sagte: ohne Eis.«
»Sie wollten doch ein Glas Eistee haben, nicht?«
»Ich wollte ein Glas kalten Tee haben.«
Das Mädchen blinkte ratlos mit den Augen, wie ein Semaphor im Nebel, und warf noch ein paar Eiswürfel in meinen Tee.
»Da haben Sie. Der nächste.«
»Nicht so. Ich wollte den Tee *ohne* Eis.«
»Ohne Eis können Sie ihn nicht haben. Der nächste!«
»Warum kann ich ihn nicht ohne Eis haben?«
»Das Eis ist gratis. Der nächste!«
»Aber mein Magen verträgt kein Eis, auch wenn es gratis ist. Können Sie mir nicht ein ganz gewöhnliches Glas kalten Tee geben, gleich nachdem Sie ihn eingeschenkt haben, und bevor Sie die Eiswürfel hineinwerfen?«
»Wie? Was? Ich verstehe nicht.«
Aus der Schlange, die sich mittlerweile hinter mir gebildet hatte, klangen die ersten fremdenfeindlichen Rufe auf, und was diese ausländischen Idioten sich eigentlich dächten. Ich verstand die Andeutung sehr wohl, aber zugleich stieg der orientalische Stolz in mir hoch.
»Ich möchte einen kalten Tee ohne Eiswürfel«, sagte ich.
Die Kellnerin war offenkundig der Meinung,. daß sie ihre Pflicht getan

hätte und sich zurückziehen könnte. Sie winkte den Manager herbei, einen vierschrötigen Gesellen, der drohend an seiner Zigarre kaute.
»Dieser Mensch hier will einen Eistee ohne Eis«, informierte sie ihn. »Hat man so etwas schon gehört?«
»Mein lieber Herr«, wandte sich der Manager an mich, »bei uns trinken monatlich 1930275 Gäste ihren Eistee, und wir hatten noch nie die geringste Beschwerde.«
»Das kann ich mir lebhaft vorstellen«, antwortete ich entgegenkommend. »Aber ich vertrage nun einmal keine übermäßig kalten Getränke, und deshalb möchte ich meinen Tee ohne Eis haben.«
»Alle Gäste nehmen ihn mit Eis.«
»Ich nicht.«
Der Manager maß mich von oben bis unten.
»Wie meinen Sie das: Sie nicht? Was gut genug für hundertsechzig Millionen Amerikaner ist, wird auch für Sie gut genug sein – oder?«
»Der Genuß von Eis verursacht mit Magenkrämpfe.«
»Hör zu, mein Junge.« Die Stirn des Managers legte sich in erschreckend tiefe, erschreckend finstere Falten. »Diese Cafeteria besteht seit dreiundvierzig Jahren und hat noch jeden Gast zu seiner Zufriedenheit bedient.«
»Ich will meinen Tee ohne Eis.«
Um diese Zeit hatten mich die ungeduldig Wartenden bereits umzingelt und begannen zwecks Ausübung der Lynchjustiz ihre Ärmel hochzurollen. Der Manager sah den Augenblick gekommen, seinerseits die Geduld zu verlieren.
»In Amerika wird Eistee mit Eis getrunken!« brüllte er. »Verstanden?!«
»Ich wollte ja nur –«
»Ihre Sorte kennt man! Ihnen kann's niemand recht machen, was? Wo kommen Sie denn überhaupt her, Sie?«
»Ich? Aus Ägypten.«
»Hab ich mir gleich gedacht«, sagte der Manager. Er sagte noch mehr, aber das konnte ich nicht mehr hören. Ich rannte um mein Leben, von einer zornigen Menschenmenge drohend verfolgt.
Und das war nur der Anfang. Wo immer ich in der Folge hinkam, kehrte sich die öffentliche Meinung Amerikas langsam, aber sicher gegen Ägypten. Irgendwie muß man diesem Nasser doch beikommen...
Zurück zur Gänseleber, die ich in Israel schon jahrelang nicht gegessen habe. Zurück zu meinem unheilbar ungarischen Magen, den ich eine Zeit-

lang durch Verköstigung in dekadenten europäischen Restaurants zu beschwichtigen suchte. Leider dauerte das nicht lange. Ich übersiedelte in eine Gegend, in der es nur ein einziges kleines Gasthaus gab. Es gehörte einem gewissen Naftali, einem Neueinwanderer aus dem Irak.[1]

Als ich das erste Mal zu Naftali kam, geriet mein Magen vom bloßen Anblick, der sich mir bot, in schmerzlichen Aufruhr. Naftali stand hinter seiner Theke und beobachtete mich mit einem Lächeln, um dessen Rätselhaftigkeit die selige Mona Lisa ihn beneidet hätte. Auf der Theke selbst befanden sich zahllose undefinierbare Rohmaterialien in Technicolor, und auf einem Regal im Hintergrund standen sprungbereite Gefäße mit allerlei lustigen Gewürzen. Kein Zweifel – ich war in eine original-arabische Giftküche geraten. Aber noch bevor ich die Flucht ergreifen konnte, gab mir mein Magen zwingend zu verstehen, daß er einer sofortigen Nahrungsaufnahme bedürfe. »Na, was haben wir denn heute?« fragte ich mit betonter Leichtigkeit.

Naftali betrachtete einen Punkt ungefähr fünf Zentimeter neben meinem Kopf (er schielte, wie sich alsbald erwies) und gab bereitwillig Auskunft: »Chumus, Mechsi mit Burgul oder Wus-Wus.«

Es war eine schwere Wahl. Chumus erinnerte mich von fernher an ein lateinisches Sprichwort, aber Wus-Wus war mir vollkommen neu.

»Bringen Sie mir ein Wus-Wus.«

Die phantastische Kombination von Eierkuchen, Reis und Fleischbrocken in Pfefferminzsauce, die Naftali auf meinen Teller häufte, schmeckte abscheulich, aber ich wollte ihm keine Gelegenheit geben, sein rätselhaftes Lächeln aufzusetzen. Mehr als das: Ich wollte ihn völlig in die Knie zwingen.

»Haben Sie noch etwas anderes?« erkundigte ich mich beiläufig.

»Jawohl«, grinste Naftali. »Wünschen Sie Khebab mit Bacharat, Schaschlik mit Elfa, eine Schnitte Sechon oder vielleicht etwas Smir-Smir?«

»Ein wenig von allem.«

Zu dieser vagen Bestellung war ich schon deshalb genötigt, weil ich die exotischen Namen nicht bewältigen konnte. Ich nahm an, daß Naftali mir jetzt eine scharfgewürzte Bäckerei, ein klebriges Kompott und irgendeinen säu-

1 Der Irak hat etwa 200 000 Juden ausgetrieben, in der Hoffnung, daß sie den Lebensstandard Israels auf das Niveau des Irak senken würden. Der Plan schlug fehl. Die irakischen Juden haben sich in das israelische Wirtschaftsleben bestens eingefügt. Nur wenn man es mit ihrer Küche zu tun bekommt, muß man die Feuerwehr rufen.

erlichen Mehlpapp servieren würde. Weit gefehlt. Er begab sich an eine Art Laboratoriumstisch und mischte ein paar rohe Hammelinnereien mit gedörrtem Fisch, bestreute das Ganze mit Unsummen von Pfeffer und schüttete rein gefühlsmäßig noch etwas Öl, Harz und Schwefelsäure darüber.
Etwa zwei Wochen später wurde ich aus dem Krankenhaus entlassen und konnte meine Berufstätigkeit wieder aufnehmen. Von gelegentlichen Schwächeanfällen abgesehen, fühlte ich mich verhältnismäßig wohl, und die Erinnerung an jenes schauerliche Mahl begann allmählich zu verblassen. Aber was tat das Schicksal? Es spielte mir einen Streich.
Eines Tages, als ich auf dem Heimweg an Naftalis Schlangengrube vorbeikam, sah ich ihn grinsend in der Türe stehen. Meine Ehre verbot mir, vor diesem Grinsen Reißaus zu nehmen. Ich trat ein, fixierte Naftali mit selbstbewußtem Blick und sagte:
»Ich hätte Lust auf etwas stark Gewürztes, Chabibi!«
»Sofort!« dienerte Naftali. »Sie können eine erstklassige Kibah mit Kamon haben oder ein Hashi-Hashi.
Ich bestellte eine kombinierte Doppelportion dieser Gerichte, die sich als Zusammenfassung aller von den Archäologen zutage geförderten Ingredienzien der altpersischen Küche erwies, mit etwas pulverisiertem Gips als Draufgabe. Nachdem ich diesen wertvollen Fund hinuntergewürgt hatte, forderte ich ein Dessert.
»Suarsi mit Mish-Mish oder Baklawa mit Sum-Sum?«
Ich aß beides. Zwei Tage danach war mein Organismus völlig gefühllos geworden, und ich torkelte wie ein Schlafwandler durch die Gegend. Nur so läßt es sich erklären, daß ich das nächste Mal, als ich des grinsenden Naftali ansichtig wurde, abermals seine Kaschemme betrat.
»Und was darf's heute sein, Chabibi?« fragte er lauernd, die Mundwinkel verächtlich herabgezogen.
Da durchzuckte mich der göttliche Funke und ließ zugleich mit meinem Stolz auch mein Improvisationstalent aufflammen. Im nächsten Augenblick hatte ich zwei völlig neue persische Nationalgerichte erfunden:
»Eine Portion Kimsu«, bestellte ich, »und vielleicht ein Sbagi mit Kub-Kubon.«
Und was geschah? Was, frage ich, geschah?
Es geschah, daß Naftali mit einem höflichen »Sofort!« im Hintergrund der finsteren Spelunke verschwand und nach kurzer Zeit eine artig von Rüben umrandete Hammelkeule vor mich hinstellte.

Aber so leicht sollte er mich nicht unterkriegen:
»He! Wo ist mein Kub-Kubon?«
Nie werde ich die Eilfertigkeit vergessen, mit der Naftali eine Büchse Kub-Kubon herbeizauberte.
»Schön«, sagte ich. »Und jetzt möchte ich noch ein Glas Vago Giora[1]. Aber kalt, wenn ich bitten darf.«
Auch damit kam er alsbald angedienert. Und während ich behaglich mein Vago Giora schlürfte, dämmerte mir auf, daß all diese exotischen Originalgerichte, all diese Burgul und Bacharat und Wus-Wus und Mechsi und Pechsi nichts anderes waren als ein schäbiger Betrug, dazu bestimmt, uns dumme Aschkenasim[2] lächerlich zu machen. Das steckte hinter Mona Lisas geheimnisvollem Grinsen.
Seit diesem Tag fürchte ich mich nicht mehr vor der orientalischen Küche. Eher fürchtet sie sich vor mir. Erst gestern mußte Naftali mit schamrotem Gesicht ein Mao-Mao zurücknehmen, das ich beanstandet hatte.
»Das soll ein Mao-Mao sein?« fragte ich mit ätzendem Tadel. »Seit wann serviert man Mao-Mao ohne Kafka?!«[3]
Und ich weigerte mich, mein Mao-Mao zu berühren, solange kein Kafka auf dem Tisch stand.
Meinen Lesern, soweit sie orientalische Restaurants frequentieren, empfehle ich, nächstens ein gut durchgebratenes Mao-Mao mit etwas Kafka zu bestellen. Es schmeckt ausgezeichnet. Wenn gerade kein Kafka da ist, kann man auch Saroyan nehmen. Aber nicht zuviel.

1 Vago Giora ist der Name eines mir persönlich bekannten Bankdirektors, der mir zu sehr günstigen Bedingungen ein Darlehen verschafft hat. Deshalb wollte ich seinen Namen auf irgendeine Weise verewigen.
2 Die europäischen Juden werden von den nichteuropäischen »Aschkenasim« – oder in lautmalerischer Nachahmung des Jiddischen – »Wus-Wus« genannt.
3 Wie immer man literarisch zu Franz Kafka stehen mag – gastronomisch ist er über jede Kritik erhaben, besonders mit Currysauce.

Yigal und die Inquisition

Manche Probleme, mit denen sich der Neueinwanderer mühsam herumschlagen muß, sind für andere Bewohner des Landes überhaupt nicht vorhanden: für die im Land Geborenen, die sogenannten »Sabras«, die wir schon bei einer früheren Gelegenheit erwähnt haben.

In den Vereinigten Staaten unterscheidet sich die junge Generation von der alten hauptsächlich dadurch, daß sie mehr von Fluid Drive und Vierradbremse versteht. In Israel ist der Unterschied zwischen Vätern und Söhnen so groß, daß er sich mit Worten gar nicht erklären läßt, sondern nur mit Beispielen:

Eine aus Sabras bestehende Studentendelegation fuhr nach Prag, um dort an einem Studentenkongreß teilzunehmen. Es war um jene Zeit, da die tschechoslowakischen Kommunisten aufgrund der neuesten Krümmung der Parteilinie ganz offiziell dem Antisemitismus oblagen. Infolgedessen ließen ein paar eifrige tschechische Jungkommunisten sich's angelegen sein, die an ihrem Mittagstisch sitzenden Sabras bei jeder Gelegenheit mit dem Zuruf »Jud! Jud! Jud!« zu bedenken. Eine Massenrauferei schien unausbleiblich, aber nichts dergleichen geschah. Die Sabragruppe beendete ruhig ihre Mahlzeit und verließ ebenso ruhig den Saal.

Jemand fragte sie, ob sie denn diese gewissen Zurufe nicht gehört hätten?

»Natürlich haben wir sie gehört«, lautete die Antwort. »Sie haben uns Juden genannt. Und was weiter? Wir sind ja Juden.«

Daß man sie in feindseliger Absicht so apostrophiert haben könnte, fiel den Sabras nicht ein. Sie wußten nicht, daß der Zuruf »Jud!« einmal ein Schimpfwort gewesen war.

Äußerlich entspricht der Sabra ziemlich genau dem nationalsozialistischen Rassenideal. Er ist nur etwas größer gewachsen und seine Haare sind etwas blonder. Die etwas kleiner gewachsenen jüdischen Väter betrachten ihre überdimensionierten Söhne mit einem Gemisch aus Stolz und Schrecken. Und erst die jüdischen Großväter! Sie verstehen ihre eigenen Enkelkinder nicht mehr und wissen nicht, wie sie mit diesen Enkelkindern, die mit den Arabern fertig geworden sind, fertig werden sollen.

Auf einer Parkbank wurde ich Zeuge der folgenden aufschlußreichen Begebenheit.

Ich hatte zwei Nachbarn auf dieser Parkbank. Der eine, ein älterer Herr, war in die Lektüre einer jiddischen Zeitung vertieft, wobei seine Lippen sich stumm bewegten und seine Brille immer wieder über seine Nasenspitze zu rutschen drohte. Der andere war ungefähr zehn Jahre alt und las, soviel ich sehen konnte, einen blutrünstigen Kriminalroman. Plötzlich wandte er sich fragend an den alten Herrn:

»Großpapa – was ist Inquisition?«

Großpapa faltete die Zeitung zusammen, schob die Brille auf seine Nase zurück und holte genießerisch aus:

»Vor Hunderten von Jahren, mein kleiner Yigal, im finsteren Mittelalter, hatten unsere Vorväter ein sehr schweres Leben. Man sperrte sie in Gettos, die von hohen Mauern umgeben waren, und jeder Christ konnte sie treten und anspucken und nach Herzenslust erniedrigen. Ja, ja. So war das damals. Die Steuereintreiber der Fürsten und Bischöfe raubten ihnen das letzte Geld, wenn es ihnen nicht schon die lieben Nachbarn geraubt hatten. Unsere Waisen wurden lebendig verbrannt, unsere Männer wurden zu den niedrigsten Diensten gezwungen, unsere Frauen wurden –«

»Schon gut«, unterbrach ihn Yigal. »Das genügt. Ich habe dich gefragt, Großpapa, was Inquisition bedeutet.«

»So warte doch. Ich bin gleich soweit. Die Inquisition war ein fürchterliches, grausames Verfahren zur Einschüchterung all derer, die an den Dogmen der Kirche zweifelten. Natürlich waren die Opfer fast immer Juden ...«

»Warum ›natürlich‹? Wieso?«

»Wirst du mich endlich in Ruhe weiterreden lassen?« ärgerte sich der alte Herr. »Also höre. In den Folterkammern der Inquisition wurden die Opfer von Mönchen in roten Kapuzen entsetzlich gequält. Man zwickte sie mit glühenden Zangen, hängte sie verkehrt auf, zog unseren Märtyrern bei lebendigem Leib –«

»Genug«, unterbrach ihn Yigal aufs neue. »Den Rest bis zur Revolution kannst du überspringen.«

»Bis zu welcher Revolution?«

»Was ist das für eine Frage? Bis zum Aufstand der Juden gegen die Mönche!«

»Laß deine dummen Reden, Yigal. Unsere Vorfahren waren fromme, gottesfürchtige Juden, die sich gegen den Willen des Ewigen nicht auflehnten.«

»Was heißt das? Willst du sagen, daß Gott diese ... daß er die Inquisition wollte?«

»Schäm dich, Yigal! So spricht man nicht von Gott! Und unsere Vorfahren waren große Helden, die nicht einmal auf dem Scheiterhaufen von ihrem Glauben ließen. ihre Überzeugung war unerschütterlich, und ihre innere Stärke war gewaltig.«
»Fein! Dann sind sie schließlich doch auf die Mönche losgegangen?«
»Yigal! Ich habe dir doch gerade gesagt, daß unsere Vorväter, gelobt sei ihr Andenken, auch unter den fürchterlichen Qualen standhaft blieben und dem Ewigen noch mit ihrem letzten Atemzug dafür dankten, daß Er ihre Feinde nicht obsiegen ließ... Im Tale des Todes gehe ich...« (der alte Herr begann in wiegendem Singsang zu psalmodieren) »... aber es wird mir kein Leides geschehen, denn der Herr, mein Gott, ist bei mir...«
»Verstehe ich nicht«, bemerkte Yigal trocken. »Wie konnten sie singen, daß ihnen kein Leid geschah, während sie gerade von den Mönchen verbrannt wurden? Wenn die Mönche gesungen hätten, so wäre –«
»Schweig, du mißratenes Kind! Deine einzige Entschuldigung ist, daß du nicht weißt, wovon du sprichst. Unsere Vorfahren glaubten so fest an Gottes Gerechtigkeit, daß selbst ihre Folterknechte von bleichem Schrekken erfaßt wurden und aus Angst immer mehr und mehr unschuldige Opfer töteten.«
»Großpapa!« flehte Yigal. »Bitte, Großpapa, erzähl mir schon endlich etwas von der Revolution! Nur eine ganz kleine Revolution! Bitte!«
»Ruhig, du kleiner Schegez![1] Willst du das Andenken unserer Märtyrer entweihen? Wenn sie der Inquisition nicht so heldenhaft Widerstand geleistet hätten, wärest du heute kein Jude...«
»Das ist nicht wahr!« empörte sich Yigal. »Ich wäre auf jeden Fall ein Jude, weil ich in Israel geboren bin!«
»Ein Heide bist du, sonst nichts! Weil du keine Ehrfurcht vor dem Heldenmut unserer Vorfahren hast!«
»Quatsch!« rief Yigal und sprang auf. »Du willst mir einreden, daß es Gottes Wille wäre, wenn mich die Mönche verbrennen? Sei nicht böse, Großpapa, aber das ist ein Unsinn. Und deine Vorfahren müssen fürchterliche Waschlappen gewesen sein!«
Damit wandte Yigal sich ab und ließ uns sitzen.

1 Als »Schegez« bezeichnen die rechtgläubigen Juden jene jugendlichen Ignoranten, die sich nur um weltliche Dinge kümmern. In früheren Zeiten galt diese Bezeichnung als tödlicher Schimpf. Heute haben sich die Sabras so sehr an sie gewöhnt, daß sie überhaupt nicht mehr darauf reagieren.

»Was sagst du da?!« zürnte der alte Herr hinter ihm her. Dann wandte er sich kopfschüttelnd an mich: »Waschlappen... Ist Ihnen eine solche Unverschämtheit jemals untergekommen? Und für diese Brut haben wir unseren Staat gebaut! Für dieses nichtswürdige Gezücht von unwissenden Kindern! Sind sie nicht fürchterlich! Sagen Sie selbst: Sind sie nicht fürchterlich?« Er schüttelte nochmals den Kopf, seufzte tief auf und sagte leise: »Gott segne sie.«

Achimaaz und die Schuhe

Israelische Eltern sind glücklich, wenn ihre Kinder ihnen nicht ähnlich sehen. Kinder werden in Israel auf das unglaublichste verwöhnt. Wer einen zum Bersten vollen Autobus besteigt und ein Kind im Lebendgewicht von fünf Kilogramm auf dem Arm trägt, bekommt sofort einen Sitzplatz. Wer einen fünfzig Kilogramm schweren Sack auf dem Rücken hat, muß stehen. Nicht alle israelischen Kinder sind Genies; nur fünfundachtzig bis neunzig Prozent. Unter den restlichen zehn bis fünfzehn findet sich eine ausreichende Anzahl von geistig Minderbemittelten. Keine ausgebildeten, denn das Schulwesen in Israel ist nicht verstaatlicht. Naturbelassene.

Ein solcher war Achimaaz, von dem nunmehr die Rede sein soll.

Das Unglück begann damit, daß ich an einer neuen Sorte amerikanischer Schuhe, ihrer Gummisohlen wegen allgemein »Rubber Soles« genannt, besonderen Gefallen fand. Ich wollte mir unbedingt ein Paar kaufen und betrat zu diesem Zweck das Schuhgeschäft Leicht am Mograbi Square[1].

»Herr Leicht«, sagte ich, »ich möchte ein Paar echte Rubber Soles, Sämisch, mit amerikanischen Spitzen.«

»Einen Augenblick«, sagte Herr Leicht und begann seine Regale zu durchstöbern.

1 Das Weltgeschehen hat zwei Brennpunkte: den Times Square in New York und den Mograbi Square in Tel Aviv (tatsächlich sind an diesen beiden Punkten dreiundvierzig Prozent aller Kinotheater der Welt konzentriert). Wenn man einen Israeli beispielsweise fragt, wo Abessinien liegt, antwortet er: »Wissen Sie, wo der Mograbi Square liegt? Also – Abessinien liegt 3000 Meilen südöstlich.«

Es zeigte sich, daß Herr Leicht Rubber-Soles-Schuhe, Sämischlederschuhe und Schuhe mit amerikanischen Spitzen auf Lager hatte, aber kein einziges Paar, das alle drei Qualitäten in sich vereinigte. Angesichts meiner deutlich zur Schau getragenen Enttäuschung erklärte er sich bereit, einen Botenjungen in sein Filialgeschäft zu schicken, welches sich gegenüber der Hauptpost befand. »In ein paar Minuten haben Sie Ihre Schuhe«, sagte er wörtlich und winkte den Botenjungen heran, einen kleinen Jemeniten von etwa vierzehn Jahren, dessen außergewöhnlich geringer Intelligenzgrad sich sofort feststellen ließ.
»Höre, Achimaaz«, sagte Herr Leicht langsam und deutlich. »Du gehst jetzt in unser Zweiggeschäft gegenüber vom Hauptpostamt und verlangst dort ein Paar Rubber Soles, Sämisch, amerikanisch, Nummer 7. Die bringst du her. Hast du verstanden?«
»Wozu?« antwortete Achimaaz.
»Na ja.« Herr Leicht wandte sich entschuldigend an mich. »Es ist vielleicht besser, wenn wir dem kleinen Schwachkopf Ihre Schuhe mitgeben, sonst bringt er die falsche Größe.«
Ich zog meine Schuhe aus, die Herr Leicht in eine leere Schachtel tat und dem Botenjungen übergab.
»Also, Achimaaz: Rubber Soles, Sämisch, amerikanisch, Nummer 7. Wirst du dir das merken? Ja? Dann lauf.«
»Herr Leicht«, stammelte Achimaaz, »ich weiß nicht, wohin ich gehen soll, Herr Leicht.«
»Du weißt doch, wo die Hauptpost ist?«
»Ja, das weiß ich.«
»Also. Auf was wartest du noch? Es eilt!«
Nach zwei Stunden und zwanzig Minuten, in denen ich ohne Schuhe dasaß, wußten weder Herr Leicht noch ich, worüber wir noch sprechen sollten, um unsere Nervosität zu verbergen. Alle gängigen Konversationsthemen, vom Wachstum Tel Avivs bis zur Aufnahme Chinas in die UNO, waren bereits erschöpft. Endlich wurde die Tür aufgerissen und Achimaaz stand auf der Schwelle, vollkommen atemlos und mit vollkommen leeren Händen.
»Nu?!« Herr Leicht sprang auf ihn zu. »Wo sind die Schuhe?«
»Mit Luftpost abgegangen«, sagte Achimaaz und holte tief Atem.
Die sofort angestellten Nachforschungen ergaben folgenden Hergang: Der verwirrte Knabe war in strikter Befolgung der letzten Instruktionen, die

Herr Leicht ihm erteilt hatte, direkt aufs Hauptpostamt gerannt und hatte sich dort an die Schlange vor dem Schalter Nummer 4 angereiht, weil sie die längste war. Er kam nur langsam vorwärts, denn am Schalter 4 werden die eingeschriebenen Briefe abgefertigt, und ein Bote des Postministeriums hatte ihrer gerade 1200 mitgebracht. Endlich aber war Achimaaz doch an der Reihe.

Erlöst schob er dem Beamten die Schachtel mit meinen alten Schuhen unter die Nase und sagte brav das Eingelernte auf:

»Rubber Soles Sämisch Amerika Nummer 7.«

»Schalter 8«, sagte der Beamte. »Bitte weitergehen.«

Achimaaz wechselte zur Schlange vor dem Schalter 8, wo die übergewichtigen Briefe gewogen werden. Auch dort wiederholte er sein Sprüchlein:

»Rubber Soles Sämisch Amerika Nummer 7.«

»Das ist kein Brief«, sagte der Beamte. »Das ist ein Paket.«

»Macht nichts«, sagte Achimaaz. »Herr Leicht will es so.«

»Na schön.« Der Beamte zuckte die Schultern und legte die Schachtel auf die Waage. »Das wird dich ein Vermögen kosten. Wohin soll's gehen?«

»Rubber Soles Sämisch Amerika Nummer 7.«

Der Beamte sah im Postgebührenverzeichnis unter »Amerika« nach und errechnete die Luftpostgebühr für das entsprechende Gewicht.

»Drei Pfund zehn Piaster. Mit Eilzustellung?«

»Warum eil?«

»Ist es eilig?«

»Sehr eilig.«

»Macht achtundfünfzig Piaster mehr. Hast du soviel Geld bei dir, Junge?«

»Ich glaube schon.«

Erst jetzt merkte der Beamte, daß auf der Schachtel keine wie immer geartete Adresse angebracht war.

»Was soll das? Warum hast du keine Adresse geschrieben?«

»Ich kann nicht sehr gut schreiben«, entschuldigte sich Achimaaz und wurde knallrot. »Wir sind acht Kinder. Mein ältester Bruder ist im Kibbuz und –«

»Schon gut«, unterbrach ihn der Beamte, dessen weiches jüdisches Herz soeben die Oberhand gewonnen hatte, und griff nach einer Feder, um das Paket selbst zu adressieren. »An wen geht das also?«

»Rubber Soles Sämisch Amerika Nummer 7«, flüsterte in wachsender Verschüchterung der Knabe Achimaaz.

»Rabbi Sol Sämisch, USA«, schrieb der Beamte auf das Paket und knurrte etwas von diesen amerikanischen Juden, die sogar ihre biblischen Vornamen abkürzen und statt »Solomon« nur »Sol« sagen; dann unterbrach er sich aufs neue: »Welche Stadt, zum Teufel? Welche Straße?«
»Herr Leicht hat gesagt: gegenüber vom Hauptpostamt.«
»Das genügt nicht.«
»Rubber Soles Sämisch Amerika Nummer 7«, wiederholte Achimaaz tapfer. »Mehr hat Herr Leicht nicht gesagt.«
»Wirklich ein starkes Stück...« Der Beamte schüttelte den Kopf und vervollständigte mit erfahrungssatter Sicherheit die Adresse: Postfach No. 7, Brooklyn, N. Y., USA.[1] »Wer ist der Absender?«
»Herr Leicht.«
»Wo wohnt Herr Leicht?«
»Ich weiß nicht. Sein Geschäft ist auf dem Mograbi Square.«
Das war der Hergang, soweit er sich rekonstruieren ließ.

Als ich vor einigen Tagen wieder am Schuhgeschäft Leicht vorbeikam, winkte mich Herr Leicht in den Laden und zeigte mir stolz einen Brief von Rabbi Sämisch aus Hartford, Connecticut. (Die falsche Brooklyner Adresse war von der findigen amerikanischen Post richtiggestellt worden.) Rabbi Sämisch bedankte sich herzlich für das hübsche Geschenk, bemerkte jedoch, daß er im allgemeinen neue Schuhe vorzöge, weil sie länger hielten. Im übrigen hätte ihn die kleine Aufmerksamkeit, obwohl er sich seit jeher lebhaft für die zionistische Bewegung interessierte, doch ein wenig überrascht.

Im Zeichen des Kreuzworträtsels

Die junge, bereits in Israel geborene Generation leidet an einer gewissen Engstirnigkeit, weil sie infolge der prekären geographischen Lage des Landes keinen rechten Kontakt mit der großen Welt hat. Gewiß, die Sabras

1 In Israel herrscht die Überzeugung, daß fast alle amerikanischen Juden in Brooklyn leben. Und was tut Gott? Fast alle amerikanischen Juden leben in Brooklyn.

kennen Israel wie ihre eigene Tasche. Aber Hand aufs Herz: Wie groß ist selbst die größte Tasche?
Wo es auf Kenntnisse und Erfahrungen ankommt, hat also der eingewanderte Europäer die Möglichkeit, sich den jungen, halbwilden Asiaten überlegen zu zeigen. Die beste Gelegenheit hierzu bietet sich, wie wir gleich sehen werden, am Meeresstrand. (Für mangelhaft informierte Leser: Der Staat Israel liegt am Mittelmeer, und zwar derart, daß man von jedem beliebigen Punkt des Landesinnern in einer halben Stunde entweder ans Meer oder in arabische Gefangenschaft kommt.)
Ich weiß mir kaum etwas Schöneres, als im goldenen Sonnenschein am Strand zu liegen, das Gesicht mit einer Zeitung zugedeckt und nichts bedenkend – außer, daß ich morgen ein Manuskript abliefern muß; daß Herr Leicht noch immer nicht an Rabbi Sämisch nach Hartford geschrieben hat, um mir endlich meine Schuhe zu verschaffen; daß wieder eine Steuerrate fällig ist; daß ich vergessen habe, die Wäsche abzuholen, auf die meine Frau so dringend wartet; daß ich demnächst zur Waffenübung einrücken muß; daß mir mein Kugelschreiber gestohlen wurde; daß ich seit zwei Tagen an Ohrensausen leide und daß Nasser soeben eine größere Waffenlieferung von den Russen bekommen hat. Mit anderen Worten: Ich gebe mich dem süßen, friedlichen Nichtstun hin, und rings um mich versinkt die Welt. Ich bin allein mit Sonne und Wind, und höchstens noch mit dem Tennisball, der mir von Zeit zu Zeit an den Kopf saust. Und mit dem Sand. Und den Stechfliegen. Und einer lärmenden Schar von süßen, gesunden, stimmkräftigen kleinen Engeln. Wirklich, es ist eine Qual, am Strand zu liegen.
Gleichviel – ich lag am Strand, im goldenen Sonnenschein, das Gesicht mit einer Zeitung zugedeckt – aber das habe ich wohl schon gesagt. Nur stimmte es gleich darauf nicht mehr. Denn einer dieser pausbäckigen Kriminellen trat herzu und zog mir die schützende Zeitung vom Gesicht:
»Mutar?«[1]
»Bitte«, sagte ich.
Kaum hatte ich mir eine neue, halbwegs erträgliche Lage zurechtkonstruiert, in der ich meine Augen mit dem linken Unterarm gegen das

1 Die wörtliche Übersetzung von »Mutar« lautet: »Ist es erlaubt?« Wenn ein Sabra das Wort anwendet, bedeutet es soviel wie: »Jeder Widerstand ist nutzlos.«

Sonnenlicht abzuschirmen vermochte, als aus der Horde der Halbstarken der Zuruf eines Rotkopfs mich aufschreckte:
»He, Sie! Wir möchten das Kreuzworträtsel lösen!«
Das war zuviel. Nicht genug, daß dieses verwahrloste Pack mich des Sonnenschutzes beraubte – jetzt wollen sie mir auch die einzige kleine Freude verderben, die ich auf Erden noch habe. Kreuzworträtsellösen ist mein einziges, geliebtes Hobby. Ich weiß wirklich nicht, warum ich es schon seit zwanzig Jahren nicht mehr ausübe.
»Nein«, erklärte ich mit fester Stimme. »Das Kreuzworträtsel werdet ihr nicht anrühren. Verstanden?« Und ich versuchte weiterzudösen.
Bald darauf wurde mir das durch einen schrillen Schrei unmöglich gemacht:
»Fünf Buchstaben, du Idiot! Fünf!!«
Sie lösten es also doch, das Kreuzworträtsel. Obwohl ich's ihnen ausdrücklich verboten hatte, diesen Hooligans, diesen Bezprizornis, diesen Sabras.
»Vierbeiniges Säugetier mit fünf Buchstaben, auch Zugtier«, rätselte der Rotkopf laut vor sich hin, während seine Kumpane in tiefes Nachdenken versanken.
»Zuerst ist es ganz gut gegangen, aber gegen Ende wird so ein Rätsel immer schwerer«, ließ sich ein anderer vernehmen. »Fünf Buchstaben ... Zugtier ... weißt du's vielleicht, Pink?«
Pink wußte es nicht. Aber von irgendwoher aus dem Haufen erklang es plötzlich triumphierend:
»Stier!«
Das Wort wurde eingeschrieben, die Stimmung hob sich. Bei drei senkrecht gab es ein neues Hindernis:
»Held eines Romans von Dostojewskij, dessen Dramatisierung demnächst im Habimah-Theater zu sehen sein wird. Elf Buchstaben, der erste ist ein Aleph.«
»Der Tod des Handlungsreisenden?« fragte ein weibliches Bandenmitglied, wurde aber belehrt, daß dies mehr als elf Buchstaben wären.
»König Lear?«
»Mach dich nicht lächerlich. Es muß doch mit einem Aleph anfangen.«
Ich konnte diese Orgie der Unwissenheit nicht länger ertragen. Als humanistisch gebildetem Europäer war mir natürlich von Anfang an klar gewesen, daß es sich um niemand andern handeln könne als um den unsterblichen Helden von »Schuld und Sühne«. Und mit jener Nachlässigkeit, die wahrhaft überlegenen Geistern zu eigen ist, warf ich der Horde den Namen hin:

»Raskolnikow.«
Das betretene Schweigen, das daraufhin entstand, wurde von einem höhnischen Gejohle abgelöst:
»Wo bleibt das Aleph, Herr, wo bleibt das Aleph?«
Der Ruf Europas stand auf dem Spiel. Wenn ich diesem asiatischen Abschaum nicht augenblicklich meine kulturelle Überlegenheit beweisen konnte, war Europa in diesem Teil der Welt erledigt.
»Laßt mich einmal das Rätsel sehen«, sagte ich herablassend. »Wo habt ihr denn das Aleph überhaupt her?«
Sie hatten es von fünf waagrecht, einer südamerikanischen Hauptstadt mit vier Buchstaben, die sie als »Air's« eingetragen hatten – wobei sie sich das stumme hebräische e zunutze machten und »Buenos« gleich zur Gänze unterschlugen.
»So geht's nicht, Kinder.« Ich setzte ein pädagogisch mildes Lächeln auf und änderte »Air's« in »Rima«, weil ich das R für Raskolnikow brauchte. »Rima, liebe Kinder, ist die Hauptstadt von Peru. In Europa weiß das jeder Volksschüler.«
»Nicht Lima?« fragte der unverschämte Rotkopf; Er wurde von den anderen sofort niedergebrüllt, was kein geringes Vertrauensvotum für mich bedeutete. Ich konnte jetzt getrost darangehen, die durch Rima nötiggewordenen Änderungen vorzunehmen. Als erstes wurde das auf acht senkrecht aufscheinende »Volk« in »Publ« verwandelt.
»Publ?« Es war schon wieder der Rotkopf. »Sind Sie sicher?«
»Natürlich ist er sicher«, wies ihn seine gummikauende Freundin, ein offenbar recht wohlerzogenes Mädchen, zurecht. »Stör doch den Herrn nicht immer. Ich wollte, du wärest halb so gescheit wie er!«
Ich nickte ihr gütig zu und fuhr in meiner Korrekturarbeit fort. Fünf senkrecht, eine elektrische Maßeinheit, wurde dank Rima mühelos als »Iock« agnosziert, ein Wasserfahrzeug ebenso mühelos als »Kiki«. Um diese Zeit war mir nicht mehr ganz geheuer zumute, aber so knapp vor Schluß konnte ich nicht aufgeben.
»Mexikanischer Raubvogel mit fünf Buchstaben.« Über meine Schulter las Pink eine der wenigen noch ungelösten Legenden. »Erster Buchstabe Beth, letzter Buchstabe Teth.«
Unter allgemeinem Jubel und Händeklatschen entschied ich mich für »Bisot«, achtzehn waagrecht, die von Anwälten ausgeübte Beschäftigung, entpuppte sich als »Fnuco« und die lateinische Übersetzung von Bleistift

als »Murs«. Von da an stieß ich auf keine Schwierigkeiten mehr. Jugoslawische Hafenstadt: Stocki. Führende Macht der westlichen Hemisphäre (abgekürzt): ULM. Feldherr im Dreißigjährigen Krieg: Wafranyofl.
Als ich fertig war, lag mir die israelische Jugend zu Füßen. Was waren das doch für prächtige Geschöpfe, diese lernbegierigen, weltaufgeschlossenen Mädels und Jungen, auf die wir mit Recht so stolz sind. Sie hingen an meinen Lippen. Sie beteten mich an.
Heute reicht mein Ruhm von den Bergen Galiläas bis zum Golf von Elath. Wer mich sucht, braucht nur nach dem »Wandelnden Lexikon« zu fragen. Man findet mich mit größter Wahrscheinlichkeit am Strand, Kreuzworträtsel lösend, andächtig umringt von der Blüte des Landes.

Die Früchte des Mißtrauens

Meinungsverschiedenheiten entstehen nicht nur zwischen Vätern und Söhnen, sondern auch unter den Vätern selbst. Ebenso unvermeidlich ist es, daß in einem Schmelztiegel wie Israel gelegentliche Rassenvorurteile auftreten. Beispielsweise behaupten die primitiven und moralisch minderwertigen weißen Einwanderer, daß die dunkelhäutigen Juden primitiv und moralisch minderwertig sind. Ich persönlich bin solchem Rassenwahn nur ein einziges Mal erlegen und erröte noch heute, wenn ich daran denke.

Vor einiger Zeit erklärte meine Gattin, daß sie ihre Haushaltspflichten nicht mehr allein bewältigen könne. Sie wüchsen ihr einfach über den Kopf, seit auch noch der Kanari hinzugekommen sei. Und es müßte sofort eine tüchtige Hilfskraft aufgenommen werden.[1]

1 Israelische Frauen verabscheuen nichts so sehr wie ihre Haushaltspflichten – aus Gründen der Hitze, der Plackerei und überhaupt. Selbst Mütter ziehen es vor, schlecht bezahlte, anstrengende Posten zu übernehmen und für das so verdiente Geld eine Haushälterin zu engagieren, nur damit sie selbst mit ihrem Haushalt nichts zu tun haben. Die beste Lösung wäre natürlich, wenn immer je zwei Ehefrauen übereinkämen, für ein identisches Salär ihre Haushalte gegenseitig zu betreuen. Da dies jedoch eine logische Lösung wäre, hat man sie in israelischen Hausfrauenkreisen noch nicht entdeckt.

Nach langen Forschungen und Prüfungen entschieden wir uns für Mazal, ein weibliches Wesen, das in der Nachbarschaft den besten Ruf genoß. Mazal war eine Orientalin von mittleren Jahren und gelehrtem Aussehen. Dieses verdankte sie ihrer randlosen Brille, die sie vermittels zweier Drähte auf der Nasenspitze balancierte.
Es war ein Fall von Liebe auf den ersten Blick. Wir wußten sofort, daß Mazal die Richtige war, meine überarbeitete Ehegefährtin zu entlasten. Es ging auch alles ganz glatt – bis plötzlich unsere Nachbarin, Frau Schawuah Tow, das bittere Öl des Mißtrauens in unsere nur allzu empfänglichen Ohren träufelte.
»Ihr Einfaltspinsel«, sagte Frau Schawuah Tow, als sie uns eines Morgens besuchte und unsere Hausgehilfin eifrig mit dem Besen hantieren sah. »Wenn eine Weibsperson wie Mazal für euch arbeitet, dann tut sie es ganz gewiß nicht um des schäbigen Gehaltes willen, das sie von euch bekommt.«
»Warum täte sie es sonst?«
»Um zu stehlen«, sagte Frau Schawuah Tow.
Wir wiesen diese Verleumdung energisch zurück. Niemals, so sagten wir, würde Mazal so etwas tun.
Aber meiner Frau begann es alsbald aufzufallen, daß Mazal, wenn sie den Fußboden kehrte, uns nicht in die Augen sah. Irgendwie erinnerte sie uns an das Verhalten Raskolnikows in »Schuld und Sühne«. Und die Taschen ihres Arbeitskittels waren ganz ungewöhnlich groß.
Mit dem mir eigenen Raffinement begann ich sie zu beobachten, wobei ich mir den Anschein gab, in die Zeitungslektüre vertieft zu sein. Ich merkte, daß Mazal besonders unser Silberbesteck mit einer merkwürdig gierigen Freude säuberte. Auch andere Verdachtsmomente traten zutage. Die Spannung wuchs und wurde nach und nach so unerträglich, daß ich vorschlug, die Polizei zu verständigen.
Meine Frau jedoch, eine gewiegte Leserin von Detektivgeschichten, wies darauf hin, daß es sich bei dem gegen Mazal akkumulierten Beweismaterial um mehr oder weniger anfechtbare Indizienbeweise handle und daß wir vielleicht besser täten, unsere Nachbarin um Rat zu fragen.
»Ihr müßt das Ungeheuer in flagranti erwischen«, erklärte Frau Schawuah Tow. »Zum Beispiel könntet ihr irgendwo eine Banknote verstecken. Und wenn Mazal das Geld findet, ohne es zurückzugeben, dann schleppt sie vor den Richter!«

Am nächsten Tag stellten wir die Falle. Wir entschieden uns für eine Fünfpfundnote, die wir unter die Badezimmermatte praktizierten.
Vom frühen Morgen an war ich so aufgeregt, daß ich nicht arbeiten konnte. Auch meine Frau klagte über stechende Kopfschmerzen. Immerhin gelang es uns, einen detaillierten Operationsplan festzulegen: meine Frau würde die ertappte Unholdin durch allerlei listige Täuschungsmanöver zurückhalten, während ich die Sicherheitstruppe alarmierte.
»Schalom«, grüßte Mazal, als sie ins Zimmer trat. »Ich habe unter der Matte im Badezimmer zehn Pfund gefunden.«
Wir verbargen unsere Enttäuschung hinter einem unverbindlichen Gemurmel, zogen uns zurück und waren fassungslos. Minutenlang konnten wir einander überhaupt nicht in die Augen sehen. Dann sagte meine Ehegattin:
»Was mich betrifft, so hatte ich zu Mazal immer das größte Vertrauen. Ich habe nie begriffen, wie du diesem goldehrlichen Geschöpf zutrauen konntest, seine Arbeitgeber zu bestehlen.«
»Ich hätte gesagt, daß sie stiehlt?!« Meine Stimme überschlug sich in gerechtem Zorn. »Eine Unverschämtheit von dir, so etwas zu behaupten! Die ganzen letzten Tage hindurch habe ich mich vergebens bemüht, dieses Muster einer tugendhaften Person gegen deine infamen Verdächtigungen zu schützen!«
»Daß ich nicht lache«, sagte meine Frau und lachte. »Du bist über die Maßen komisch.«
»So? Ich bin komisch. Möchtest du mir vielleicht sagen, wer die zehn Pfund unter der Matte versteckt hat, obwohl wir doch nur fünf Pfund verstecken wollten? Hätte Mazal – wozu sie natürlich vollkommen unfähig ist – das Geld wirklich gestohlen, dann wären wir überflüssigerweise um zehn Pfund ärmer geworden.«
Bis zum Abend sprachen wir kein einziges Wort mehr.
Als Mazal ihre Arbeit beendet hatte, kam sie wieder ins Zimmer, um sich zu verabschieden.
»Gute Nacht, Mazal«, sagte meine Frau mit betonter Herzlichkeit. »Auf Wiedersehen morgen früh. Und seien Sie pünktlich.«
»Ja«, antwortete die brave Hausgehilfin. »Gewiß. Wünscht Madame mir jetzt noch etwas zu geben?«
»Ihnen etwas geben? Wie kommen Sie darauf, meine Liebe?«

Daraufhin entstand der größte Radau, den es in dieser Gegend seit zweitausend Jahren gegeben hat.[1]
»Madame wünscht mir also nichts zu geben?!« kreischte Mazal mit funkelnden Augen. »Und was ist mit meinem Geld?! He?! Sie wissen doch ganz genau, daß Sie eine Fünfpfundnote unter die Matte gelegt haben, damit ich sie stehlen soll! Ihr wolltet mich wohl auf die Probe stellen, ihr Obergescheiten, was?!«
Meine Gattin verfärbte sich. Ich meinerseits hoffte, daß die Erde sich auftun und mich verschlingen würde, aber ich hoffte vergebens.
»Na? Auf was warten Sie noch?« Mazal wurde ungeduldig. »Oder wollen Sie vielleicht mein Geld behalten?«
»Entschuldigen Sie, liebe Mazal«, sagte ich mit verlegenem Lächeln. »Hier bitte, sind Ihre fünf Pfund, liebe Mazal.«
Mazal riß mir die Banknote unwirsch aus der Hand und stopfte sie in eine ihrer übergroßen Taschen.
»Es versteht sich von selbst«, erklärte sie kühl, »daß ich nicht länger in einem Haus arbeiten kann, in dem gestohlen wird. Zum Glück habe ich das noch rechtzeitig entdeckt. Man darf den Menschen heutzutage nicht trauen...«
Sie ging, und wir haben sie nie mehr wiedergesehen.
Frau Schawuah Tow jedoch erzählte in der ganzen Nachbarschaft herum, daß wir versucht hätten, eine arme, ehrliche Hausgehilfin zu berauben.

Latifa und die schwarze Magie

Sollte der Leser glauben, daß wir es mit keinen weiteren Haushaltsproblemen zu tun bekommen hätten, so wäre er im Irrtum. Besonders seit der Ankunft unseres prächtigen kleinen Rafi, der vor etwa zweieinhalb Jahren

1 Alles, was in Israel passiert, ist das größte Ereignis seiner Art seit zweitausend Jahren, denn so lange hat die Unterbrechung unserer staatlichen Existenz gedauert. Wir haben die erste Fahrschule seit zweitausend Jahren, die erste Besenfabrik seit zweitausend Jahren, und, ob Sie es glauben oder nicht: das vorliegende Buch ist die erste Sammlung satirischer Kurzgeschichten aus Israel seit zweitausend Jahren. Schon aus diesem Grund verdient es ein gewisses Maß von Hochachtung.

geboren wurde, nehmen die Probleme kein Ende. Eine schier unübersehbare Reihe von Sarahs, Mirjams und Leas ist seither an uns vorübergezogen, denn Rafi erwies sich als ein ungemein begabter Hausmädchen-Entferner. Kaum tritt eine neue weibliche Hilfskraft über die Schwelle unseres Hauses, beginnt Rafi, von irgendwelchen atavistischen Instinkten befeuert, seinen schrillen, langanhaltenden Kriegsgesang, der das aufzunehmende Mädchen unfehlbar zu folgender Bemerkung veranlaßt:

»Ich wußte nicht, daß Sie so weit vom Stadtzentrum wohnen. Leider –«

Und eine Sekunde später ist sie spurlos verschwunden.

Aber die Vorsehung ließ uns nicht im Stich. Ein sonniger, gnadenreicher Tag bescherte uns Latifa, die eine Empfehlung von ihrer Schwester Etroga mitbrachte. Etroga hatte vor drei oder vier Jahren in unserem Haushalt gearbeitet. Jetzt schickte sie uns zur Rache ihre Schwester. Aus irgendwelchen Gründen ließ Rafi die gewohnte proletarische Wachsamkeit vermissen: Während wir mit Latifa verhandelten – und das dauerte länger als eine halbe Stunde –, kam kein Laut über seine Lippen. Zu unserer grenzenlosen Freude nahm Latifa den Posten an.

Latifa war ein breitgesichtiges, kuhartiges Geschöpf. Ihr arabischer Dialekt bildete ein reizvolles Gegenstück zum fließenden Österreichisch meiner Schwiegermutter. Bald aber mußten wir entdecken, daß mit Latifa auch die schwarze Magie in unser Heim eingezogen war. Zunächst jedoch erfreute sich Latifa allgemeiner Beliebtheit, obwohl sie eine eher langsame Wesensart an den Tag legte und mit jeder ihrer schläfrigen Bewegungen deutlich bekundete, daß sie viel lieber in der Sonne oder im Kino gesessen wäre, statt sich mit Windeln und ähnlichem Zeug abzugeben.

Der erste schwere Zusammenstoß mit Latifa entstand wegen des venezianischen Spiegels. Wir waren gerade dabei, einige innenarchitektonische Veränderungen in unserer Wohnung vorzunehmen. Während wir die Möbel prüfend hin und her schoben, ließ meine Gattin an Latifa den Auftrag ergehen, den erwähnten Spiegel in die Zimmerecke zu hängen. (Mein Schwiegervater hatte das unförmige Ding in Wien gekauft, aufgrund der schwindelhaften Versicherung des Händlers, daß man in Israel für diesen Wertgegenstand eine ganze Schafherde im Tausch bekäme.)

»Den Spiegel in die Ecke?« stöhnte Latifa. »Hat man je gehört daß jemand freiwillig einen Spiegel in die Zimmerecke hängt? Jedes Kind kann Ihnen sagen, daß ein Spiegel in der Ecke entsetzliches Unglück über das ganze

Haus bringt!« Und mit ungewohnter Lebhaftigkeit erzählte sie uns von einer ihrer Nachbarinnen, die allen Warnungen zum Trotz einen Spiegel in die Zimmerecke gehängt hatte. Was geschah? Eine Woche später gewann ihr Mann zehntausend Pfund in der Lotterie, erlitt vor Freude einen Schlaganfall und starb.

Wir waren tief betroffen. Und da wir uns keinem solchen Unheil aussetzen wollten, verkauften wir den Spiegel kurzerhand für zwanzig Piaster an einen Altwarenhändler, dem wir, um ihm die Transaktion schmackhaft zu machen, noch drei Paar Skier samt den dazugehörigen Stiefeln draufgaben.[1]

Drei Tage später kam es abermals zu einer Krise, als wir Latifa aufforderten, den Plafond zu säubern.

»Entschuldigen Sie«, sagte Latifa. »Aber Sie glauben doch nicht im Ernst, daß ich auf eine Leiter hinaufsteigen werde, solange der Kleine im Haus ist? Er braucht nur ein einziges Mal unter der Leiter durchzukriechen und bleibt sein Leben lang ein Zwerg. Dann können Sie ihn an einen Zirkus verkaufen.«

»Na, na«, sagte meine Frau besänftigend, und ich schloß mich ihr an. »Na, na«, sagte ich besänftigend.

»Na, na? Was wollen Sie damit sagen? Der Tischler in unserem Haus hat einen Sohn, der ist jetzt fünfzehn Jahre alt und nur einen halben Meter groß, weil er als Kind immer unter den Leitern durchgekrochen ist. Wenn Sie aus Ihrem Sohn mit aller Gewalt einen Zwerg machen wollen, kann ich Sie nicht hindern. Aber ich möchte meine Hand nicht dazu hergeben.«

Als nächstes kam die Sache mit den Fensterscheiben. Latifa erklärte, nur ein Irrsinniger könne daran denken, die Fensterscheiben am Freitag putzen zu lassen – wo doch jeder Mensch weiß, daß dann sofort ein Brand ausbricht. Vergeblich bemühten wir uns, Latifa zu einer einmaligen Zuwiderhandlung gegen ihre wohlfundierten Lebensregen zu bewegen. Sie blieb hart. Wenn wir ihr im weiten Umkreis – so verkündete sie – auch nur eine einzige normaldenkende Frauensperson zeigen könnten, die bereit wäre,

1 Zu den altehrwürdigen jüdischen Beschäftigungen gehört das Kaufen und Verkaufen von alten, völlig unbrauchbaren Gegenständen, vorzugsweise aus dem Haushalt, und von alten Kleidern. Die Hausfrau ist froh, den Plunder loszuwerden, aber die wirkliche Freude besteht natürlich im Handeln. Man verlangt zum Beispiel die runde Summe von hundert Pfund. Der blutsaugerische Händler antwortet mit einem Gegenangebot von fünfundzwanzig Piastern. Zum Schluß trifft man sich auf halbem Weg und verkauft das Zeug um fünfundzwanzig Piaster.

am Freitag die Fenster zu putzen, dann würde sie für die nächsten drei Monate auf ihr Gehalt verzichten.
Wir gaben auf, gingen zum Fenster und blickten verzweifelt hinaus. Was sahen wir? In der Wohnung unseres Drogisten gegenüber war das Hausmädchen gerade damit beschäftigt, die Fenster zu putzen.
»So ein Gauner!« rief Latifa empört. »Erst gestern hat er eine Feuerversicherung abgeschlossen!«
Donnerstag nachmittag ersuchten wir Latifa, die Vorhänge abzunehmen. Sie taumelte, als hätte sie der Blitz getroffen, und brachte nur noch ein Flüstern zustande:
»Was?« flüsterte sie. »Was? Die Vorhänge abnehmen? Im Kislew?[1] Sind Sie verrückt? Damit der kleine Rafi krank wird?!«
Diesmal waren wir entschlossen, nicht nachzugeben. Wir informierten Latifa unumwunden, daß wir ihr nicht glaubten, und außerdem gebe es um die Ecke einen Doktor. Latifa wiederholte, daß sie eine so verbrecherische Handlung wie das Abnehmen von Vorhängen im Monat Kislew nicht mit ihrem Gewissen vereinbaren könne. Daraufhin machten wir uns erbötig, die volle Verantwortung für alle etwa eintretenden Folgen zu übernehmen.
»Schön«, sagte Latifa. »Kann ich das schriftlich haben?«
Ich setzte mich an den Schreibtisch und fertigte eine eidesstattliche Erklärung aus, daß uns Frau Latifa Kudurudi für den Fall einer Vorhangabnahme vor einer Erkrankung unseres Söhnchens gewarnt hätte, aber von uns gezwungen worden wäre, die Vorhänge dessenungeachtet und auf unsere Verantwortung abzunehmen. Latifa nahm die Vorhänge ab.
Am Abend klagte der kleine Rafi über Kopfschmerzen. In der Nacht bekam er Fieber. Am Morgen zeigte das Thermometer vierzig Grad. Latifa sah uns vorwurfsvoll an und zuckte die Schultern. Meine Frau lief um den Doktor, der bei Rafi eine Grippe feststellte.
»Aber wie ist das nur möglich?« schluchzte meine Frau. »Wir passen doch so gut auf ihn auf. Warum bekommt er plötzlich eine Grippe?«
»Warum?« kam Latifas Stimme aus dem Hintergrund des Zimmers.

1 Kislew ist ein hebräischer Monatsname. Der dazugehörige Monat entspricht dem November oder vielleicht dem Dezember. Genauere Auskünfte wolle man beim nächstgelegenen Rabbiner einholen.

»Ich werde Ihnen sagen, warum! Weil ich die Vorhänge abnehmen mußte.«
»Was?« Der Doktor wandte sich um. »Was sagen Sie?«
»Jawohl«, sagte Latifa. »Die Vorhänge. Hat schon jemals ein vernünftiger Mensch im Kislew die Vorhänge abgenommen, wenn ein kleines Kind im Haus ist?«
»Das Mädchen hat vollkommen recht«, sagte der Doktor. »Wie können Sie bei diesem unfreundlichen, naßkalten Wetter die Vorhänge abnehmen? Kein Wunder, daß der Kleine sich erkältet hat. Ich muß schon sagen, daß mich Ihr Vorgehen sehr überrascht...«
Latifa trat wortlos an den Arzt heran, zeigte ihm das von mir ausgestellte Zeugnis und begab sich ebenso wortlos in die Küche.
Seither richten wir uns widerspruchslos nach Latifas Entscheidungen. Soviel wir bisher feststellen konnten, darf am Sonntag keine Wäsche gewaschen werden, weil sonst eine Überschwemmung entsteht, und das Polieren von Türklinken vor Frühlingsbeginn hat unfehlbar eine Schlangenplage zur Folge.
Im übrigen erklärte Latifa, daß die Wohnung siebenundzwanzig Tage lang nicht aufgeräumt werden dürfte, wenn Rafi gesund werden soll. Am nächsten Morgen betrat sie das Zimmer, setzte sich in den Lehnstuhl und verlangte nach den Zeitungen.
Die Mißwirtschaft in unserer Wohnung nimmt katastrophale Ausmaße an. Aber ich muß zugeben, daß Rafi nicht mehr hustet.

Chamsin und Silberrausch

Zu den wichtigsten Worten der jiddischen Sprache gehört das Wort »Zores«. Es bedeutet soviel wie Sorgen, Kummer, Mißhelligkeiten, Unglück. Die Juden sind seit der Vertreibung aus dem Paradies besonders reich mit Zores gesegnet. Deshalb heißen sie ja auch das auserwählte Volk. Man unterscheidet natürliche Zores, die sozusagen gottgewollt sind und die man fertig ins Haus geliefert bekommt, und künstliche, von Menschenhand erzeugte Zores.

In England zum Beispiel rangiert das Wetter unter den hauptsächlichen Zores der Bevölkerung, weil dort tagtäglich alle vier Jahreszeiten miteinander abwechseln. Das ist nicht die Schuld der Engländer, sondern gottgewollt. Andererseits haben die Engländer aus völlig freien Stücken ein künstliches Staatengebilde namens Jordanien erzeugt, und dafür müssen sie jetzt büßen. Was uns Israelis betrifft, so leiden wir sowohl unter dem Wetter als auch unter Jordanien. Aber vielleicht sollten wir über unser Klima nicht klagen. Vielleicht ist es ein Segen, daß die Wintertemperatur unseres Landes ungefähr jener entspricht, die in Kalifornien herrscht, und zwar an einem schönen Sommertag in einer luftdicht abgeschlossenen Telefonzelle.
Außerdem gibt es bei uns einen trockenen, brennheißen Wüstenwind, eine Art von Superschirokko, der auf Erden nur ein einziges Gegenstück hat: Das Innere der sinnreich konstruierten Testapparate, in denen die Besatzung amerikanischer Panzerwagen auf ihre Widerstandskraft gegen Feuereinwirkung geprüft wird. Dieser Wind heißt »Chamsin«, nach dem arabischen Wort für fünfzig, weil er angeblich fünfzig Tage im Jahr bläst. (In Wahrheit bläst er mindestens hundert Tage, aber die Araber waren immer schon groß im Feilschen.) Wenn der Chamsin bläst, bekommt man keine Luft, kann sich kaum auf den Beinen halten und fühlt das Verdorren der Nervenstränge beinahe plastisch. Einem Beduinen, der während des Chamsins eine seiner Frauen umbringt, geschieht nichts. Es geschieht ihm auch nichts, wenn er eine seiner Frauen außerhalb der Chamsinzeit umbringt, aber das macht den Chamsin um nichts erfreulicher.
Der weiße Mann rottet nur selten seine Frauen aus, wahrscheinlich weil die Beziehung zwischen Mann und Frau unter den Menschen weißer Rasse so hervorragend ausbalanciert ist. Immerhin tut auch der weiße Mann bisweilen Seltsames. Und davon wollte ich eigentlich reden.
Es war also ein Tag, an dem der Chamsin wehte und die Luft nur noch aus heißem Sand zu bestehen schien, als mein Eheweib tief aufseufzte und sprach:
»O Gott, welche Hitze... Da fällt mir etwas ein. Unser Petroleumofen ist so verrostet, daß ich am liebsten vor Scham versinken möchte, wenn wir Gäste haben...«
Ich gab keine Antwort, denn ein plappernder Mann ist wie ein Brunnen ohne Wasser, der ein Feuer löschen will. Statt dessen beschloß ich, meiner Frau eine Freude zu machen und den Ofen mit Silberlack anzustreichen.

Und selbstverständlich würde ich das alles selbst machen, wie es neuerdings Mode geworden ist.[1]

In einem Farbengeschäft in Jaffa kaufte ich eine große Dose »garantiert feuerfesten Silberaluminiumlack«, erzeugt im Kibbuz Tushia[2], und einen mittelgroßen Pinsel, solcherart meinem Vorhaben alle technischen Grundlagen sichernd.

Am nächsten Morgen täuschte ich mit Hilfe des immer noch anhaltenden Chamsin tiefen Schlummer vor, bis meine Frau sich an die Arbeit begeben hatte (irgend jemand muß schließlich unsere tägliche Einkommenssteuer verdienen). Dann stand ich auf. Vorschriftsmäßig öffnete ich die Zinndose mit der glitzernd-silbrigen Flüssigkeit darinnen, sorgfältig strich ich den Ofen. Der Lack saß ihm wie angegossen und machte allen Schmutz und Rost vollkommen unsichtbar. Meine natürliche Bescheidenheit zwingt mich zu dem Bekenntnis, daß auch ein mittelmäßig intelligenter Schuljunge diese Leistung zustande gebracht hätte, denn der garantiert feuerfeste Silberaluminiumlack aus dem Kibbuz Tushia ist ein so hervorragendes Präparat, daß man damit einfach nichts verpatzen kann. Wenn Sie ihn noch nicht versucht haben, tun Sie das bei nächster Gelegenheit. Sie werden nie mehr mit einem andern garantiert feuerfesten Aluminiumlack arbeiten wollen.

Die Arbeit machte mir große Freude. Ich wartete gar nicht ab, bis »der erste Belag vollkommen getrocknet« war – zufolge der bürokratischen Gebrauchsanweisung dürfte man nämlich erst dann die zweite Schicht auflegen. Ich legte sie, um sicherzugehen, sofort auf, und eine dritte obendrein.

Da meine Hände nun schon recht kräftige Spuren. der geleisteten Arbeit trugen und die Büchse noch nicht annähernd leer war, begann ich Umschau zu halten, ob nicht noch andere Gegenstände in unserer Wohnung der Restauration bedürften. Ich fand und lackierte zwei schäbig gewordene

1 Die »Do-it-yourself«-Mode, einer der Schrecken der zivilisierten Menschheit, beginnt sich auch bei uns immer weiter auszubreiten.

2 Unsere Kibbuzim, die ursprünglich als rein landwirtschaftliche Siedlungen gedacht waren, haben ihre Tätigkeit mittlerweile auch auf andere Gebiete der Volkswirtschaft ausgedehnt. Einige begannen ihre Traktoren selbst herzustellen und warfen sich dann aus purer Profitgier auf den Brückenbau, andere verbesserten ihre Einkünfte durch die Erzeugung kosmetischer Gebrauchsartikel, und im Süden des Landes gibt es einen Kibbuz, der sich nach einer Mißernte durch psychoanalytische Traumdeutungen vor dem Bankrott retten konnte.

Türklinken, einen tropfenden Wasserhahn und drei Aluminiumtöpfe, die nachher wie neu aussahen; ferner einen Kaktustopf samt Kaktus, den Küchentisch, zwei Fußschemel, einen Aschenbecher, einen Schuhlöffel und andere Kleinigkeiten. Dann wollte ich aufhören, denn ich hatte das Gefühl, ein wenig ins Extreme zu geraten.

Aber da fiel mein Blick zufällig auf das von abgeblättertem Lack verunzierte Gestell meines guten, treuen Motorrads – und binnen kurzem erglänzte das Rad in neuer Stromlinienpracht. Jetzt gab es für mich kein Halten mehr. Zweifellos unter der Einwirkung des Chamsin verlor ich jede Selbstbeherrschung und erfüllte mir den langgehegten Wunsch, das abscheuliche Linienmuster unseres Kachelfußbodens durch reizvoll unregelmäßige Karos zu ersetzen. Die Kontrollkapazität meines Hirns ließ immer mehr nach. Schon kniete ich aufs neue vor dem Ofen und applizierte ihm einen weiteren, vierten Silberbelag. Jetzt merkte ich, wie stillos es war, nur zwei silberne Türklinken zu haben, und versilberte auch alle übrigen und die Fenstergriffe dazu. Dann kamen die Bilderrahmen an die Reihe, wobei ich mich nicht enthalten konnte, unseren Kunstdruck der Mona Lisa ein wenig zu verbessern; ich versah sie mit einem Silberlamékleid, das viel besser zu ihrem schwachsinnigen Grinsen paßte. Während ich den Radioapparat lackierte, fiel mir auf, daß meine Schuhe mit silbernen Pünktchen gesprenkelt waren, was nicht hübsch aussah; ich bedeckte sie zur Gänze mit Silber. Wie schön sie doch glänzten! Es ist zum Staunen, daß noch niemand auf den Einfall gekommen ist, Aluminiumschuhe herzustellen. Sie würden zum dunklen Anzug hervorragend passen.

Nachdem ich die achtzehn Bände der Encyclopedia Britannica in Silber getaucht hatte, machte ich aber wirklich Schluß und ließ nur noch einigen Stehlampen die Verschönerung zukommen, auf die sie mir Anspruch zu haben schienen. Dazu mußte ich eine Leiter ersteigen. Seltsam: Nachher hätte ich schwören mögen, es wäre eine Aluminiumleiter, obwohl ich doch ganz genau wußte, daß es eine gewöhnliche hölzerne Leiter war. Während ich obenstand, verschüttete ich ein wenig Lack auf unseren Perserteppich.[1] Zu meiner Freude entdeckte ich jedoch, daß der Teppich eine außerge-

1 Perserteppiche sind in Israel kein solcher Luxusgegenstand wie in Europa, aus ähnlichen Gründen, aus denen schottischer Whisky in England kein Luxus ist: Unsere Perserteppiche kommen aus dem Geschäft hinter der nächsten Ecke.

wöhnliche Saugfähigkeit für Silberlack besaß – ein neuer Beweis für die wachsende Qualität unserer Kibbuzindustrie.
Als mein Vorhaben, unseren Petroleumofen zu lackieren, bis zu diesem Punkt gediehen war, erledigte ich noch rasch die Regale in unserer Küche, die Handtaschen meiner Frau sowie meine eigenen Krawatten und verwandelte den Kaninchenpelz meiner Schwiegermutter in einen Silberfuchs. Jetzt litt es mich nicht länger im Haus. Vor Seligkeit taumelnd, begab ich mich in den Garten, wo ich ein paar jungen Setzlingen täuschende Ähnlichkeit mit kleinen Silberpappeln verlieh und die ersten Silbernelken züchtete. Beim Versilbern unserer Fensterläden überraschte mich der Briefträger, dem ich durch einen leichten Silberbelag auf den Schläfen zu distinguiertem Aussehen verhelfen wollte. Aber der arme Kerl begriff das nicht und entfloh unter heiseren Schreckenslauten, wobei er eine Menge eingeschriebener Briefe auf unserem Silberrasen verstreute.
Ich war gerade dabei, die Wände unserer Wohnung auf den allgemeinen Charakter des Hauses abzustimmen, als die Türe sich öffnete und meine Frau auf der Schwelle stand.
»Entschuldigen Sie«, sagte sie höflich. »Ich muß mich in der Türe geirrt haben.« Und sie wollte sich wieder entfernen.
Mit knapper Not konnte ich sie zurückhalten, um sie nach und nach davon zu überzeugen, daß sie sich tatsächlich in unserem Heim befinde und daß ich ihr mit diesen kleinen Verschönerungen nur eine frohe Überraschung hätte bereiten wollen. Sie war überrascht, nicht aber froh und ließ mich wissen, daß sie bis zur Entscheidung des Rabbinats[1] in ein Hotel ziehen würde. Zum Glück konnte sie ihre Habseligkeiten nicht packen, weil alle Koffer mit frischem Silberlack bedeckt waren und sich nicht öffnen ließen. Während sie zusammenbrach und haltlos vor sich hinschluchzte, fand ich noch ein wenig Silberlack für ihre Nägel. Dann war die Dose leer.

1 Alle wichtigen Ereignisse im Leben eines israelischen Bürgers bedürfen der Bewilligung durch das Oberrabbinat: Geburt, Hochzeit, Scheidung, Begräbnis. Von diesem Punkt – einem Lieblingsanlaß israelischer Meinungszusammenstöße – wird noch die Rede sein.

Eiserner Vorrat

Es ließ sich nicht länger leugnen, daß ich einen bitteren Nachgeschmack im Munde verspürte, und zwar schon seit Wochen. Ich suchte einen Psychiater auf, der mich ausführlich über meine Kindheitserlebnisse, meine Träume und die Erfahrungen meines Ehelebens befragte. Er kam zu dem Ergebnis, daß der bittere Nachgeschmack in meinem Mund von einem falsch sublimierten Trauma herrührte, das seinerseits auf den Mangel an Zucker in meinem Frühstückskaffee zurückging.

Auf diese Weise stellte sich heraus, daß meine Frau, die beste Ehefrau von allen, mich schon seit Wochen auf einer zuckerlosen Diät hielt.

»Was soll das?« fragte ich daraufhin die beste Ehefrau von allen. »Ich will Zucker haben!«

»Schrei nicht«, erwiderte sie. »Es gibt keinen Zucker. Es gibt ihn nirgends.«

»Wo sind unsere Zuckerrationen?«

»Die habe ich weggesperrt. Für den Fall, daß es einmal keinen Zucker mehr gibt.«

»Jetzt sind wir soweit. Es gibt keinen Zucker mehr.«

»Eben. Und du möchtest natürlich gerade jetzt, wo es keinen Zucker gibt, im Zucker wühlen. Jeden Augenblick kann der Atomkrieg ausbrechen – und wie stehen wir dann da? Ohne Zuckervorräte?«[1]

»Mach dich nicht lächerlich«, sagte ich. »Ich gehe jetzt hinunter und kaufe jede Menge Zucker, die ich haben will.«

Damit ging ich hinunter, betrat das Lebensmittelgeschäft an der Ecke, zwinkerte dem Besitzer, der ein begeisterter Leser meiner Kurzgeschichten ist, vertraulich zu und flüsterte ihm ins Ohr, daß ich ganz gerne etwas Zucker hätte.

»Lieber Herr Kishon«, erwiderte er freundlich, »ich wäre niemandem so gern gefällig wie Ihnen, aber es gibt keinen Zucker.«

»Ich zahle natürlich gerne etwas mehr«, sagte ich.

»Lieber Herr Kishon, ich kann Ihnen leider keinen Zucker geben. Nicht einmal, wenn Sie mir ein Pfund achtzig dafür zahlen.«

1 Zur Information des Lesers: In Wahrheit fürchten wir uns überhaupt nicht vor dem Atomkrieg. Unser Land ist zu klein dazu. Eine auf Tel Aviv abgeworfene Atombombe würde auch Kairo und Damaskus zerstören, und deshalb wird sie nicht abgeworfen werden.

»Das ist sehr traurig«, sagte ich. »Was soll ich jetzt machen?«
»Wissen Sie was?« sagte er. »Zahlen Sie mir zwei Pfund.«
In diesem Augenblick ließ sich ein Herr in einer Pelzmütze, den ich bisher nicht bemerkt hatte, wie folgt vernehmen:
»Zahlen Sie keine solchen Irrsinnspreise! Das ist der Beginn der Inflation! Unterstützen Sie den Schwarzhandel nicht durch Panikkäufe! Erfüllen Sie Ihre patriotische Pflicht!«
Ich nickte betreten und entfernte mich mit leeren Händen, aber stolz erhobenen Hauptes. Der Mann mit der Pelzmütze folgte mir. Eine Stunde lang gingen wir zusammen auf und ab und sprachen über unsere Not. Pelzmütze erklärte mir, daß die Amerikaner, diese eiskalten Schurken, erbittert wären, weil ihre wirtschaftlichen Drohungen und Erpressungen keinen Eindruck auf uns gemacht hätten. Deshalb hielten sie jetzt die uns gebührenden Zuckerlieferungen zurück, in der Hoffnung, auf diese barbarische Weise unsere Moral zu brechen. Aber das sollte ihnen nicht gelingen. Niemals. Und wir wiederholten es im Duett: niemals.
Zu Hause angelangt, berichtete ich der besten Ehefrau von allen mit dem Brustton nationalen Stolzes, daß und warum ich mich dem Tanz ums Goldene Kalb nicht angeschlossen hätte. Sie quittierte das mit ihrer üblichen Phantasielosigkeit. Alles sei recht schön und gut, meinte sie, aber der Mann mit der Pelzmütze sei ein bekannter Diabetiker, und jedermann in der Nachbarschaft wisse, daß ein einziger Würfel Zucker ihn auf der Stelle töten würde. Er hätte es also leicht, auf den Genuß von Zucker zu verzichten. Bei den Toscaninis[1] hingegen wäre heute nacht ein Lastwagen vorgefahren, und die Hausbewohner hätten mehrere Säcke Zucker abgeladen, die sie dann auf Zehenspitzen in ein sicheres Versteck gebracht hätten.
Um der ohnehin schon tragischen Situation größeren Nachdruck zu verleihen, servierte mir meine Frau einen zeitgemäßen Tee mit Zitrone und Honig statt mit Zucker. Das grauenhafte Gebräu beleidigte meinen empfindsamen Gaumen. Ich sprang auf, stürmte in das Lebensmittelgeschäft und gab dem Besitzer laut brüllend bekannt, daß ich bereit sei, zwei Pfund für ein Kilogramm Zucker zu zahlen. Der Lump entgegnete mir mit dreister Stimme, daß der Zucker jetzt bereits zwei Pfund zwanzig koste. »Schön, ich nehme ihn«, sagte ich. »Kommen Sie morgen«, sagte er. »Dann

1 Keine Verwandtschaft mit dem bekannten Dirigenten.

werden Sie für den Zucker vielleicht zwei Pfund fünfzig zahlen müssen, und es wird keiner mehr dasein.«

Als ich wieder auf der Straße stand und leise vor mich hinfluchte, erregte ich das Mitleid einer älteren Dame, die mir eine wertvolle Information gab: »Fahren Sie rasch nach Rischon in die Bialikstraße. Dort finden Sie einen Lebensmittelhändler, der noch nicht weiß, daß es keinen Zucker gibt, und ihn ruhig verkauft...«

Ich sprang auf mein Motorrad und sauste ab. Als ich in Rischon ankam, mußte irgend jemand dem Lebensmittelhändler bereits verraten haben, daß es keinen Zucker mehr gab – und es gab keinen Zucker mehr.

Zu Hause erwartete mich eine neue Überraschung. Die beste Ehefrau von allen hatte einen dieser gläsernen, birnenförmigen Zuckerstreuer gekauft, die man bisweilen in neuerungssüchtigen Kaffeehäusern sieht und die sich dadurch auszeichnen, daß, wenn man sie umdreht und schüttelt, aus einer dicken, mundstückartigen Öffnung nichts herauskommt. Dessenungeachtet erhob ich mich mitten in der Nacht von meinem Lager und durchsuchte alle Kuchenschränke und Regale nach dem Zuckerstreuer.

Die beste Ehefrau von allen stand plötzlich mit verschränkten Armen in der Tür und sagte hilfreich:

»Du wirst ihn nie finden.«

Am folgenden Mittag brachte ich einen Sack mit einem halben Kilogramm Gips nach Hause, um einige Sprünge in unseren Wänden auszubessern. Kaum hatte ich den Sack abgestellt, als er auch schon verschwunden war und eine geheimnisvolle Frauenstimme mich wissen ließ, daß er sich in sicherem Gewahrsam befände. Darüber war ich von Herzen froh, denn Gips gehört zu den unentbehrlichen Utensilien eines modernen Haushalts. Meine Freude wuchs, als ich in der nächsten Portion Kaffee, die ich zu trinken bekam, nach langer Zeit wieder Zucker fand.

»Siehst du«, sagte meine Frau. »Jetzt, wo wir Vorräte haben, können wir uns das leisten...«

So etwas ließ ich mir nicht zweimal sagen. Am nächsten Tag brachte ich vier Kilo einer erstklassigen Alabastermischung angeschleppt. Tückische grünliche Flämmchen sprühten in den Pupillen der besten Ehefrau von allen, als sie mich umarmte und mich fragte, wo ich diesen Schatz aufgetrieben hätte.

»In einem Geschäft für Maurer- und Lackiererbedarf«, antwortete ich wahrheitsgemäß.

Meine Frau nahm eine Kostprobe des weißen Pulvers.
»Pfui Teufel!« rief sie aus. »Was ist das?«
»Gips.«
»Blöde Witze. Wer kann Gips essen?«
»Niemand braucht das Zeug zu essen«, erläuterte ich. »Wenn man es zu essen versucht, ist es Gips. Aber wenn man es nur zum Einlagern verwendet, ist es so gut wie Zucker. Gib's in die Vorratskammer, deck's zu und bring unsere Zuckerration auf den Tisch.«
»Was soll ich damit in der Vorratskammer? Wozu soll das gut sein?«
»Verstehst du denn noch immer nicht? Es ist doch ein wunderbares Gefühl, zu wissen, daß man einen Vorrat von vier Kilo Zucker beiseite geschafft hat! Komme was da wolle – uns kann nichts passieren. Wir haben unsere eiserne Ration.«
»Du hast recht«, sagte meine Frau, die im Grunde ein vernünftiges Wesen ist. »Aber eines merk dir schon jetzt: Diese eiserne Ration rühren wir nur an, wenn die Lage wirklich katastrophal wird.«
»Bravo!« rief ich. »Das ist der wahre Pioniergeist.«
»Allerdings...« besann sich meine Frau mit einemmal, »dann würden wir doch merken, daß es Gips ist?«
»Na wenn schon. In einer wirklich katastrophalen Lage spielt es keine Rolle mehr, ob man vier Kilo Zucker hat oder nicht.«
Das saß.
Von diesem Tage an lebten wir wie König Saud im Waldorf-Astoria-Hotel. In unseren Kaffeetassen bleibt ein fingerdicker Belag von Zucker zurück. Gestern bat mich die beste Ehefrau von allen, noch ein paar Kilo nach Hause zu bringen, auf daß sie sich völlig gesichert fühle. Ich brachte noch ein paar Kilo nach Hause. Solange der Gipspreis nicht steigt, hat's keine Not.

Auf dem Supermarkt

Man kann nie wissen, ob ein Schiff, das mit Waren nach Israel unterwegs ist, auch wirklich ankommen wird. Vielleicht läuft es auf eine Sandbank auf oder wird durch eine Meuterei oder sonst etwas am Ankommen verhindert. So erklärt sich die frenetische Kaufhysterie, die unter der Bevölkerung ausbrach, als der erste Supermarkt – ein weiteres Zeichen unserer kulturellen Verbundenheit mit dem Westen – in Tel Aviv eröffnet wurde.

Drei Tage lang übten meine Frau und ich heroische Zurückhaltung. Dann war es vorbei. Wir hatten gerade noch die Kraft zu einer letzten Vorsichtsmaßregel: Um dem Schicksal einiger unserer Nachbarn zu entgehen, die an einem einzigen Einkaufsnachmittag Bankrott gemacht hatten, ließen wir unsere Brieftaschen zu Hause und nahmen statt dessen unseren Erstgeborenen, den allgemein als »Rafi« bekannten Knaben, auf den Supermarkt mit.

Gleich am Eingang herrschte lebensgefährliches Gedränge. Wir wurden zusammengepreßt wie – tatsächlich, da war es auch schon:

»Sardinen!« rief meine Frau mit schrillem Entzücken und machte einen sehenswerten Panthersatz direkt an den strategisch postierten Verkaufstisch, um den sich bereits zahllose Hausfrauen mit Zähnen und Klauen balgten. Man hätte an Hand der dort aufgestapelten Sardinenbüchsen eine kleine Weltreise zusammenstellen können: Es gab französische, spanische, portugiesische, italienische, jugoslawische, albanische, cypriotische und heimische Sardinen, es gab Sardinen in Öl, in Tomatensauce, in Weinsauce und in Lebenija[1].

Meine Frau entschied sich für norwegische Sardinen und nahm noch zwei Dosen von ungewisser Herkunft dazu.

»Hier ist alles so viel billiger«, sagte sie.

»Aber wir haben doch kein Geld mitgenommen?«

»In meiner Handtasche war zufällig noch eine Kleinigkeit.« Und damit bemächtigte sie sich eines dieser handlichen Einkaufsgestelle auf Rädern, um die elf Sardinenbüchsen hineinzutun. Nur aus Neugier, um zu sehen,

1 Lebenija ist ein in Israel hergestelltes Milchprodukt, auf das wir uns sehr viel zugute halten. Auch andere Völker stellen es her. Aber wer außer uns nennt es »Lebenija«?

was das eigentlich sei, legte sie eine Dose mit der Aufschrift »Gold-Syrup« dazu. Plötzlich erbleichte sie und begann zu zittern:
»Rafi! Um Himmels willen – wo ist Rafi?!«
Der geneigte Leser ist gebeten, sich die Panik zweier Eltern auszumalen, deren knapp achtzehn Monate altes Kind unter den Hufen einer einhertrampelnden Büffelherde verschwunden ist. So ungefähr war uns zumute.
»Rafi!« brüllten wir beide aus vollem Hals. »Rafael! Liebling!«
»Spielwarenabteilung zweiter Block links«, informierte uns ein erfahrenes Mitglied des Verkaufsstabes.
Im nächsten Augenblick zerriß ein betäubender, explosionsartiger Knall unser Trommelfell. Der Supermarkt erzitterte bis in die Grundfesten und neigte sich seitwärts. Wir seufzten erleichtert auf. Rafi hatte sich an einer kunstvoll aufgerichteten Pyramide von etwa fünfhundert Kompottkonserven zu schaffen gemacht und hatte mit dem untrüglichen Instinkt des Kleinkindes die zentrale Stützkonserve aus der untersten Reihe herausgezogen. Um unseren kleinen Liebling für den erlittenen Schock zu trösten, kauften wir ihm ein paar Süßigkeiten, Honig, Schweizer Schokolade, holländischen Kakao, etwas pulverisierten Kaffee und einen Beutel Pfeifentabak. Während ich den Überschuß auf unserem Einkaufswägelchen verstaute, sah ich dort noch eine Flasche Parfüm, ein Dutzend Notizbücher und zehn Kilo rote Rüben liegen.
»Weib!« rief ich aus. »Das ist nicht unser Wagen!«
»Nicht? Na wenn schon.«
Ich muß gestehen, daß diese Antwort etwas für sich hatte. Es war im ganzen kein schlechter Tausch, den wir da machten. Außer den bereits genannten Objekten enthielt unser neuer Wagen noch eine erkleckliche Anzahl freundlich gerundeter Käsesorten, Kompotte in verschiedenen Farben, Badetücher und einen Besen.
»Können wir alles brauchen«, erklärte meine Frau. »Fragt sich nur, womit wir's bezahlen sollen.«
»So ein Zufall.« Ich schüttelte verwundert den Kopf. »Eben habe ich in meiner Hosentasche die Pfundnoten entdeckt, die ich neulich so lange gesucht hatte.«
Von Gier getrieben, zogen wir weiter, wurden Zeugen eines mitreißenden Handgemenges dreier Damen, deren Laufkarren in voller Fahrt zusammengestoßen waren, und mußten dann aufs neue nach Rafis Verbleib forschen. Wir fanden ihn am ehemaligen Eierverkaufsstand.

»Wem gehört dieser Wechselbalg?« schnaubte der Obereierverkäufer, gelb vor Wut und Eidotter. »Wer ist für dieses Monstrum verantwortlich?!«

Wir erteilten ihm die gewünschte Auskunft via facti, indem wir unseren Sohn eilig abschleppten, kauften noch einige Chemikalien für Haushaltszwecke und kehrten zu unserem Wagen zurück, auf den irgend jemand in der Zwischenzeit eine Auswahl griechischer Weine, eine Kiste Zucker und mehrere Kannen Öl aufgehäuft hatte. Um Rafi bei Stimmung zu halten, setzten wir ihn zuoberst auf den Warenberg und kauften ihm ein japanisches Schaukelpferd, dem wir zwei Paar reizende Hausschuhe für Rafis Eltern unter den Sattel schoben.

»Noch!« stöhnte meine Gattin mit glasigen Augen. »Mehr!«

Wir angelten uns einen zweiten Wagen, stießen zur Abteilung »Fleisch und Geflügel« vor und erstanden mehrere Hühner, Enten und Lämmer, verschiedene Wurstwaren, Frankfurter, geräucherte Zunge, geräucherte Gänsebrust, Rauchfleisch, Kalbsleberpastete, Gänseleberpastete, Dorschleberpastete, Karpfen, Krabben, Krebse, Lachs, einen Mosche Rabenu[1], einen Alexander den Großen, einen halben Wal und etwas Lebertran. Nach und nach kamen verschiedene Eierkuchen hinzu, Paprika, Zwiebeln, Kapern, eine Fahrkarte nach Capri, Zimt, Vanille, Vaselin, vasomotorische Störungen, Bohnen, Odol, Spargel, Speisesoda, Äpfel, Nüsse, Pfefferkuchen, Feigen, Datteln, Langspielplatten, Wein, Weib, Gesang, Spinat, Hanf, Melonen, ein Carabinieri, Erdbeeren, Himbeeren, Brombeeren, Blaubeeren, Haselnüsse, Kokosnüsse, Erdnüsse, Nüsse, Mandarinen, Mandolinen, Mandeln, Oliven, Birnen, elektrische Birnen (sechzig Watt), ein Aquarium, Brot, Schnittlauch, Leukoplast, ein Flohzirkus, ein Lippenstift, ein Mieder, Ersatzreifen, Stärke, Kalorien, Vitamine, Proteine, ein Sputnik und noch ein paar kleinere Anschaffungen.

Unseren aus sechs Wagen bestehenden Zug zur Kassa zu dirigieren war nicht ganz einfach, weil das Kalb, das ich an den letzten Wagen angebunden hatte, immer zu seiner Mutter zurück wollte. Schließlich waren wir soweit, und der Kassierer begann schwitzend die Rechnung zusammenzustellen. Ich nahm an, daß sie ungefähr dem Defizit der israelischen Handelsbilanz entsprechen würde, aber zu meinem Erstaunen belief sie sich auf

1 Bezeichnung für einen in israelischen Gewässern vorkommenden Fisch mit Fischgeschmack.

nicht viel mehr als viertausend Pfund. Was uns am meisten beeindruckte, war die Geschicklichkeit, mit der die Verkäufer unsere Warenbestände in große, braune Papiersäcke verpackten. Nach wenigen Minuten war alles fix und fertig. Nur Rafi fehlte.

»Haben Sie nicht irgendwo einen ganz kleinen Buben gesehen?« fragten wir in die Runde.

Einer der Packer kratzte sich nachdenklich am Hinterkopf.

»Augenblick … Einen blonden Buben?«

»Ja. Er beißt.«

»Da haben Sie ihn.« Der Packer öffnete einen der großen Papiersäcke. Drinnen saß Rafi und kaute zufrieden an einer Tube Zahnpasta.

»Entschuldigen Sie«, sagte der Packer. »Ich dachte, Sie hätten den Kleinen hier gekauft.«

Wir bekamen für Rafi zweitausendsiebenhundert Pfund zurückerstattet und verließen den Supermarkt. Draußen warteten schon die beiden Lastautos.

Der Schaukelhengst

Mit Ihrer freundlichen Erlaubnis kommen wir nunmehr zu den künstlichen Zores. Ohne falsche Bescheidenheit: Die Juden waren seit jeher Meister in der Kunst, sich das Leben möglichst kompliziert zu gestalten. Auch hier in Israel haben wir es auf diesem Gebiet zu bedeutenden Leistungen gebracht, vor allem dank unserer Bürokratie. Es gibt kein größeres Glücksgefühl, als mit einer Regierungsstelle zu tun *gehabt zu* haben, und nicht selten entringt sich dem glücklich Überlebenden hernach der Ausruf: »Mit wem haben die mich verwechselt?« Aber das ist nicht die Regel. Die Regel ist, daß man von den verschiedenen Beamten hin und her geschickt wird. Manchmal auch her und hin. Und niemals in eine bestimmte Richtung.

Als meinem Freund Jossele ein Sohn geboren wurde, wollte ich dem Kleinen ein besonders schönes Geschenk kaufen, ohne Rücksicht auf den Kostenpunkt. Infolgedessen schrieb ich einen Brief an Onkel Egon nach

Amerika.[1] Knappe zehn Tage später wurde ich von der Zollabteilung des Hauptpostamtes verständigt, daß ein großes Paket für mich angekommen sei.

Der Beamte, bei dem ich mich einfand, war außerordentlich höflich und schälte mit engelsgleicher Geduld eine Papierverpackung nach der andern ab, bis sich meinem Blick der verblüffende Anblick eines stattlichen, wohlproportionierten Schaukelpferdes bot.

Ich muß gestehen, daß ich mich ein wenig über Onkel Egon ärgerte. Josseles Sohn war um diese Zeit zwei Wochen alt, und ein zwei Wochen altes Baby braucht kein Schaukelpferd. Aber nun war es einmal da, und ich wollte es ausprobieren. Doch das erlaubte mir der Beamte nicht. Ich dürfe, so erklärte er mir, das Schaukelpferd nicht anrühren, bevor ich nicht die Zollgebühr erlegt hätte. Sie belief sich auf 871,30 Pfund.

»Das ist ja der helle Wahnsinn! Warum so viel?«

»Sehen Sie selbst«, sagte der Beamte und hielt mir irgendeine Gebührentabelle unter die Nase. »Es handelt sich um ein für Reitzwecke importiertes Vollblut.«

»Vollblut? Wovon sprechen Sie?«

»Unser beeideter Sachverständiger hat diesen Hengst als dreijähriges, hochgezüchtetes normannisches Reitpferd klassifiziert. Und erzählen Sie mir gefälligst nicht, daß es aus Holz ist, denn in § 117/82/ kp steht kein Wort davon, aus welchem Material ein Pferd hergestellt wird. Ein Pferd ist ein Pferd.« Damit schloß der Beamte seine Darlegungen.

Da er jedoch nicht nur Beamter, sondern auch Mensch war, gab er mir den Rat – »streng vertraulich«, wie er sofort hervorhob –, eine Eingabe an die Zollbehörde zu richten und das Pferd als »Spielzeug« zu deklarieren. Ich

1 Das briefliche Anschnorren amerikanischer Verwandter ist ein alter israelischer Nationalsport, der nach ungefähr folgenden Regeln gespielt wird:
Man entdeckt in den Vereinigten Staaten einen entfernten Verwandten, um den man sich sein Lebtag nicht gekümmert hat, und läßt den ersten Versuchsballon starten, wobei es sich empfiehlt, eine möglichst zittrige Handschrift zu verwenden: »Einziger und einzig geliebter Onkel, Du wirst Dich sicherlich gewundert haben, warum Du so lange nichts von mir gehört hast. Aber das Leben hier ist schwer, und ich bin sehr beschäftigt. Brauchst Du vielleicht irgend etwas, mein Lieber? Wenn ja, dann schreibe mir, und ich schicke Dir sofort ein großes Hilfspaket. Aber Du mußt Dich beeilen, denn ich stehe am Rande des Hungertodes...«
Wenn der betreffende Onkel – der natürlich auch eine Tante, ein Vetter oder sonst etwas Entferntes sein kann – die Unvorsichtigkeit begeht, auf einen solchen Brief zu antworten, ist der Grundstein zu einer langen, fruchtbaren Zusammenarbeit gelegt.

dankte ihm für seine Hilfsbereitschaft, verschaffte mir ein notariell beglaubigtes Geburtszertifikat des Spitals, wo Josseles Sohn das Licht der Welt erblickt hatte, und untermauerte damit meine Eingabe. Außerdem brachte ich eine eidesstattliche Versicherung bei, daß ich bereits im Jahre 1928 jede gesetzwidrige Erwerbstätigkeit aufgegeben habe und nicht beabsichtige, das Pferd mit Profit zu verkaufen.

Die Eingabe ging ihren vorschriftsmäßigen Weg, und schon nach wenigen Wochen hielt ich den vorgedruckten Bescheid der Zollbehörde in Händen: meinem Ansuchen könne leider nicht stattgegeben werden. Ich setzte mich sofort mit einem Rechtsanwalt in Verbindung, der nach gründlichem Studium der Angelegenheit zu dem Schluß kam, daß die Höhe des geforderten Zollbetrages auf den Vermerk »für Reitzwecke« zurückzuführen sei. Seine weiteren Nachforschungen ergaben, daß die Zollgebühr für Nutzpferde, die im Wirtschaftsleben Verwendung finden könnten, bedeutend niedriger sei. Wir richteten deshalb ein Gesuch an das Landwirtschaftsministerium und baten, das Pferd als »Nutzpferd« zu klassifizieren. Bald darauf erschien ein hoher Beamter des Landwirtschaftsministeriums in meiner Wohnung und machte mich darauf aufmerksam, daß ich in meinem Gesuch den Namen des Pferdes vergessen hatte.

»Schultheiß«, sagte ich, denn ich besaß einen pferdegesichtigen Freund, der so hieß. Der Beamte notierte den Namen und übergab mir einen Durchschlag des hierzu verwendeten Formulars.

Von da an ging alles glatt. Das Landwirtschaftsministerium verständigte mich, daß ich Schultheiß als Nutzpferd führen dürfe, sobald ich den Nachweis erbracht hätte, daß ich ihn für meine Zuchtfarm benötige. Da es ein offenes Geheimnis war, daß ich keine Zuchtfarm besaß, wandte ich mich von neuem an meinen Anwalt, der mir nach Prüfung der einschlägigen Gesetze den Bescheid gab, daß schon der Besitz einer einzigen Stute mich zur Haltung eines Hengstes berechtige. Wir verständigten das Landwirtschaftsministerium, daß meine Stute Brunhilde in Naharia eingestellt sei. Ein in Naharia wohnhafter Jockey, der zu meinen begeisterten Lesern gehört, erklärte sich gegen mäßiges Entgelt (fünfzig Pfund) bereit, mir eine schriftliche Bescheinigung auszustellen, die überdies den Vermerk enthielt, daß Brunhilde rossig und eine sofortige Intervention Schultheißens von größter Wichtigkeit für die israelische Pferdezucht wäre.

Eine Woche später läutete es an meiner Türe. Zwei Detektive drangen ein und wiesen einen gerichtlichen Hausdurchsuchungsbefehl vor. Der Staat Israel hatte mich auf Betrug verklagt.

»Sie wollen uns einreden, daß ein Schaukelpferd Junge kriegen kann?« schnauzte einer der Detektive mich an. »Halten Sie uns für komplette Idioten?«

Ich bejahte, packte das Nötigste zusammen und nahm Abschied von meinem Weib. Erst im letzten Moment fand ich meine bewährte Schlagfertigkeit wieder: »Aber meine Herren«, sagte ich. »Wissen Sie denn nicht, daß auch Brunhilde ein Schaukelpferd ist?«

Die Detektive flüsterten miteinander und entschieden sodann, daß dies natürlich eine grundlegende Änderung der ganzen Situation bedeute, brachten ihre Entschuldigungen vor und verabschiedeten sich. Zwei Stunden später wurde mir eine Rechnung im Betrag von hundertsiebzehn Pfund zugestellt: »Stallgebühren für Hengst Schultheiß.« (Onkel Egon, so schien es, war ein weitblickender Mann und mit den Verhältnissen in unserem jungen Staate erstaunlich gut vertraut; offenbar hatte er es darauf angelegt, daß Jossçles Sprößling den geschenkten Gaul erst dann zu sehen bekäme, wenn er ihm ins Maul schauen könnte.)

Ein weiterer Zwischenfall ergab sich mit dem von der Regierung bestellten Tierarzt. Dieser erschien auf Anweisung des Landwirtschaftsministeriums im Zolldepot, untersuchte den staubüberdeckten Schultheiß und diagnostizierte »unhygienische Verfassung, möglicherweise ansteckend«. Der Befund hätte ernsthafte Folgen haben können, aber zum Glück stellte sich heraus, daß ein Vetter des Pferdedoktors mit dem Schwager von Frau Toscanini verwandt war, so daß dem Befund noch ein Vermerk hinzugefügt wurde: »Die Zeugungsfähigkeit des Hengstes ist zweifelhaft.«

Leider waren damit noch nicht alle Schwierigkeiten aus der Welt geschafft. Das Landwirtschaftsministerium verlangte zu wissen, wo ich die Schaukelstute namens Brunhilde gekauft und wieviel Luxussteuer ich für sie bezahlt hatte.[1] An diesem Punkt der Entwicklung trat mein Anwalt-mit der Begründung, daß er eine Familie erhalten müsse – von meinem Fall zurück. Der Gedanke, daß ich nunmehr allein dem gesamten Staatsapparat gegenüberstand, riß mich zu dem nicht unriskanten Schritt hin, ein

1 Nach Ansicht des israelischen Finanzministers ist alles, was für Geld erworben werden kann, ein Luxus.

Einfuhrlizenzformular für rückwärtige Motoradketten mit Brunhildes Namen auszufüllen und an das Ministerium zu schicken.
In der darauffolgenden Nacht wurde ich verhaftet. Offenbar war das Formular nicht mit der ausreichenden Menge von Stempeln versehen – ein Verbrechen, das nach ottomanischem Recht noch schwerer wiegt als der Verrat von Atomgeheimnissen.[1]
Die Verhandlung war kurz. Dank meiner bisherigen Unbescholtenheit bekam ich nur zwei Jahre Gefängnis; die drei Monate, die ich mit den Behörden verbracht hatte, wurden mir angerechnet.
Man wies mich in die Zelle Nummer 18 des alten Gefängnisses von Jaffa ein. Anfangs litt ich sehr unter dem ungerechten Urteil und vor allem unter der Einsamkeit, aber eines Tages wurde die Zellentür aufgestoßen, und ich erhielt die Gesellschaft eines gutartigen, wenngleich schon etwas herabgekommenen Zugpferdes. Es war gleichfalls wegen Betrugs verurteilt worden, weil es sich vor den Hafenbehörden in Haifa als Schaukelpferd ausgegeben hatte.

Aus absolut sicherer Quelle

Eine der künstlichen, von Menschenhand erzeugten Zores, unter denen wir am meisten zu leiden haben, ist das Gerücht. Möglicherweise wurde es sogar von den Juden erfunden; unsere Geschichte liefert manchen Anhaltspunkt für diese Vermutung.
Das Gerüchteverbreiten ist eine ebenso einfache wie ergiebige Tätigkeit: Man denkt sich irgend etwas Erschreckendes aus und erschrickt dann selbst davor. Schon unsere Weisen wußten, daß die Menschen leichter glauben, was sie hören, als was sie sehen. Besonders gerne glauben sie etwas Nachteiliges über ihre Mitmenschen.
Zum Beispiel saß eines Nachmittags mein Freund Jossele bei mir, als das

1 Der Staat Israel hat noch keine eigene Jurisdiktion ausgearbeitet und stützt sich deshalb zum Teil auf die englischen, zum Teil auf die alten türkischen Gesetze – je nachdem, was für die Regierung gerade vorteilhafter ist.

Telefon läutete und jemand fragte, ob er mit der Vereinigten Holzwolle AG verbunden sei.
»Vereinigte Holzwolle? Nein, da haben Sie eine falsche Nummer«, sagte ich und hängte ab.
Gleich darauf läutete es zum zweitenmal, und der kurze Dialog wiederholte sich.
Als es zum drittenmal läutete, nahm Jossele den Hörer auf und sagte: »Vereinigte Holzwolle.«
»Endlich«, sagte die Stimme am andern Ende des Drahtes. »Ich möchte mit Salzberger sprechen.«
»Bedaure. Herr Salzberger hat mit unserer Firma nichts mehr zu tun.«
»Wieso nicht? Ist etwas geschehen?«
»Man ist ihm auf seine Betrügereien gekommen.«
»Was Sie nicht sagen!«
»Sie sind überrascht? Solche Sachen müssen ja einmal auffliegen.«
»Wem erzählen Sie das. Ich warte schon seit Monaten darauf.«
Der unbekannte Telefonpartner beendete das Gespräch und machte sich eilends auf den Weg, um die frohe Nachricht zu verbreiten, daß Salzberger am wohlverdienten Ende sei. Hätte Jossele ihn statt dessen zum Generaldirektor der Vereinigten Holzwolle AG avancieren lassen – der Mann am Telefon hätte Lunte gerochen und kein Wort geglaubt.
Und das bringt mich zu meinem Erlebnis mit Kunstetter.
Ich muß, obwohl das nicht besonders rühmenswert ist, vorausschicken, daß ich in den frühen Morgenstunden, während die übrige Bevölkerung sich in den Produktionsprozeß unseres emsigen Landes einschaltet, gerade noch die Energie aufbringe, mich von einer Seite auf die andere zu wälzen und weiterzuschnarchen. Man wird somit ermessen können, welchen Schock es für mein labiles Innenleben bedeutete, als ich eines Nachts um sieben Uhr durch wildes, hemmungsloses Klopfen an der Türe aus meinem Schlaf geschreckt wurde. Ich tastete mich hinaus, aber da hatte Manfred Toscanini die Türe bereits aufgebrochen und stand im Pyjama vor mir.
»Weißt du schon?« fragte er atemlos.
»Nein«, antwortete ich mit halbgeschlossenen Augen. »Ich will schlafen.«
Damit wandte ich mich ab und schlug, vor Müdigkeit torkelnd, den Weg zum Schlafzimmer ein.
Mein Nachbar hielt mich an der Hose fest.

»Mensch!« keuchte er. »Das Histadruthhaus auf der Arlosoroffstraße[1] ist in die Luft gegangen! Eine Katastrophe!«

»Wie gut muß ich geschlafen haben, wenn mich nicht einmal diese Explosion geweckt hat«, brummte ich gähnend.

»Auch ich habe nichts gehört«, gestand Manfred. »Aber Kunstetter sagt, daß ihm davon beinahe das Trommelfell geplatzt wäre. Er war schon um fünf bei mir und ist dann zu den Wohnblocks 1, 2 und 3 weitergelaufen. Ich habe es übernommen, Block 4, 5 und 6 zu benachrichtigen, damit keine Panik entsteht. Kunstetter ist überzeugt, daß das Haus von Terroristen gesprengt wurde. Über den Ruinen liegen dicke Rauchschwaden. Manchmal sieht man noch kleine Stichflammen in die Höhe schießen.«

Es erschütterte mich, mir das einstmals so stolze Gebäude als rauchenden Trümmerhaufen vorstellen zu müssen. Doch fiel mir gleichzeitig auf, daß mein Freund Manfred von der Wirkung seiner Nachricht so stolzgebläht war, als hätte ihm sein Chef auf die Schulter geklopft. Darüber ärgerte ich mich sehr. Ich habe für die Histadruth als solche nicht viel übrig, weil ihre Funktionäre immer stundenlang reden, ohne daß man nachher wüßte, was sie gesagt haben[2] – aber das ist noch lange kein Grund, über die Zerstörung des Gewerkschaftshauses vor Freude zu strahlen.

»Sag einmal, Toscanini – was macht dich eigentlich so glücklich?« fragte ich unwirsch. »Wozu soll es gut sein, daß dieses Haus in die Luft gegangen ist?«

Manfred Toscanini sah mich verächtlich an.

»In den Blocks, in denen ich bisher war, hat mir kein Mensch eine so blöde Frage gestellt. Ich bin durchaus nicht glücklich. Ich bin nur nicht so borniert wie du. Als altes Mitglied der Histadruth sage ich dir: Es ist ganz gut, wenn wir von Zeit zu Zeit merken, daß es in diesem Land auch noch andere Kräfte gibt...[3] Um das Haus ist es allerdings schade, das stimmt. Eine Katastrophe.«

1 Das Histadruth- oder Gewerkschaftshaus, im Volksmund auch »Kreml« genannt, ist ein pompöses Gebäude, das alles enthält, wovon ein Bürokrat nur irgend träumen kann.

2 Hier handelt es sich um gottgewollte Zores innerhalb der menschlichen. Unsere Arbeiterführer, besonders die aus Rußland stammenden, sind von Natur aus so unheilbar langatmige Redner wie ihre sowjetischen Kollegen. Der Unterschied besteht darin, daß man nicht liquidiert wird, wenn man ihnen widerspricht; schlimmstenfalls bekommt man keine Gehaltserhöhung.

3 Ein typisch sozialistisches Phänomen. Als Sozialist ist man von den hervorragend organisierten Gewerkschaften begeistert, als Mensch kann man sie nicht ausstehen, weil sie einen zwingen, sich zu organisieren.

Mittlerweile war ich so rettungslos wach geworden, daß ich die Fensterläden öffnete und in die Welt hinausblinzelte. Der neue Tag zog strahlend auf. Vom Mittelmeer wehte eine kühle Brise. Die Wäsche der Familie Kalaniot von nebenan trocknete auf unserem Rasen. Zwei junge Hunde jagten einander im Kreis. Von der Arlosoroffstraße her grüßte das imposante Gebäude der Histadruth. Gerade kam der Zeitungsjunge auf seinem Fahrrad vorüber, verspätet wie immer.

»Verzeih, wenn ich störe – aber die Explosion des Histadruthhauses scheint sich erst im Stadium der Planung zu befinden. Das Haus steht noch.«

Manfred versuchte, mit seinen Pantoffeln verschiedene ellipsoide Figuren auf den Teppich zu zeichnen, und sah mich nicht an.

»Das Haus ist vollkommen unbeschädigt«, sagte ich mit Nachdruck. »Hast du gehört?«

»Natürlich hab ich gehört. Ich bin ja nicht taub.«

»Willst du es dir nicht anschauen?«

»Nein. Das hat keinen Zweck. Es ist ja heute nacht in die Luft gesprengt worden. Eine Katastrophe.«

»Aber du kannst es doch hier vom Fenster mit deinen eigenen Augen sehen!«

»Genug!« brauste Manfred auf. »Du bist wirklich störrisch wie ein Maulesel! Nimm gefälligst zur Kenntnis, daß ich meine Information aus absolut sicherer Quelle habe!« Er warf mir noch ein paar wütende Blicke zu, aber dann schien sich sein Zorn zu legen und freundschaftlichem Mitleid zu weichen. »Na, mach dir nichts draus, mein Alter. Kopf hoch. Man muß auch solche Schicksalsschläge ertragen können. Weiß Gott, wer ein Interesse an dieser Explosion hatte ... eine Katastrophe ... Rauchwolken ... Stichflammen ...«

Die Wolke, die mich jetzt umfing, war nicht rauchig, sondern rot, blutig rot.

»Zum Teufel!« brüllte ich. »Was stehst du da und erzählst mir Märchen, wo du doch nur ein paar Schritte zum Fenster machen mußt, um dich selbst zu überzeugen.«

»Ich brauche mich nicht zu überzeugen. Kunstetters Wort genügt mir.«

»Und wenn Kunstetter hundertmal sagt, daß –«

»Einen Augenblick!« Empört fiel mir Manfred ins Wort. »Willst du damit vielleicht andeuten, daß Kunstetter ein Lügner ist? Ausgezeichnet. Ich

werde mir erlauben, ihm das mitzuteilen. Du kannst dich auf etwas gefaßt machen!«
»Wer – was – wieso? Wer ist dieser Kunstetter überhaupt?!«
»Also bitte. Da haben wir's. Er weiß nicht einmal, wer Kunstetter ist – aber er nennt ihn vor der ganzen Welt einen Lügner. Gehst du da nicht ein wenig zu weit?«
Ich sackte zusammen und brach in Tränen aus. Manfred strich mir teilnahmsvoll übers Haar.
»Falls du Wert darauf legst«, sagte er begütigend, »kann ich dir Augenzeugen bringen, die mit ihren eigenen Ohren gehört haben, wie Kunstetter gesagt hat, daß vom ganzen Histadruthgebäude nur ein paar Stichflammen übriggeblieben sind. Eine Katastrophe.«
»Aber hier – von diesem Fenster –«, wimmerte ich.
»Auch das Radio hat es verlautbart, wenn dich das beruhigt.«
»Welches Radio?«
»Kunstetters Radio. Ein ganz neues Philipsmodell. Neun Röhren.«
Ein paar wahnwitzige Sekunden lang war ich drauf und dran, ihm zu glauben. Das menschliche Auge kann irren, aber Kunstetter bleibt Kunstetter ... Dann warf ich mich mit heiserem Röcheln auf Manfred Toscanini und zerrte ihn ans Fenster: »Da – schau!! Schauen sollst du!! Hinausschauen!!«
»Wozu?« Manfred schloß die Augen und krümmte sich in meinem eisernen Griff. »Wenn ich zum Fenster hinausschauen wollte, könnte ich ja zu meinem eigenen Fenster hinausschauen. Aber Kunstetter hat gesagt –«
»Schau – schau hinaus – schau – schau hinaus –« (ich hatte mich in seinen Haaren festgekrallt und schlug seine Stirn im Takt gegen den Fensterrahmen) »– schau hinaus und sag mir, ob sie das Haus in die Luft gesprengt haben oder nicht. Ob das Haus dasteht oder nicht.«
»Jetzt steht es da«, sagte Manfred.
»Was heißt das – jetzt?«
»Es wurde heute nacht in die Luft gesprengt und am Morgen wieder aufgebaut.«
Schlaff sanken meine Arme nieder. Manfred entwand sich mir unter häßlichen Flüchen und eilte in den klaren Morgen hinaus, um die noch nicht informierten Hausbewohner über die Katastrophe zu informieren. Ich schleppte mich mühsam ins Bett zurück, schloß die Augen und verfiel in

einen krampfigen, ungesunden Schlaf, der auch pünktlich einen Alptraum mit sich brachte: Sämtliche Atombombenvorräte sämtlicher Großmächte waren durch einen Irrtum gleichzeitig explodiert, und die ganze Welt lag in Trümmern. Nur das Histadruthgebäude stand unversehrt da.

Übrigens bin ich keineswegs sicher, ob so etwas nicht wirklich passieren kann. Ich muß Kunstetter fragen.

Verirrt in Jerusalem

Sehr viele Dinge können in Israel sehr leicht gefunden werden, aber die Straßen sind nicht darunter. Es gibt Straßen, die überhaupt keinen Namen haben, und wenn sie einen haben, dann gibt es keine Tafel, die ihn nennt. Mein Freund Jossele pflegt den Weg zu seinem Haus ungefähr folgendermaßen zu beschreiben:

»Sie gehen vom Mograbi Square in die Richtung zum Strand, bis Sie auf einen Mann in einer Lederjacke stoßen, der sein Motorrad repariert und die Regierung verflucht. Dort biegen Sie links ein und zählen bis zum 22. Olivenbaum. An diesem Punkt wird Ihnen ein fürchterlicher Gestank auffallen. Halten Sie sich rechts und folgen Sie der Steinmauer bis zum Katzenkadaver. Dann biegen Sie wieder rechts ein und gehen bis zur jugoslawischen Bücherei gegenüber dem Kino, wo ich auf Sie warten werde, denn von dort an wird der Weg etwas kompliziert...«

So ungefähr erging es mir bei einem Besuch in Jerusalem, den ich unglücklicherweise zu einem Zeitpunkt durchführte, als die neue Stadtverwaltung gerade beschlossen hatte, die Straßen im Hinblick auf den biblischen Charakter der Stadt umzubenennen.

Ein guter Freund von mir, ein gewisser Elusivi, hatte mich nach Jerusalem eingeladen, und zwar zur Eröffnungsfeier seiner neuen Wohnung. Elusivi lebt bereits seit fünfundfünfzig Jahren im Land. Jetzt, mit Hilfe eines beträchtlichen Bankkredits, ist ihm endlich die Übersiedlung aus seiner primitiven Holzhütte in eine hübsche $1\frac{1}{2}$-Zimmer-Wohnung im modernsten Wohnviertel Jerusalems geglückt, das noch aus der Türkenzeit stammt.[1] Elusivi gab mir die genaue Adresse: Geliebtes-Weib-Straße 5 a. Es war das frühere Haus Nr. 113 in der Julius-Finkelstein-Straße, schräg gegenüber dem rituellen Bad auf dem Boulevard-der-gesegneten-Weinfrucht, vormals Weg-allen-Fleisches.

Ich habe meinen Freund Elusivi sehr gern und packte sofort meine Sachen, um seiner Einladung zu folgen. In Jerusalem angekommen, erkundigte ich mich bei einer der Schlangen an der Autobusstation nach der Geliebtes-Weib-Straße.

»*Welche* Straße?« fragte die Schlange zurück.

»Geliebtes Weib«, antwortete ich.

Die Schlange erklärte unisono, daß sie eine Straße dieses Namens nicht kenne und daß dies auch gar kein Wunder sei, weil in der letzten Zeit fast alle Straßennamen geändert worden wären.

»Das macht nichts«, tröstete ich die Schlange. »Zufällig weiß ich, daß diese Straße früher Julius-Finkelstein-Straße hieß.«

An dieser Stelle möchte ich einflechten, daß es ein volkstümlicher israelischer Zeitvertreib ist, sich nach Straßen zu erkundigen. Das Spiel enthält die verschiedenartigsten Spannungselemente, die es immer wieder sehr anregend machen. Vor allem kann man nie genau wissen, wer die in Rede stehende Straße eigentlich kennt, der Gefragte oder der Frager.

Nehmen wir einen alltäglichen Fall – ein Mann tritt auf Sie zu und fragt: »Wo ist die Goldsteinstraße?«

»Goldsteinstraße? Welche Nummer?«

»67. Dritter Stock.«

»Goldsteinstraße ... Goldsteinstraße ... Sehen Sie die breite Querstraße dort unten? Ja? Also – die Goldsteinstraße ist die erste links.«

»Nicht die zweite?«

»Warum soll es die zweite sein?«

»Ich dachte, es wäre die zweite.«

»Wenn es die zweite wäre, hätte ich Ihnen gesagt, daß es die zweite ist. Aber es ist die erste.«

»Wieso wissen Sie das?«

1 Die Wohnungsnot gehört zu den unumstößlichen Einrichtungen der israelischen Städte, weil Wohnungen nur käuflich erworben, nicht aber gemietet werden können. »Für Geld kannst du hier alles haben«, belehrte mich ein erfahrener Onkel, als ich ins Land kam. »Du kannst dir die kostbarsten Essenzen kaufen, die exotischsten Speisen, die bestgeschnittenen Anzüge, die Liebe der schönen Frauen – nur eines nicht: eine Wohnung. Das ist zu teuer.«

»Was meinen Sie – wieso ich das weiß?«
»Ich meine: Wohnen Sie vielleicht in dieser Straße?«
»Ein guter Freund von mir wohnt dort.«
»Bobby Großmann?«
»Nein. Ein Ingenieur.«
»Woher wissen Sie, daß Bobby Großmann kein Ingenieur ist?«
»Entschuldigen Sie – ich kenne Herrn Großmann gar nicht.«
»Natürlich kennen Sie ihn nicht. Die erste Straße nach links ist nämlich der Birnbaumboulevard, nicht die Goldsteinstraße.«
»Ja, das stimmt. Da haben Sie allerdings recht. Aber welche ist dann die Goldsteinstraße?«
»Goldsteinstraße ... Goldsteinstraße ...« (Der Fremde, der Sie um Auskunft gefragt hat, zermartert sichtlich sein Hirn.) »Gehen Sie geradeaus, biegen Sie in die erste Straße rechts ein, und dann ist es die dritte Querstraße links.«
»Danke vielmals«, antworten Sie gerührt. »Verzeihen Sie die Mühe, die ich Ihnen gemacht habe.«
»Nicht der Rede wert«, antwortet freundlich der Mann, der von Ihnen wissen wollte, wo die Goldsteinstraße ist.
Sie selbst haben inzwischen grüßend den Hut gelüpft und sich auf den Weg in die Goldsteinstraße gemacht: geradeaus, dann rechts, dann die dritte Straße links. Ein wenig keuchend ersteigen Sie den dritten Stock des Hauses Nr. 67. Und erst wenn Sie an der Türe läuten, fragen Sie sich verdutzt, was Sie hier eigentlich suchen ...
Nun, soweit war es mit mir noch nicht. Ich wußte immerhin noch, daß die Geliebtes-Weib-Straße früher Julius-Finkelstein-Straße geheißen hatte.
»Warum haben Sie das nicht gleich gesagt?« fragte ein Mann, der mit einem Koffer in der Schlange stand. »Die Julius-Finkelstein-Straße kreuzt die Keuchhustenstraße, die aber jetzt einen anderen Namen hat.«
»Welchen Bus nehme ich dorthin?«
»Nummer 37.«
Ich nahm den Bus Nr. 37. Nach etwa halbstündiger Fahrtdauer fragte ich den Fahrer:
»Steige ich jetzt aus?«
»Warten Sie, bis ich stehenbleibe!« brüllte der Fahrer mich an. »Immer diese Eile, immer diese Eile ...«
Nachdem ich ausgestiegen war, fiel mir ein, daß ich dem Fahrer gar nicht

gesagt hatte, wo ich aussteigen wollte. Das war peinlich, und die Straße war menschenleer. Zum Glück tauchte ein städtischer Müllsammler auf und versicherte mir nachdrücklich, daß die Keuchhustenstraße, die seit neuestem Einsame-Witwen-Straße hieß, gleich über die nächste Ecke links zu erreichen sei, dann zweimal nach rechts, dann noch einmal rechts, und dann wäre es die dritte Straße links.
Ich zog noch bei einigen anderen Passanten Erkundigungen ein und sammelte innerhalb weniger Minuten vierzig bis fünfundvierzig »links«, ungefähr ebenso viele »rechts« und zwanzig »geradeaus«. Angesichts der rasch einsetzenden Dunkelheit war das eine ganz hübsche Leistung.
Nach einigen Irrgängen erreichte ich eine Straße, die dem geometrischen Mittel der mir erteilten Auskünfte entsprach. Das Unglück war, daß ihr Name sich nirgends feststellen ließ. Es gab keine Straßentafeln, und die rasch vorübereilenden Passanten wollten sich nicht festlegen. Auf gut Glück läutete ich an einer ebenerdig gelegenen Wohnungstür und fragte den Mann, der mir öffnete, ob er zufällig den Namen dieser Straße kenne. Er antwortete, daß es irgendein hebräischer Name sei, den er aber nicht verstehe, da er nur Englisch spreche. Seine kleine Tochter hingegen, eine Sabra, wüßte jemanden, der den Namen dieser Straße einmal aufgeschrieben hätte und nur im Augenblick leider nicht zu Hause wäre.
Bekümmert verließ ich das Haus. Gerade sauste ein Wagen der Feuerwehr vorüber, verlangsamte sein Tempo, und der Fahrer brüllte mir die Frage zu, ob er sich hier in der Meines-Bruders-Hüter-Straße befände, der früheren Ignaz-Fuchs-Straße? Ich brüllte ihm ein saftiges »links« zurück. Dann hielt mich ein Briefträger auf und erbat meinen Ratschlag, wie er wohl am besten in die Zwirn-und-Nadelöhr-Straße käme, deren Name vor kurzem in Samson-schlägt-die-Philister-Straße geändert worden sei, aber auch dieser Name hätte sich als zu lang erwiesen.
Ich bediente ihn mit einer detaillierten Auskunft und fragte meinerseits nach der Geliebtes-Weib-Straße. Der Postbote gratulierte mir überschwenglich:
»Sie haben Glück«, sagte er. »Das weiß ich zufällig wirklich. Es ist die zweite Straße rechts, aber sie heißt jetzt Wunschtraumstraße«
Meine Freude, als ich die Wunschtraumstraße tatsächlich fand, war unbeschreiblich. Das Haus 5 a fand ich allerdings nicht. Überhaupt fand ich keine einzige Hausnummer. Ich fand einen zittrigen Patriarchen, der zwar auch nicht wußte, wo 5 a war, mir aber den dankenswerten Hinweis gab,

daß die Nummer einfach »5« heißen könnte, weil die Mapai überall den Buchstaben A hingepinselt hatte.[1]
Es ging auf Mitternacht, und ich befand mich noch immer auf der Jagd nach Hausnummern. Endlich entdeckte ich hoch oben an der Mauer einer Mietskaserne eine Tafel, konnte sie aber nicht lesen. Ich hielt den eben wieder vorbeisausenden Löschwagen an, borgte mir eine Leiter und stieg hinauf. Die Tafel trug die Aufschrift »182-351-561 k.g.«, und das half mir nur wenig.
Ein mitleidiger Spätheimkehrer informierte mich, daß das letzte Haus in dieser Straße die Nummer 198 trug – »Sie brauchen also nichts andres zu tun, als von hier aus weiterzugehen und bis Nummer 5 zurückzuzählen, und Sie brauchen sich auch gar nicht zu schämen, daß Sie das tun, denn ich tue es manchmal selbst, wenn ich wissen will, in welchem Haus ich wohne.«
Ich folgte seinem Rat, zählte von 198 rückwärts und läutete hoffnungsvoll an der Türe des Hauses, vor dem ich jetzt stand. Eine alte Dame öffnete. »Nein, hier ist Nummer 202«, sagte sie. Auf meine Frage, ob es sich nicht vielleicht doch um das Haus Nummer 5 handle, erklärte sie mir geduldig, daß dies unmöglich der Fall sein könne, weil es in dieser ganzen Straße überhaupt keine ungeraden Hausnummern gäbe; das Stadtplanungsamt hätte versehentlich auf beiden Seiten der Straße nur gerade Nummern angebracht, so daß jetzt alle Nummern doppelt vorkämen, bis auf zwei, die Nummern 32 und 66, die sich am andern Ende der Stadt befänden, in der früheren Julius-Finkelstein- und jetzigen Keuchhustenstraße.
»Um Himmels willen«, stöhnte ich. »Das ist ja die Straße, die ich suche. Ich war überzeugt, daß ich hier bereits in der Keuchhustenstraße bin.«
»Nein, nein.« Die alte Dame schüttelte energisch den Kopf. »Diese Straße wird morgen in Dilemmastraße umbenannt. Heute heißt sie noch Dillenkopfstraße.«
»Merkwürdig. Warum haben mir alle Leute gesagt, daß es die Wunschtraumstraße ist?«
»Was hätten sie denn anderes machen sollen? Vielleicht mit Ihnen streiten?« Und damit verschwand die Hexe in ihrem Bau.

1 Jede der politischen Parteien Israels verwendet als Symbol einen Buchstaben des Aleph-Beths, das infolge der immer noch wachsenden Vielzahl unserer Parteien demnächst um einige Buchstaben erweitert werden dürfte.

Abermals sauste der Löschwagen vorbei, die Sirenen zu höchster Lautstärke aufgedreht, hielt am Ende der Straße an und richtete seine Wasserstrahlen gegen ein Haus. Aus purer Neugier ging ich näher und wurde von einem der Feuerwehrleute prompt gefragt, ob das die rituelle Badeanstalt in der Meines-Bruders-Hüter-Straße 107 sei, denn dort brenne es.
»Nein«, antwortete ich. »Was Sie da löschen, ist das Haus mit der rechtsseitigen Nummer 102 auf der ehemaligen Dilemmastraße.«
Die Feuerwehrleute ließen einige derbe Flüche hören, zogen Leitern und Schläuche ein und fuhren davon.
Ich schleppte mich weiter durch die Nacht. Vor meinem geistigen Auge, müde wie es war, erschien das vorwurfsvolle Gesicht Elusivis. Zorn und Verzweiflung begannen in mir hochzusteigen. Wütend packte ich den Kerl, der jetzt auf mich zukam, an den Schultern und brüllte in seine widerwärtige Fratze:
»Wo ist die Geliebtes-Weib-Straße, du Stinktier? Wo?!«
»Allah akbar«, antwortete der Legionär.
So geriet ich in arabische Gefangenschaft. Die Waffenstillstandskommission leitete sofort die nötigen Schritte ein.[1]

Der perfekte Mord
(Israelische Version)

Es war Abend. Draußen herrschte Dunkelheit, drinnen begannen sich Israels Mütter über den Verbleib ihrer Sabrabrut zu sorgen. Plötzlich wurde die Tür meiner Wohnung aufgerissen, und Schultheiß stürzte herein. Aber war das noch Schultheiß? Schultheiß der Großartige, Schultheiß der Ruhmreiche, der Mann mit den eisernen Nerven, der Mann mit dem herausfordernd unerschütterlichen Selbstbewußtsein? Vor mir

1 Die Hälfte der Stadt Jerusalem gehört zu Jordanien, was ungefähr die gleiche Situation schafft, als ob New York jenseits der Fifth Avenue unter sowjetischer Verwaltung stünde. Diese Vorstellung ist besonders ärgerlich, wenn man bedenkt, daß New York noch aus Sümpfen voll quakender Frösche bestand, als Jerusalem bereits die Hauptstadt des jüdischen Staates war.

stand ein geknicktes, zerknittertes Geschöpf, atemlos, bebend, die stumme Furcht eines gejagten Rehs im Blick.
»Schultheiß!« rief ich aus und schob die Steuererklärung, an der ich gerade gearbeitet hatte, zur Seite. »Um Himmels willen, Schultheiß! Was ist los mit Ihnen?«
Schultheiß warf irre Blicke um sich, und seine Stimme zitterte: »Ich werde verfolgt. Er will mich in den Wahnsinn treiben.«
»Wer?«
»Wenn ich das wüßte! Aber ich weiß es nicht und werde es nie erfahren und kann mich nicht wehren. Es muß der Teufel in Person sein. Er richtet mich systematisch zugrunde. Und was das schlimmste ist: Er tut es in meinem eigenen Namen.«
»Wie?! Was?!«
Schultheiß ließ sich in einen Sessel fallen. Kalten Schweiß auf der Stirn, erzählte er seine Leidensgeschichte:
»Eines Morgens – es mag jetzt etwa ein Jahr her sein – wurde ich durch das anhaltende Hupen eines Taxis vor meinem Haus geweckt. Nachdem der Fahrer des Hupens müde geworden war, begann er mit den Fäusten gegen meine Türe zu trommeln. Ich mußte öffnen. Was mir denn einfiele? brüllte er mich an. Warum ich ein Taxi bestellte, wenn ich keine Absicht hätte, es zu benützen?«
Schultheiß holte tief Atem.
»Überflüssig zu sagen, daß ich kein Taxi bestellt hatte. Aber hierzulande haben die Leute Vertrauen zueinander, und das ist das Unglück. Wenn man bei einem Taxistandplatz einen Wagen bestellt, auch telefonisch, wird nicht viel gefragt, sondern die Bestellung wird erledigt, und die Taxis strömen zu der angegebenen Adresse. Jedenfalls strömten sie zu der meinen. Um acht Uhr früh waren es ihrer bereits vierzehn, und meine Nachbarn sprechen bis heute von dem Höllenlärm, den die vierzehn Fahrer damals vollführten. Meine Beleidigungsklagen gegen zwei von ihnen sind noch anhängig ... An diesem Morgen wurde mir klar, daß irgend jemand meinen Namen mißbraucht, um mich in den Wahnsinn zu treiben.«
Ein kalter Schweiß lief mir über den Rücken. Schultheiß sprach weiter:
»Die Sache mit den Taxis war nur der Anfang. Seither gibt mir mein Quälgeist keine Ruhe. In meinem Namen antwortete er auf Zeitungsannoncen, bestellt Lotterielose, Fachbücher, Enzyklopädien, Haushaltsartikel, kosmetische und medizinische Präparate, Sprachlehrer, Möbel, Särge, Blumen,

Bräute – alles, was man telegrafisch oder durch die Post bestellen kann. Damit nicht genug, hat er mich auch beim ›Verband abessinischer Einwanderer‹, bei der ›Interessengemeinschaft ehemaliger Rumänen‹ und beim ›Verein für die Reinhaltung des Familienlebens‹ angemeldet. Und vor kurzem hat er zwei marokkanische Waisenkinder für mich adoptiert.«
»Aber wie ist das möglich? Wieso erregt er keinen Verdacht?«
»Weil niemand auf den Gedanken kommt, daß meine Briefe nicht von mir geschrieben wurden oder daß nicht ich ins Telefon spreche, sondern ... mein Mörder.«
Bei den letzten Worten rannen Tränen über Schultheißens eingefallene Wangen.
»Und es wird immer noch ärger! Jedermann weiß – und natürlich weiß es auch er –, daß ich ein altes Mapai-Mitglied bin.[1] Infolgedessen hat er für mich ein Abonnement auf die kommunistische Parteizeitung genommen und läßt sie mir in mein Büro zustellen. An das Zentralkomitee der Mapai hat er einen eingeschriebenen Brief gerichtet, in dem ich meinen Austritt erkläre, und zwar wegen der fortgesetzten Korruption innerhalb der Parteileitung. Ich hatte die größte Mühe, meine Wiederaufnahme durchzusetzen. Später erfuhr ich, daß ich bei den Gemeinderatswahlen für die ›Agudath Jisrael‹ kandidieren wollte.[2] Mein Name ist allmählich ein Synonym für Betrug und Scheinheiligkeit geworden. Bis zum Juni dieses Jahres galt ich wenigstens noch als Mitglied der jüdischen Religionsgemeinschaft. Aber auch damit ist es vorbei.«
»Wie das? Was ist geschehen?«
»Eines Tages, während ich ahnungslos im Büro saß, erschienen zwei Franziskanermönche aus Nazareth in meiner Wohnung und besprengten, für die ganze Nachbarschaft sichtbar, meine koschere Kücheneinrichtung mit Weihwasser. Der Schurke hatte in meinem Namen kleine Spenden an das Kloster gelangen lassen und die beiden Mönche zu mir gebeten ...«
Schultheiß verfiel vor meinen Augen. Seine Zähne klapperten.
»Er hat meinen Schwiegervater denunziert. Eine von mir unterschriebene Anzeige beschuldigte meinen eigenen Schwiegervater, Schweizer Uhren

1 Die sozialdemokratische Mapai war unsere ewige Regierungspartei. Sie ist nicht ganz so konservativ wie die französischen Radikalsozialisten und nicht ganz so fortschrittlich wie die amerikanischen Demokraten. Sie hält sich ungefähr in der Mitte zwischen beiden.

2 Die ›Agudath Jisrael‹ ist die Partei der frommen, bärtigen Ultra-Orthodoxen, sozusagen der israelischen Juden.

ins Land zu schmuggeln – und was das schlimmste ist: Die Anzeige erwies sich als begründet… Es ist unglaublich, mit welcher satanischen Schläue dieser Schuft zu Werke geht. Zum Beispiel schickte er unserem Abteilungsleiter einen Brief mit meiner Absenderadresse, aber der Brief selbst war an einen meiner Freunde gerichtet und enthielt die Mitteilung, daß unser Abteilungsleiter ein widerwärtiger Halbidiot sei. Es sollte der Eindruck entstehen, als hätte ich irrtümlich die Briefumschläge vertauscht… Jede Woche läßt er ein Inserat erscheinen, daß ich für acht Pfund monatlich ein möbliertes Zimmer vermiete. Ohne Ablöse. Oder daß ich dringend eine ungarische Köchin suche… Alle zwei Monate sperrt mir die Elektrizitätsgesellschaft das Licht ab, weil er sie verständigt hat, daß ich nach Rumänien auswandere… Ich werde von der Devisenpolizei überwacht, weil ich angeblich meinen Auslandsbriefen hohe Geldnoten beilege, was streng verboten ist… Und meine Frau befindet sich in einer Nervenheilanstalt, seit sie die Nachricht bekam, daß ich in einem übel beleumundeten Haus in Jaffa Selbstmord begangen habe…«

Konvulsivisches Schluchzen schüttelte den vom Leiden ausgemergelten Körper Schultheißens. Auch ich wurde allmählich von Panik erfaßt. Die finstersten Gedanken zuckten mir durchs Hirn.

»Vor den Wahlen«, fuhr Schultheiß stöhnend fort, »verschickte er ein Rundschreiben an meine Bekannten, in dem ich erklärte, daß ich für die Partei der Hausbesitzer stimmen würde, die als einzige ein wahrhaft fortschrittliches Programm besäße. Niemand grüßt mich mehr. Meine besten Freunde wenden sich ab, wenn sie mich nur von weitem sehen. Vorige Woche haben mich zwei Militärpolizisten im Morgendämmer aus dem Bett gezerrt, weil ich die Armeeverwaltung verständigt hatte, daß ich infolge meiner Abneigung gegen frühzeitiges Aufstehen an den kommenden Waffenübungen nicht teilzunehmen wünsche…«

»Genug!« rief ich aus. Ich ertrug es einfach nicht länger. »Wer ist der Schuft, der Ihnen das alles antut?!«

»Wer? Wie soll ich das wissen?« wimmerte Schultheiß. »Jeder kann es sein. Vielleicht sind Sie's…«

Ich? Ja, das wäre eine Möglichkeit.

Besuchszeiten: Montag und Donnerstag

Zu den hervorragenden Nationaleigentümlichkeiten Israels zählt die Disziplin; eine lückenlose, allumfassende Disziplin – und dennoch keine eiserne, wie etwa in den totalitären Staaten, wo man allen Befehlen blind gehorchen muß. Nein, wir obliegen einer Disziplin, die individuell gefärbt ist. Wenn wir zum Beispiel eine Telefonzelle mit der Tafel *Außer Betrieb* sehen, so überkommt uns sofort der heftige Wunsch, gerade aus dieser Zelle zu telefonieren, und in neun von zehn Fällen tun wir das auch. Eine Tafel mit der Aufschrift *Bitte das Geld sofort nachzählen, spätere Reklamationen werden nicht berücksichtigt* veranlaßt uns unweigerlich, den betreffenden Schalter sofort zu verlassen, das Geld erst später nachzuzählen und Krach zu schlagen, weil man uns beraubt hat. Wenn allerdings auf einer Tür die Aufschrift *Eintritt verboten* prangt, dann treten wir wirklich nicht ein. Außer wenn wir unbedingt müssen. Oder um nachzuschauen, was eigentlich hinter der Tür los ist. Oder aus irgendwelchen anderen Gründen.

Damit komme ich allmählich zu meiner Tante Ilka, jener liebenswerten alten Dame, die vor einigen Jahren, als sie gerade mit der Säuberung ihres Fußbodens beschäftigt war, einen leisen Pfiff ausstieß und sich nicht mehr aufrichten konnte. Ihr Meniskus oder etwas dergleichen hatte Schaden genommen, und Tante Ilka mußte ins Spital gebracht werden, wo man sie in der Abteilung 14 unterbrachte.

Kaum untergebracht, trug Tante Ilka der Oberschwester auf, uns alle telefonisch ans Krankenlager zu berufen und uns an ihre, Tante Ilkas, Vorliebe für Käsebrötchen zu erinnern, die vom Spital nur bei schweren Herzattacken verabreicht würden.

Der Familienrat entschied, daß ich der richtige Mann für diesen Auftrag sei. Man händigte mir ein Paket mit in Asche gebackenen Käsebroten aus, und bald darauf stand ich vor der doppelten Stacheldrahtumzäunung[1], die das Areal des Krankenhauses umgab.

Das eiserne Tor war geschlossen. Erst nach längerem höflichen Pumpern

1 Auch das ist eine Erbschaft aus der Mandatszeit. Zum Schutz gegen Überfälle jüdischer Terroristen ließ die britische Verwaltung um alle öffentlichen Gebäude von einiger Wichtigkeit enorme Stacheldrahtverhaue legen, und die israelische Regierung hält das aus purer Trägheit aufrecht.

erschien ein stämmiger Portier und sagte: »Besuchszeiten Montag und Donnerstag nachmittag von 2.45 bis 3.30.«
»Danke sehr«, sagte ich. »Aber jetzt bin ich schon hier.«
»Lieber Herr«, sagte der Türhüter, »es liegt im Interesse der Patienten. Besuche regen sie auf und verzögern den Heilungsprozeß. Stellen Sie sich doch vor, was geschehen würde, wenn wir pausenlos Besuche einließen.«
»Sie haben vollkommen recht«, sagte ich, »das wäre schrecklich. Und jetzt lassen Sie mich bitte hinein.«
»Nein«, sagte er. »Ich habe strengen Auftrag. Sie betreten das Gebäude nur über meine Leiche.«
»Das möchte ich nicht. Ich möchte zu meiner Tante Ilka.«
»Nichts zu machen. Aber um 2 Uhr werde ich abgelöst. Vielleicht haben Sie bei meinem Nachfolger mehr Glück.«
Der Mann war nicht nur ein Fanatiker, er war auch noch stolz darauf. Ich wandte mich ab, Haß im Herzen und zornige Flüche auf den Lippen. »Mögen alle hier vertretenen Krankheiten dich gleichzeitig heimsuchen, du tobsüchtiger Maniake!« fluchte ich. »Und wenn du zerspringst: ich komme zu Tante Ilka hinein!«
Etwas später klopfte ich wieder an das Eingangstor, verfiel aber nicht in meinen früheren Fehler, sondern sagte dem neuen Portier:
»Ich bin von der Redaktion der ›Jerusalem Post‹ und soll einen Artikel über Ihr Spital schreiben.«
»Einen Augenblick«, sagte Torhüter II. »Ich rufe Dr. Gebennehmer.«
Dr. Gebennehmer, ein Mann von gewinnenden Umgangsformen, empfing mich auf die netteste Weise und erbot sich sofort, mir das Institut zu zeigen.
»Vielen Dank, Herr Doktor«, sagte ich. »Aber ich finde mich lieber selbst zurecht. Das ist die neue Reportertechnik, wissen Sie: unmittelbare Eindrücke sammeln. Machen Sie sich bitte keine Mühe.«
»Es macht mir gar keine Mühe. Es ist mir ein Vergnügen.« Dr. Gebennehmer schob freundlich seinen Arm unter den meinen. »Außerdem brauchen Sie gewisse fachliche Informationen. Kommen Sie.«
Er schleppte mich durch die Abteilungen 11, 12 und 13 und sprach dabei sehr anregend über die Hauptaufgabe der Presse, die seiner Meinung nach darin lag, dem Publikum besseres Verständnis für die Medizin im allgemeinen und für die Gebarung der Krankenhäuser im besonderen beizu-

bringen. Ich folgte seinen Ausführungen mit zustimmendem Nicken und machte mir von Zeit zu Zeit Notizen, etwa des Wortlauts: »Eins bis drei und vier bis sechse, Großmama war eine Hexe« oder etwas ähnliches, meistens Gereimtes.
Die vorbildliche Ordnung, die in sämtlichen Abteilungen herrschte, wurde nur durch die Unzahl der Besucher ein wenig gestört. Im Durchschnitt saßen zwei komplette Familien an jedem Bett.
»Dabei ist jetzt gar keine Besuchszeit«, erklärte Dr. Gebennehmer. »Ich weiß wirklich nicht, wie alle diese Leute hereingekommen sind.«
»Macht nichts, macht nichts«, beruhigte ich ihn.
Plötzlich klang aus einem der Betten die Stimme einer alten Dame an mein Ohr:
»Hallo, Feri! Hast du den Käs mitgebracht?«
Es war eine eher peinliche Situation. Dr. Gebennehmer sah mich mit einem unangenehm fragenden Gesichtsausdruck an.
»Schalom, Tante Ilka!« rief ich aus. »Was für ein phantastischer Zufall!«
»Zufall? Hat die Nurse nicht angerufen? Wo ist der Käs?«
Ich übergab ihr rasch das Paket und versuchte Dr. Gebennehmer davon zu überzeugen, daß ich immer ein Paket mit Käsebroten bei mir trüge, aber er zuckte nur wortlos die Schultern und ging.
Tante Ilka verzehrte den Inhalt des Pakets in bemerkenswert kurzer Zeit und bestellte für den nächsten Tag eine Ladung Pfefferminzbonbons. Auch Bernhard und Mitzi sollte ich mitbringen. Und natürlich meine Frau. Als ich zaghaft einwarf, daß morgen keine Besuchsstunden wären, deutete Tante Ilka mit einer vielsagenden Geste auf das Gewimmel im Raum und schickte mich nach Hause.
Wir gingen sofort an die Arbeit. Mitzi nähte auf ihrer Maschine kleine weiße Schwesternhauben, dann holte sie von ihrem Friseur drei weiße Kittel, und dann verfertigten wir mit Hilfe zweier Besenstiele eine Tragbahre. Das war alles, was wir brauchten.
Am nächsten Tag brachte uns ein Taxi in die Nähe des Spitals, wo wir unsere Verkleidung anlegten. Meine Frau wurde auf Patrouille geschickt und meldete, daß der tobsüchtige Maniake von gestern, den ich ihr genau beschrieben hatte, jetzt wieder das Tor bewachte. Ich nahm auf der Tragbahre Platz und wurde mit einem weißen Leintuch zugedeckt. Bernhard und Mitzi trugen mich, meine Frau hielt mir die Hand und befeuchtete von Zeit zu Zeit meine fiebrig vertrockneten Lippen. Die Invasion glückte.

Der maniakische Bulle fiel auf unseren primitiven Trick herein und ließ uns glatt passieren.
Aus Sicherheitsgründen machten wir einen Umweg durch mehrere andere Abteilungen. Gerade als Abteilung 14 in Sicht kam, riß jemand mit derber Hand mein Leintuch zurück:
»Sie?!« brüllte Dr. Gebennehmer. »Sind Sie wahnsinnig?«
»Jetzt ist nicht der Augenblick zum Scherzen«, sagte ich gepreßt. »Ich sterbe.«
»Was ist geschehen?«
»Eine Schlange hat mich gebissen.«
Dr. Gebennehmer erbleichte und zog mich persönlich in sein Ordinationszimmer. Gerade daß ich die Pfefferminzbonbons noch an Bernhard weitergeben konnte. »Rasch«, flüsterte ich, »und küßt Tante Ilka von mir...«
Die andern machten sich aus dem Staub und ließen mich in Dr. Gebennehmers Klauen. Dr. Gebennehmer hantierte bereits an seinen Spritzen und Phiolen herum und kündigte an, daß er mich jetzt mit Curare vollpumpen werde, dem einzigen zuverlässigen Antitoxin gegen Schlangengift. Mir wurde ein wenig unbehaglich zumute. Mehr als das: Ich begann mich zu fragen, ob ich mich hier wirklich malträtieren und vielleicht vergiften lassen müsse, nur weil Tante Ilka vor ihrer Operation unbedingt Pfefferminzbonbons lutschen wollte? Ich entschied diese Frage mit Nein, war mit einem Satz aus dem Zimmer draußen, rannte in den Hof und sprang auf einen der Trolleywagen, die den Verkehr zwischen den einzelnen Abteilungen besorgten.
»Los!« zischte ich dem Fahrer zu. »Egal wohin! Fahren Sie!«
In einer entfernt gelegenen Abteilung mischte ich mich unter die Besucher und entkam.
Am Abend stieß ich wieder zu meiner Familie. Tante Ilka, so hörte ich, wäre in bester Verfassung und nur etwas beleidigt, weil ich sie nicht besucht hatte. Sie wünschte sich viele Schweizer Illustrierten. Mitzi schlug vor, einen Schacht unter den Stacheldraht zu graben; aber das hätte mindestens drei Tage in Anspruch genommen, und so lange konnten wir Tante Ilka unmöglich ohne Besuch und ohne Illustrierte lassen. Andererseits konnten wir jetzt keine Kollektivbesuche mehr riskieren, sondern mußten uns mit Einzelaktionen begnügen. Also warf ich mich am nächsten Tag wieder in den Friseurmantel, der am Rücken zugeknöpft wurde, und vollendete meinen Habitus mit einer dicken Brille und einer Zuckerbäckermütze.

Am Spitaltor stand wieder der bullige Maniake. Rasch band ich mir ein Taschentuch vors Gesicht, ging in teutonischem Stechschritt an ihm vorbei[1] und ließ ein scharfes »Jawoll« hören, worauf er die Hacken zusammenschlug. Ich stelzte inspizierend durch die Abteilungen 11 und 12 und näherte mich der Abteilung 13, als ich mich am Arm gepackt fühlte.
»Gott sei Dank, daß Sie hier sind, Herr Professor! Kommen Sie schnell! Eine dringende Operation ...«
»Bedaure, Dr. Gebennehmer«, murmelte ich hinter meiner Maske hervor, »ich bin außer Dienst.«
»Aber es ist ein dringender Fall, Herr Professor!« Dr. Gebennehmer zerrte mich in den Operationssaal, und ehe ich wußte, wie mir geschah, hatte ich mir die Hände gewaschen und stand unter den Scheinwerfern. Da wurde auch schon das Bett mit dem Patienten hereingerollt.
»Hast du die Schweizer Illustrierten mitgebracht?« fragte Tante Ilka.
»Sie halluziniert bereits«, sagte Dr. Gebennehmer und versetzte Tante Ilka eilig in den Zustand der Bewußtlosigkeit.
Auch ich fühlte mich einer Ohnmacht nahe. Schließlich hatte ich noch nie einen Meniskus operiert, schon gar nicht an meiner eigenen Tante.
Als die Operationsschwester mich fragte, ob ich ein kleines oder großes Skalpell wünsche, wandte ich mich in plötzlichem Entschluß zu Dr. Gebennehmer:
»Bitte übernehmen Sie.«
Dr. Gebennehmer errötete vor Stolz und Freude. Es war das erste Mal, daß ein Professor ihm freie Hand für eine Operation ließ, und er begann sofort, Tante Ilkas Knie aufzuschneiden. Das Gefühl, das dabei in mir hochstieg, glich jenem, mit dem ich gelegentlich in unserer Küche das Tranchieren von Hühnerschenkeln beobachtete, obwohl ich sie dann ganz gern esse, am liebsten mit Gurkensalat.
»Entschuldigen Sie«, sagte ich mühsam und verließ ein wenig taumelnd den Operationssaal. Draußen nahm ich sofort die Maske ab, um Atem zu holen. In diesem Augenblick kam der maniakische Portier vorbei, klopfte mir freundlich auf die Schulter und sagte:
»Sehen Sie – heute können Sie Ihre kranke Tante besuchen!«
Ich hatte vollkommen übersehen, daß es Donnerstag war und kurz nach

1 Fast alle unsere Ärzte sind deutsche Juden. Wenn man auf der Straße jemanden deutsch sprechen hört, ist die Anrede »Herr Doktor« fast immer am Platz.

2 Uhr. Eigentlich hätte mir das auffallen müssen. Es war nämlich kein einziger Besucher im ganzen Spital.

Ich bin Zeuge

Eine andere hervorragende Qualität der Juden ist ihr standhaftes Festhalten an der Tradition. Es wird oft behauptet, daß die Juden dem tragischen Schicksal ihrer Zerstreuung überhaupt nur deshalb trotzen konnten, weil sie so standhaft an ihren Traditionen festhielten und ihre Gesetze so streng beachteten. Wenn das wirklich zutrifft, dann habe ich zu diesem historischen Erfolg des Judentums sehr wenig beigetragen.

Im Mittelpunkt der Geschichte, die das beweisen soll, steht ein Mann namens Jankel. Ich hatte ihn nie zuvor gesehen, aber es gelang mir, seine ganze Zukunft und sein ganzes Familienglück innerhalb weniger Minuten zu ruinieren.

Das Ganze begann damit, daß eine mir gleichfalls unbekannte Frau von etwa vierzig Jahren in meiner Wohnung erschien und mit einem Redeschwall über mich herfiel, der sowohl in gedanklicher wie in grammatikalischer Hinsicht viel zu wünschen übrigließ und zum Schluß in akuten Sauerstoffmangel ausartete:

»Entschuldigen Sie lieber Herr daß ich Sie überfalle wo wir uns doch kaum kennen aber jetzt bin ich endlich soweit daß ich Jankel heiraten könnte ach so Sie wissen nicht daß ich von meinem ersten Mann geschieden bin warum spielt keine Rolle er hat getrunken und hat anderen Weibern Geschenke gemacht aber Jankel trinkt nicht und verdient sehr schön und kümmert sich nicht um Politik und er lebt schon sehr lang im Land und hat einen sehr guten Posten in der Textilbranche und will ein Kind haben aber schnell denn er kann nicht mehr lange warten schließlich ist er nicht der Jüngste aber er schaut noch sehr gut aus auch wenn er kein Haar am Kopf hat und er hat sogar eine Wohnung ich weiß nicht wo aber Sie müssen uns unbedingt besuchen und Sie werden uns doch sicherlich diesen kleinen Gefallen tun nicht wahr?«

»Ich wünsche Ihnen von Herzen alles Gute, liebe Frau«, sagte ich. »Möge

Ihre Ehe Ihnen Segen bringen. Möge Ihnen der Friede beschieden sein, nach dem die Menschheit dürstet. Schalom, schalom, und lassen Sie gelegentlich von sich hören.«

»Danke vielmals ich danke Ihnen aber ich habe ganz vergessen Ihnen zu sagen daß Jankel hier keine Freunde hat außer ein paar alten Siedlern und die können vor dem Rabbi nicht bezeugen daß Jankel im Ausland nie verheiratet war aber Sie sind noch nicht so lange im Land und Sie sind Journalist und das ist sehr gut denn da können Sie für uns zeugen.«[1]

»Gut«, sagte ich. »Ich gebe Ihnen ein paar Zeilen mit.«

»Das genügt leider nicht wissen Sie ein Freund von Jankel hat uns auch so ein schriftliches Zeugnis geschickt er ist Junggeselle noch dazu auf Briefpapier von Metro-Goldwyn-Mayer aus Amerika dort lebt er nämlich aber der Rabbiner hat gesagt es gilt nur persönlich und man muß selber herkommen und ich danke Ihnen schon im voraus für Ihre Güte wo ich doch eine begeisterte Leserin von Ihren Geschichten bin die letzte war ganz schlecht[2] also morgen um neun Uhr früh vor dem Café Passage oder doch lieber gleich beim Rabbinat und jetzt entschuldigen Sie ich muß schon gehen mein Name ist Schulamith Ploni sehr angenehm ...

Ich bin im allgemeinen kein Freund von Gefälligkeiten dieser Art, weil sie einem immer zuviel Mühe machen. Aber diesmal hatte ich das Empfinden, das Schicksal zweier Liebenden in meiner Hand zu halten. Außerdem muß ich gestehen, daß ich mich vor Frau Schulamith Ploni ein wenig fürchtete. Ich fand mich also am nächsten Morgen pünktlich um neun Uhr auf dem Oberrabbinat ein, wo mich ein großer, glatzköpfiger Mann bereits mit Ungeduld erwartete:

»Sind Sie der Zeuge?«

»Erraten.«

»Beeilen Sie sich. Man hat schon aufgerufen. Schulamith wird gleich hier

1 In Israel werden alle Trauungen vom Rabbiner durchgeführt, der sich zuvor aufgrund glaubwürdiger Zeugenaussagen vergewissern muß, daß die eheschließenden Partner nicht verheiratet sind und nie verheiratet waren. In der Regel genügt es, einen Nachbarn um diese kleine Gefälligkeit zu bitten, etwa als Gegenleistung dafür, daß er seine Butter immer in unserem Eisschrank aufbewahrt. Da man das Vorleben derer, für die man zeugt, nur oberflächlich kennt und niemals sicher sein kann, ob sie nicht vielleicht doch verheiratet waren, geht man mit solchen Zeugenaussagen allerdings ein gewisses Risiko ein. Aber man tut es gerne, denn vielleicht kommt man eines Tages in die gleiche Lage.

2 Eine pure Verleumdung. Die Geschichte, die ich damals gerade veröffentlicht hatte, war sogar besonders gut, aber diese primitive Person hat natürlich die Pointe nicht verstanden.

sein. Sie versucht unter den Passanten einen zweiten Zeugen zu finden. Das Ganze dauert nur ein paar Minuten. Sie müssen sagen, daß Sie mich noch aus Podwoloczyska kennen und daß ich nie verheiratet war. Das ist alles. Eine reine Formsache. In Ordnung?«

»In Ordnung. Sagen Sie mir nur – ganz unter uns –: Waren Sie wirklich nie verheiratet?«

»Nie im Leben. Ich hab schon allein genug Zores.«

»Um so besser. Aber diese Stadt, die Sie mir da genannt haben – die kenne ich gar nicht.«

»Chochem![1] Sie sind doch Journalist? Erzählen Sie irgend etwas – daß Sie eine Reportage über Podwoloczyska gemacht haben, und ich habe Ihnen jahrelang geholfen.«

»Das wird man uns nicht glauben.«

»Warum nicht? Meinen Sie, daß irgend jemand hier weiß, was eine Reportage ist?«

»Schön.; Aber jetzt habe ich schon wieder vergessen, wie diese Stadt heißt, die mit P anfängt.«

»Wenn's Ihnen so schwerfällt, sich den Namen zu merken, dann Sagen Sie, wir kennen uns aus Brody. Das ist auch in Polen.«

Brody war viel leichter. Man brauchte nur an Benjamin Brody zu denken, den verstorbenen ZOA-Präsidenten.

Jankel hörte mich noch einmal ab, zeigte sich beruhigt und ließ mich zur Sicherheit noch wissen, daß er mit Zunamen Kuchmann hieße. Er ahnte nicht, daß sein Schicksal um diese Zeit bereits besiegelt war.

Dann kam Schulamith Ploni und brachte tatsächlich einen zweiten Zeugen angeschleppt. Nachdem ich meinen Kopf mit einem bunten Halstuch vorschriftsmäßig bedeckt hatte[2], wurden wir in das Amtszimmer des Rabbiners geleitet, eines bärtigen, verehrungswürdigen Patriarchen mit dicken Brillengläsern und noch dickerem aschkenasischem Akzent. Der Rabbi begrüßte mich herzlich. Offenbar hielt er mich für die Braut. Ich berich-

1 »Chochem« heißt wörtlich soviel wie ein kluger, weiser Mann, wird aber meistens ironisch angewendet, besonders wenn jemand so gescheit zu sein versucht wie wir selbst, was eine Frechheit ist.

2 Nach strenger jüdischer Vorschrift darf man überhaupt nur mit bedecktem Kopf umhergehen, aber auch wer sich nicht so streng an die Vorschriften hält, muß bei religiösen Zeremonien seinen Kopf bedecken; das bunte Halstuch, mit dem ich das tat, war eine Improvisation, weil ich keinen Hut besaß.

tigte den Irrtum, worauf er die Daten des Brautpaares in ein mächtiges Buch einschrieb und sich dann abermals an mich wandte, als spürte er, daß er hier das schwächste Glied in der Kette vor sich hatte:
»Wie lange kennst du den Bräutigam, mein Sohn?«
»Sechsunddreißig Jahre, Rabbi.«
»Gab es irgendwann eine Zeit, eine noch so kurze Zeit, in der ihr nicht gut miteinander standet?«
»Nicht eine Minute, Rabbi.«
Alles ging planmäßig. Der Rabbiner nahm Brody glatt zur Kenntnis, wußte nicht, was eine Reportage ist, führte die Eintragungen durch und fragte mich nochmals:
»Du kannst also bezeugen, mein Sohn, daß der Bräutigam niemals verheiratet war?«
»Nie im Leben, Rabbi.«
»Du kennst ihn gut?«
»Ich müßte lügen, wenn ich behaupten wollte, daß ich ihn besser kennen könnte.«
»Dann weißt du vielleicht auch, mein Sohn, ob er einer kohanitischen Familie entstammt?«
»Natürlich entstammt er einer kohanitischen Familie. Und wie!«
»Ich danke dir, mein Sohn. Du hast ein großes Unglück verhütet«, sagte der Rabbi und schloß das vor ihm liegende Buch. »Dieser Mann darf diese Frau nicht heiraten. Niemals kann ein Kohen[1] mit einer geschiedenen Frau in den heiligen Stand der Ehe treten!«
Schulamith Ploni brach in hysterisches Schluchzen aus, indessen Jankel mich haßerfüllt ansah.
»Sie müssen verzeihen, Rabbi«, stotterte ich. »Ich habe in Europa eine weltliche Erziehung genossen und wußte nichts von der Sache mit den Kohanim. Bitte streichen Sie diese Stelle aus meiner Zeugenaussage.«
»Es tut mir leid, mein Sohn. Wir sind fertig.«
»Einen Augenblick!« Wutschnaubend sprang Jankel auf.
»Vielleicht möchten Sie auch mich anhören? Mein Name ist Kuchmann, und ich war nie im Leben ein Kohen. Im Gegenteil, ich stamme von

1 Die Kohanim waren die alten Hohepriester Israels, von denen sich alle heutigen Cohen, Kohn, Kahn, Kahane und Kishon (?) herleiten. Nach jüdischem Gesetz ist es den Angehörigen des geistlichen Patriziats verboten, Frauen von zweitklassiger Abkunft zu ehelichen.

ganz armen, unbedeutenden Juden ab, man könnte fast sagen von Sklaven...«
»Warum hat Ihr Zeuge gesagt, daß Sie ein Kohen sind?«
»Mein Zeuge? Ich sehe ihn heute zum erstenmal. Woher soll ich wissen, wie er auf diesen verrückten Einfall gekommen ist?«
Der Rabbiner warf mir über den Rand seiner dicken Brillengläser einen Blick zu, vor dem ich die Augen senken mußte.
»Es ist wahr«, gestand ich. »Wir haben uns erst heute kennengelernt. Ich habe keine Ahnung, wer er ist und was er ist. Auch vorn Gesetz habe ich keine Ahnung. Ich dachte, es könnte ihm nicht schaden, ein Kohen zu sein. Vielleicht wäre das sogar ein Gutpunkt für ihn, dachte ich. Vielleicht verbilligt das die Trauungstaxe. Lassen Sie die beiden heiraten, Rabbi.«
»Das ist unmöglich. Es sei denn, der Bräutigam weist nach, daß er nicht aus einer kohanitischen Familie stammt.«
»Um Himmels willen«, stöhnte Jankel. »Wie soll ich so etwas nachweisen?«
»Das weiß ich nicht, und das ist auch noch niemandem gelungen«, sagte der Rabbi. »Und jetzt verlassen Sie bitte das Zimmer.«
Draußen entging ich nur mit knapper Not einem gewaltsamen Tod. Jankel schwor beim Andenken seiner armen, unbedeutenden Vorfahren, daß er es mir noch heimzahlen würde, und Schulamith besprengte das Straßenpflaster mit ihren Tränen.
»Warum haben Sie uns das angetan?« heulte sie.
»Warum drängen Sie sich dazu unser Zeuge zu sein wenn Sie überhaupt nicht wissen was Sie sagen sollen ein Lügner sind Sie jawohl das ist es was Sie sind ein Lügner ein ganz gemeiner Lügner...«
Sie hatte recht.

Mit Mazzes versehen

Zweimal im Verlauf unserer Geschichte sind wir aus Ägypten ausgezogen: das erste Mal einige Jahrtausende vor der britischen Verwaltungsperiode und unter der Führung Gottes, das zweite Mal einige Jahre *nach* der britischen Verwaltungsperiode und unter dem Druck der UNO.

Die epochale Erfindung des ersten Exodus war das ungesäuerte Brot, korrekt und in der Mehrzahl »Mazzoth« genannt, im Sprachgebrauch »Mazzes«. Begreiflicherweise hatten unsere Vorfahren auf der Flucht aus Ägypten keine Zeit, sich mit der Zubereitung von Sauerteig abzugeben, und zur Erinnerung daran essen wir noch heute während des Passahfestes ausschließlich ungesäuertes Brot, um uns darüber zu freuen, daß wir damals der ägyptischen Sklaverei entronnen sind. Wir freuen uns durch volle acht Tage, denn so lange dauert das Passahfest. Falls irgend jemand einmal versucht haben sollte, acht Tage lang von purem Pappendeckel zu leben, wird er begreifen, warum wir für den Rest des Jahres nur noch auf gesäuertes Brot Wert legen. Mit Mazzes sind wir versehen.

An einem dieser Nach-Passah-Tage, einem Mittwoch, wenn ich nicht irre – nein, an einem Dienstag traf ich auf dem Dizengoffboulevard[1] meinen Freund Jossele, der unter seinem Arm ein großes, viereckiges, in braunes Packpapier verpacktes Paket trug. Wir gingen eine Strecke miteinander, wobei wir uns über verschiedene Probleme der Philosophie und des schwarzen Marktes unterhielten. Plötzlich blieb Jossele stehen und reichte mir das Paket:

»Bitte sei so gut und halt mir das eine Minute. Ich muß in diesem Haus etwas abholen. Bin gleich wieder da.«

Nachdem ich eine Stunde mit dem Paket in der Hand gewartet hatte, ahnte ich Übles und ging Jossele suchen. Die Bewohner des Hauses, in dem Jossele verschwunden war, befanden sich in hellem Aufruhr: Jossele hatte die Rückmauer des Hauses mit Gewalt durchbrochen, um auf die andere Straße zu gelangen. Meine Ahnungen verstärkten sich. Nervös riß ich das braune Packpapier auf und fand darin eine Schachtel Mazzes mit dem noch unversehrten Siegel des Rabbinats.

Zunächst erschien mir Josseles Vorgehen rätselhaft. Was mochte ihn zu seinem Verzweiflungsschritt bewogen haben? Vor allem aber: Was sollte ich mit den Mazzes anfangen? Ich brauchte sie nicht. Ich hatte noch sechs Schachteln zu Hause.

Kurz entschlossen restituierte ich die Verpackung und trat auf einen der Hausbewohner zu:

»Entschuldigen Sie«, sagte ich. »Könnten Sie das einen Augenblick halten?«

1 Dizengoff war kein sowjetischer Erfinder, sondern der erste Bürgermeister von Tel Aviv.

Der Mann drückte das Paket gegen sein Ohr, was ein verräterisches Knacken zur Folge hatte, und riß die Verpackung von neuem auf.
»Dachte ich's doch!« rief er mit bösem Triumph. »Da sind Sie aber an den Falschen gekommen, junger Mann. Ich habe selbst noch neun Pakete, die ich nicht loswerden kann. Verschwinden Sie mitsamt Ihren Mazzes und lassen Sie sich hier nie wieder blicken!«
Jetzt begann ich Josseles Verzweiflung zu verstehen, ja mehr als das, ich begann sie ihm nachzufühlen. Aber das änderte nichts daran, daß ich mich dieses bröckeligen Überschußmaterials entledigen mußte.
In einer nahen Parkanlage ließ ich das Paket unauffällig auf eine Bank gleiten und machte mich hastig aus dem Staub. Aber schon nach wenigen Schritten meldeten sich die ersten Gewissensbisse. »Schande über dich!« hörte ich meine traditionsbewußte innere Stimme flüstern. »Läßt man Mazzes in der Wildnis liegen? Dazu sind wir aus Ägypten ausgezogen? Dazu hat uns der Herr aus den Banden Pharaos befreit?«
Aberglauben ist mir fremd. Gewiß, ich bin imstande – besonders seit den Erfahrungen mit unserer Hausgehilfin Latifa –, dreimal über meine Schulter zu spucken, wenn ich eine schwarze Katze unter einer Leiter sehe, aber ich bin nicht abergläubisch. Es war die Erkenntnis, etwas Unrechtes getan zu haben, die mich in den Park zurücktrieb und mich hieß, nach der verwaisten Mazzesschachtel Ausschau zu halten.
Zu meiner Verblüffung sah ich jetzt ihrer zwei auf der Bank liegen. Irgendein traditionsloser Geselle hatte sich meine kurze Abwesenheit zunutze gemacht. Was blieb mir übrig, als beide Schachteln an mich zu nehmen? Ich wunderte mich nur, daß ein Jude einem andern Juden so etwas antun kann.
Im Zustand äußerster Niedergeschlagenheit erreichte ich die Wohnung meines Onkels Jakob, in die ich durchs Küchenfenster einsteigen mußte, weil die Wohnungstüre von großen, viereckigen Paketen in braunem Packpapier verbarrikadiert war. Wir plauderten ein Weilchen über dies und das, dann gab ich mir den Anschein, als ob mir etwas sehr Dringendes eingefallen wäre, entschuldigte mich unvermittelt und sprang zum Fenster hinaus. Unten auf der Straße wollte ich schier vor Lachen bersten: Meine überzähligen Mazzes waren jetzt beim guten alten Onkel Jakob abgelagert…
Ich saß noch keine zehn Minuten zu Hause, als es klopfte. Ein Jemenite stand vor der Tür, schob sechs Schachteln Mazzes über meine Schwelle, warf einen Brief hinterher und verschwand.

»Sende Dir die sechs Schachteln Mazzes, die Du bei mir vergessen hast«, schrieb der gute alte Onkel Jakob. »Möchte Dich nicht berauben. Gib nächstens besser acht.«

Am folgenden Tag mietete ich einen dreirädrigen Lieferwagen, beförderte die Pakete zum nächsten Postamt und schickte sie anonym an Schlomoh Haut, der in einem weit entfernten Kibbuz lebt. Ich war sehr stolz auf diesen Einfall.

Aber ich war nicht der einzige, der ihn hatte. Drei Tage später brachte mir die Post, gleichfalls anonym, vierzehn Schachteln Mazzes, vier wurden mir von einer internationalen Transportgesellschaft zugestellt, und durch ein Fenster, das ich unvorsichtigerweise offengelassen hatte, flogen mir zwei weitere in die Wohnung.

Mit Mühe bahnte ich mir am nächsten Morgen durch Berge von Mazzespaketen den Weg ins Freie. Mein Blick fiel auf einen alten Bettler, der an der Hausmauer ein kleines Schläfchen im Frühjahrssonnenschein hielt. Munter pfeifend, pirschte ich mich an ihn heran:

»Hungert es Sie, mein Alter? Möchten Sie nicht etwas Gutes essen?«

Der Bettler maß mich mit einem prüfenden Blick.

»Wie viele Schachteln?« fragte er.

»Sechsundzwanzig«, antwortete ich mit leiser Stimme. »Kleines Format, dünn, gut erhalten.«

Der alte Bettler überdachte meinen Vorschlag. Dann entschied er sich:

»Im allgemeinen bekomme ich zehn Piaster pro Schachtel. Aber bei größeren Posten gebe ich Rabatt. Macht also zwei Pfund, mit Garantie.«

Ich kann mich jetzt in meiner Wohnung wieder frei bewegen. Dennoch muß ich gestehen, daß mir die Mazzes irgendwie fehlen. *Eine* Schachtel hätte ich vielleicht behalten sollen...

Kleine Frühjahrs-Reinigung

Vor dem Passah- oder auch Pessach- oder auch Überschreitungsfest, das zur Erinnerung an unseren ersten Auszug aus Ägypten gefeiert wird, säubern die orthodoxen Juden ihr Haus vom Keller bis zum First, um alle Spuren von Gesäuertem zu vertilgen. Da meine Familie und ich nicht zur orthodoxen Klasse zählen, tun wir nichts dergleichen. Was sich bei uns abspielt, möge aus den folgenden Seiten meines Tagebuches hervorgehen.

Sonntag. Heute beim Frühstück sprach die beste Ehefrau von allen wie folgt:

»Pessach oder nicht – die Zeit der Frühjahrsreinigung ist gekommen. Aber heuer werde ich deswegen nicht das ganze Haus auf den Kopf stellen. Großreinemachen kostet nicht nur sehr viel Arbeit, sondern auch sehr viel Geld. Außerdem könnte es Rafis Wachstum gefährden. Wir werden also – da wir ja ohnedies ein sauberer Haushalt sind und nicht nur einmal im Jahr unter religiösen Vorwänden für Sauberkeit sorgen – nichts weiter tun, als gründlich Staub wischen und aufkehren. Von dir verlange ich nur, daß du zwei neue Besen kaufst. Unsere alten sind unbrauchbar.«

»Mit großer Freude«, antwortete ich und eilte zum einschlägigen Handelsmann. Dort erstand ich zwei langhaarige, künstlerisch geformte Prachtbesen und war voll Dankbarkeit für die weise, hausfrauliche Zurückhaltung meiner Ehegattin.

Als ich heimkam, fand ich unser Haus von einem murmelnden Bächlein umflossen. Die beste Ehefrau von allen hatte den klugen Entschluß gefaßt, vor Beginn der Entstaubungsarbeiten den Fußboden ein wenig anzufeuchten, und hatte zu diesem Zweck eine weibliche Hilfskraft gemietet; und noch eine zweite, die als Wasserträgerin fungierte.

»In einem Tag haben wir das alles hinter uns«, sagte die beste Ehefrau von allen.

Das freute mich von Herzen, denn aus technischen Gründen gab es an diesem Abend nur weiche Eier zum Nachtmahl, und das vertrug sich nicht ganz mit dem hohen Lebensstandard, an den ich nun einmal gewöhnt bin. Übrigens wurden am Nachmittag auch die Fensterläden heruntergenommen, welche quietschten, wenn der Wind blies. Der Schlosser sagte, daß wir neue Fensterangeln brauchten, weil die alten verbogen waren, und daß ich die neuen bei Fuhrmanns Metall- und Eisenwarenhandlung in Jaffa

kaufen sollte. Da ich von einem so beschäftigten Mann, wie es ein Schlosser ist, wirklich nicht verlangen konnte, daß er diesen Ankauf selbst tätigte, ging ich nach Jaffa, um Fensterangeln zu kaufen.
Montag. Kam gegen Mittag von Fuhrmanns Metall- und Eisenwarenhandlung zurück. Hatte für 27 Pfund original-belgische Fensterangeln gekauft.
Fuhrmann sagte, er hätte auch in Israel erzeugte zum Preis von 1,20, aber die seien nichts wert. »Die belgischen halten Ihnen fürs ganze Leben«, versicherte er mir. »Wenn Sie gut aufpassen, dann halten sie sogar fünf Jahre.«[1]
Das murmelnde Bächlein war mittlerweile zum reißenden Wildbach geworden. Durch das Haustor konnte ich nicht eintreten, weil der Tapezierer sämtliche Stühle und Sessel aus dem ganzen Haus im Vorraum zusammengepfercht hatte. Die Möbel aus dem Vorraum befanden sich in der Küche, die Küchengeräte im Badezimmer und das Badezimmer auf der Terrasse. Ich sprang durchs Fenster ins Haus und fiel in einen Bottich mit ungelöschtem Kalk.
Mein Eheweib sprach: »Ich dachte, daß wir bei dieser Gelegenheit auch die Wände neu weißen sollten, denn in ihrem jetzigen Zustand bieten sie einen abscheulichen Anblick. So können wir unsern Onkel Egon unmöglich empfangen.«
Meiner Zustimmung gewiß, stellte sie mich dem Zimmermaler vor und beauftragte mich, mit ihm zu unterhandeln. Schließlich war ja ich der Herr im Haus. Wir einigten uns auf 500 Pfund, einschließlich der Türen.
Der Schlosser inspizierte Fuhrmanns Fensterangeln und fand, daß sie nur zwei Zoll lang waren. Ob ich denn nicht wüßte, daß wir drei Zoll lange brauchten? Er schickte mich zu Fuhrmann zurück.
Die beste Ehefrau von allen schlief mit Rafi im Büchergestell, zu Füßen der Encyclopedia Britannica. Ich schlief in der Wiege. Ein verirrter Schuhleisten hielt mich viele Stunden lang wach. Zum Nachtmahl hatten wir Rühreier mit Salz.
Dienstag. Fuhrmann behauptete, daß die Fensterangeln drei Zoll maßen, und schickte mich nach Hause. Im Garten trat ich in eine Pfütze frisch

1 Wir in Israel haben eine unwiderstehliche Zuneigung zu ausländischen Waren, und zwar aus zwei Gründen. Erstens ist der Respekt vor allem Fremden noch ein Erbteil unserer jahrhundertelangen Unterdrückung in der Diaspora, und zweitens sind alle ausländischen Produkte besser.

angemachter Lackiererfarbe und reinigte mich mühsam in der Vorhalle, wo sich jetzt das Badezimmer befand, denn im Badezimmer wurden die Wandkacheln gerade auf türkisblau geändert (350 Pfund). Meine Gattin meinte nicht mit Unrecht, daß man solche Kleinigkeiten ein für allemal in Ordnung bringen sollte. Der Elektriker, den wir zwecks Behebung eines Kurzschlusses herbeigerufen hatten, teilte uns mit, daß wir die Bergmann-Schalter, die Fleischmann-Kontakte und die Goldfisch-Sicherungen auswechseln müßten (180 Pfund). Der Schlosser gab zu, daß die belgischen Fensterangeln tatsächlich drei Zoll maßen, aber britische Zoll, nicht deutsche. Er hatte deutsche Zoll gemeint. Schickte mich zu Fuhrmann zurück.
Als der Zimmermaler in der Mitte der Küchendecke angelangt war, erhöhte er sprunghaft seinen Preis und gab auch eine einleuchtende Begründung dafür:
»In den Wochen vor Pessach bin ich immer etwas teurer, weil sich alle Leute sagen, daß sie nicht bis Pessach warten wollen, denn zu Pessach besinnt sich dann ein jeder, und dadurch wird alles teurer, und deshalb kommen sie immer schon ein paar Wochen vor Pessach, und deshalb bin ich in den Wochen vor Pessach immer etwas teurer.«
Außerdem verlangte er von mir eine besondere Art von Furnieren, die nur in Chadera erzeugt werden. Er verlangte auch einen ganz bestimmten Vorkriegslack, zwei Päckchen Zigaretten und einen italienischen Strohhut. Das Ensemble seiner Gehilfen war mittlerweile auf vier angewachsen und stimmte bei der Arbeit einen fröhlichen Quartettgesang an.
Das Schlafproblem löste sich anstandslos. Ich raffte alle Kleider aus unserem großen Schrank zusammen und stopfte sie in den Frigidaire, legte den leeren Schrank rücklings auf den Balkon und versank in einen tiefen, naphtalinumwölkten Schlag. Mir träumte, ich sei gestorben. Der Beerdigungszug wurde von einer Handwerkerdelegation angeführt, die einen überirdisch langen Pinsel trug.
Die beste Ehefrau von allen zeigte sich von ihrer lebenstüchtigsten Seite. Sie schlief mit Rafi im Wäschekorb und erwachte frisch und rosig. Weiche Eier.
Mittwoch. Fuhrmann erklärte mir, daß es bei Fensterangeln keinen Unterschied zwischen britischem und deutschem Zollmaß gäbe, und warf mich hinaus. Als ich das dem Schlosser berichtete, wurde er nachdenklich. Dann fragte er mich, wozu wir die Fensterangeln überhaupt brauchten. Eine Antwort erübrigte sich, da wir ohnedies nicht mehr in die Wohnung hin-

einkonnten: Im Lauf der Nacht war ein Mann erschienen und hatte die Fußböden ausgehoben. Denn es war seit langem der Wunsch meiner Gattin, die Fußböden einige Grade heller getönt zu haben (340 Pfund). »Nur das noch«, sagte sie, »nur das noch, und dann ist es vorbei.«
Um diese Zeit waren bereits siebzehn Mann an der Arbeit, mich eingeschlossen. Die Maurer, die gerade eine Zwischenwand niederrissen, machten einen ohrenbetäubenden Lärm.
»Ich habe mit dem Gebäudeverwalter gesprochen, der eine Art Architekt ist«, teilte mir die beste Ehefrau von allen mit. »Er riet mir, die Zwischenwand zwischen Rafis Zimmer und deinem Arbeitszimmer niederreißen zu lassen, dann bekommen wir endlich ein großes Gästezimmer, und unser jetziges Gästezimmer wird überflüssig, weil wir ja wirklich keine zwei Gästezimmer brauchen, so daß wir das alte Gästezimmer teilen könnten, und dann hätte Rafi sein Kinderzimmer, und du hättest dein Arbeitszimmer.«
Um das meinige beizutragen, stieg ich auf eine Leiter und schnippte mit der großen Gartenschere sämtliche Lüster ab. Wenn schon, denn schon, sage ich immer. Dann befestigte ich einen alten Schrankkoffer an einem wurmstichigen Balken und ging zur Ruhe.
Der Gebäudeverwalter (120 Pfund) teilte mir mit (50 Pfund), daß es am besten wäre (212 Pfund), die ganze Küche auf den Dachboden und den Dachboden ins Badezimmer zu verlegen. Ich bat ihn, das mit meiner Gattin zu besprechen, die ja nur ein paar kleine Veränderungen im Hause durchführen wollte. Meine Gattin schloß sich im Grammophon ein und sagte, sie fühle sich nicht wohl. Zwei rohe Eier.
Donnerstag. Ging heute von Fuhrmann nicht nach Hause. Verbrachte die Nacht auf einer Gartenbank und fand endlich Ruhe und Schlaf. Zum Frühstück Gras und etwas Wasser aus dem Springbrunnen. Delikat. Fühle mich wie neugeboren.
Freitag. Daheim erwartete mich eine frohe Überraschung. Wo einst mein Haus sich erhoben hatte, gähnte mir jetzt eine tiefe Grube entgegen. Zwei Archäologen durchstöberten die Ruinen nach interessanten Scherben. Die beste Ehefrau von allen stand, mit Rafi auf dem Arm, im Garten und wischte den Staub von den Trümmern. Zwei Polizisten hielten die Schar der Andenkenjäger zurück.
»Ich dachte«, sagte die beste Ehefrau von allen, »daß wir die kleine Frühjahrs-Reinigung doch gleich dazu ausnützen könnten, das ganze Zeug niederzureißen und es dann anständig aufzubauen…«

»Du hast vollkommen recht, meine Teure«, antwortete ich. »Aber damit warten wir bis nach Pessach, weil dann alles viel billiger ist.«
Eines steht fest: In unserem ganzen Haus ist keine Spur von Ungesäuertem zu finden.

Ein anregender Feiertag

Der fröhlichste jüdische Feiertag heißt Purim und gilt der Erinnerung an den Triumph der Königin Esther über den bösen Haman. Es war das einzige Mal in unserer Geschichte, daß ein Antisemit aufgehängt wurde, noch ehe der Pogrom stattgefunden hatte. Dieses Ereignis wird von unseren Kindern durch ungeheure Lärmentfaltung gefeiert, die sich direkt gegen das Trommelfell der Eltern richtet.
Überhaupt können die Kinder zu Purim machen, was sie wollen. Sie verkleiden sich als Erwachsene, benehmen sich dementsprechend und rufen dadurch manch einen unangenehmen Zwischenfall hervor. Ich erinnere mich nur zu gut an eines dieser traditionellen Kinderkarnevalsfeste, das alle Straßen überflutete. Eine heiße, umfassende, schlechthin globale Menschenliebe loderte in mir auf, als ich die vielen munteren Rangen im goldenen Sonnenschein umhertoben sah. Das Herz schlug mir höher bei dem Gedanken, daß diese buntkostümierten Filigrangestalten lauter jüdische Kinder waren, die sich des Lebens freuten. Von Zeit zu Zeit blieb ich stehen, streichelte einem kleinen Sheriff das Haar, plauderte mit einem Dreikäsehoch von UNO-Beobachter oder salutierte vor einem Piloten im Däumlingsformat. Ganz besonders hatte es mir ein kleiner Polizeimann angetan, der in seiner blauen, bis ins letzte Detail korrekt nachgemachten Uniform an einer Kreuzung des Dizengoffboulevards seinen erwachsenen Kollegen bei der Verkehrsregelung half. Minutenlang stand ich da und betrachtete ihn fasziniert. Endlich wandte er sich an mich:
»Gehen Sie weiter, Herr, gehen Sie weiter«, sagte er mit todernstem Gesicht.
»Warum denn? Mir gefällt's hier sehr gut!« Ich zwinkerte ihm lächelnd zu.
»Adoni! Widersprechen Sie mir nicht!«

»Jetzt machst du mir aber wirklich Angst. Willst mich wohl einsperren, was?«

Der Miniaturpolizist errötete vor Ärger bis über die Ohren:

»Ihre Ausweiskarte, Ihre Ausweiskarte!« piepste er.

»Da hast du, Liebling. Bedien dich!« Damit reichte ich ihm zwei Kinokarten, die ich in meiner Tasche gefunden hatte.

»Was soll ich damit, zum Teufel?«

Jetzt konnte ich nicht länger an mich halten, nahm ihn auf meine Arme und fragte ihn, wo seine Eltern wohnten, damit ich ihn am Abend nach Hause bringen könnte. Aber mein kleiner Freund war beleidigt. Nicht einmal der Kaugummi, den ich ihm bei einem fliegenden Händler kaufte, versöhnte ihn. Und als ich ihn gar noch in die rosigen Backen kniff, zog er eine Trillerpfeife heraus und setzte sie schrill in Betrieb.

Bald darauf kam mit heulenden Sirenen das Überfallauto angesaust. Ich wurde verhaftet und auf die nächste Polizeistation gebracht, wo man mich wegen ungehörigen Benehmens gegen ein diensttuendes Amtsorgan in Haft nahm. Der Kleine war ein echter Polizist.

Ich hatte nicht gewußt, daß unsere staatliche Exekutive auch Liliputaner aufnimmt...

An dem Purimtag, von dem ich jetzt erzählen will, war ich vorsichtiger. Ich hängte eine Tafel mit der Aufschrift »Achtung, bissiger Hund!« vor meine Türe, zog mich zurück und schlief.

Gegen 3 Uhr nachmittags träumte ich von einem Expreßzug, der unter fürchterlichem Getöse über eine Eisenbrücke fuhr. Allmählich wurde mir inne, daß es sich hier nicht unbedingt um einen Traum handelte: Von draußen wurde krachend gegen meine Türe angetobt. Ich reagierte nicht, in der Hoffnung, daß die Zeit für mich arbeiten würde. Aber sie stand auf seiten des Angreifers. Nach einer Viertelstunde gab ich es auf, erhob mich und öffnete.

Ein spindelbeiniger mexikanischer Posträuber von etwa neunzig Zentimetern Höhe empfing mich mit gezücktem Revolver.

»Chaxameach!« sagte der Mexikaner. »Schlachmones!«[1]

Er sprach noch weiter, aber ich verstand ihn nicht mehr, weil er gleichzei-

1 »Chaxameach« ist die mexikanische Schreibweise von »Chag Sameach«, dem hebräischen Feiertagsgruß für alle Gelegenheiten. »Schlachmones« heißen die Purimgeschenke, auf die unsere Kleinen Anspruch haben – und weiß Gott, sie machen ihn geltend.

tig aus seinem Revolver zu feuern begann und damit mein Hörvermögen für geraume Zeit paralysierte. Als ich ihn seine Schußwaffe von neuem laden sah, ergriff ich eilig eine Blumenvase vom nächsten Tisch und händigte sie ihm aus. Der Mexikaner prüfte den Wert des Geschenkes, gab mir durch eine Handbewegung zu verstehen, daß die Angelegenheit ritterlich ausgetragen sei, und wandte sich der Türe meines Nachbarn zu, auf die er mit Füßen und Fäusten losdrosch. In etwas besserer Laune zog ich mich wieder zurück.

Meine Niederlage schien sich sehr rasch herumgesprochen zu haben, denn fünf Minuten später schlug ein schwerer Gegenstand dumpf gegen meine Türe, und gleich darauf erfolgte eine Reihe von Explosionen, daß die Mauern zitterten und größere Brocken Mörtel sich von der Wand lösten. Ich sauste hinaus und stand einem Kommando gegenüber, das aus zehn Vertretern des israelischen Nachwuchses bestand, einen Rammbock mit sich führte und hochexplosive Knallfrösche in meine Wohnung schleuderte. Der Führer des kleinen, aber hervorragend organisierten Stoßtrupps war ein dicklicher, als Tod kostümierter Knabe.

»Chag Hapurim!«[1] schnarrte er mich an. »Blumenvasen!«

Entschuldigend brachte ich vor, daß ich keine Blumenvasen auf Lager hätte. Der Tod erklärte sich bereit, auch Süßigkeiten entgegenzunehmen. Ich verteilte meinen gesamten Vorrat an Schokolade, aber die Nachfrage überstieg das Angebot.

»*Noch* Schokolade!« brüllte ein brasilianischer Kaffeepflanzer. »Es ist Purim!«

Ich beteuerte, daß ich mit dem Ende der Rationierung aufgehört hätte, Schokolade zu hamstern. Vergebens. Schüsse knallten, Sprengkapseln explodierten an meinem Leib. Von Panik erfaßt, rannte ich in die Küche, raffte den Arm voll Konservendosen und übergab sie den Belagerern, die sich laut schimpfend entfernten.

Abermals dauerte es nicht lange bis zur nächsten Explosion. Sie hob meine Türe aus den Angeln und gab den Blick auf ein in Kampfformation angetretenes Detachement frei, das seine Sprengarbeit mit zwei Tonnen Purimdynamit fortsetzte.

»Gut Purim!« riefen sie, während die Erde noch bebte. »Konserven!«

1 Hapurim« lautet der Glückwunsch, den man sich an diesem Tage zuruft, etwa so wie »Gesegnete Ostern« oder »Ein friedliches Weihnachtsfest«.

Ich schleppte das ganze Küchengestell herbei und schüttete seinen Inhalt auf den Boden. Die Konserven waren im Hui verschwunden, ein Oberst der Burenarmee und ein Tschiang Kai-schek bemächtigten sich des Gestells.
»Geld her!« kreischte plötzlich ein einäugiger Pirat, in dem ich trotz der schwarzen Maske den kurzgewachsenen sechsunddreißigjährigen Sohn meines Friseurs erkannte.
Noch während ich meine Brieftasche leerte, kam mir der rettende Einfall. Wenn dieses Purimfest mich nicht all meiner Habseligkeiten berauben sollte, mußte ich mich auf die andere Seite schlagen. Rasch warf ich ein Hopalong-Cassidy-Hemd über, band mir ein kariertes Halstuch vors Gesicht, ergriff ein Messer und drang durch das Küchenfenster bei Rosenbergs ein.
»Maseltow!«[1] quietschte ich im höchsten mir zur Verfügung stehenden Falsett. »Heraus mit dem Schmuck!«
Um zehn Uhr abends hatte ich die ganze Nachbarschaft abgegrast. Die Beute war beträchtlich.

Der Blaumilch-Kanal

Den Einwohnern Israels ist eine gefährliche Manie gemeinsam: Sie wollen unbedingt das Land aufbauen. Aber da die Juden bekanntlich ein arbeitsscheues Volk sind, bauen sie zum Beispiel in drei Tagen ein Haus fertig, um den Rest der Woche faulenzen zu können. Sollte sich ein Leser aufgrund der Lektüre dieses Buchs zu einem Besuch des Staates Israel entschließen, so wird er dort mit eigenen Augen sehen, daß wir an einem chronischen, unheilbaren Baufieber leiden. Niemand wundert sich, wenn irgendein Narr sich's in den Kopf setzt, mitten in der Wüste eine Stadt zu errichten. Wir haben sogar eine ganz hübsche Anzahl solcher Narren. Und folglich eine ganz hübsche Anzahl von Städten mitten in der Wüste.
Bevor ich nunmehr auf den Blaumilch-Kanal zu sprechen komme – so

1 »Maseltow« ist eine allgemeine, zu jedem Anlaß passende Glückwunschformel.

genannt nach seinem Erbauer Kasimir Blaumilch, einem ehemaligen Insassen der Einzelzelle Nr. 7 in Bath Jam –, muß ich den Leser noch mit ein paar einschlägigen Informationen versehen.
In Bath Jam befindet sich eine Irrenanstalt, und es ist keine geringe Leistung, dort Aufnahme zu finden. Wenn anderswo ein Mensch plötzlich zu gackern beginnt, nimmt man an, laß er den Verstand verloren hat. In Israel nimmt man an, daß er ein Neueinwanderer aus der südlichen Mandschurei ist, der sich in seiner Muttersprache verständlich zu machen sucht. Und wenn er sich Spinat ins Gesicht schmiert, darf man die Möglichkeit nicht ausschließen, daß es sich hier um eine alte bolivianische Volkssitte handelt. Ein Wahnsinniger muß schon etwas wirklich Erstklassiges bieten, um in Israel aufzufallen.
So saß ich einmal nichtsahnend am sonnigen Mittelmeerstrand und freute mich der kühlen Brise, als ich plötzlich durch einen schielenden, unrasierten, aber keineswegs ungemütlich aussehenden Menschen aus meinen Träumen geschreckt wurde. Er bat zuerst um die Erlaubnis, sich neben mir niederlassen zu dürfen, und sprach sodann wie folgt:
»Es tut mir leid, daß ich Sie belästigen muß, mein Herr – aber ich brauche dringend zehn Pfund.«
Einigermaßen nervös begehrte ich zu wissen, auf welchen Artikel welcher Verfassung sein Anspruch sich stützte. Mein Besucher nickte verständnisvoll und gab mir bereitwillig Auskunft:
»Ich bin geisteskrank, mein Herr«, sagte er mit ruhiger, vertrauenerweckender Stimme. »Sie als intelligenter Mensch werden zweifellos wissen, was das bedeutet. Nach den Gesetzen dieses Landes könnte ich Ihnen jetzt ohne weiteres die Kehle durchschneiden oder Sie erwürgen oder, wenn mein krankhafter Instinkt mich dazu lockte, Hackfleisch aus Ihnen machen. Was würde mir geschehen? Nichts würde mir geschehen. Schlimmstenfalls brächte man mich in das Irrenhaus zurück, aus dem ich – dank der verbrecherischen Nachlässigkeit meines Wärters – vor zwei Tagen entsprungen bin. Wünschen Sie die notariell beglaubigten Fotokopien meiner Krankheitsurkunden zu sehen? Hier sind sie.«
Die Papiere meines neuen Freundes waren vollkommen in Ordnung. Auch machte er durchaus den Eindruck eines seriösen, nüchternen Geschäftsmannes, der nicht nur so daherschwätzt, sondern jedes Wort sorgfältig überlegt.
»Nun? Worauf warten Sie?« fragte er, wobei in seinen Augen ein verräterisch fiebriger Glanz aufzuckte. »Haben Sie im Leben so wenig Unan-

nehmlichkeiten, daß Sie sich jetzt noch künstlich eine weitere zuziehen wollen? Wegen lumpiger zehn Pfund? Glauben Sie mir, mein Herr: Es ist nicht der Mühe wert. Ich möchte die Sache viel lieber ohne Exzeß erledigen. Aber wenn Sie mich zwingen ... Ich zähle jetzt bis drei. Bei drei, das sage ich Ihnen aus Erfahrung, wird mein Mund zu schäumen beginnen, und ich werde jede Kontrolle über mich verlieren. Und dann, mein Herr, gnade uns Gott. Also: eins – zwei –«

»Einen Augenblick«, unterbrach ich ihn. »Ich fühle mich verpflichtet, Sie auf einen Umstand hinzuweisen, der sich notwendigerweise Ihrer Kenntnis entzieht. Ich selbst bin nämlich auch nicht ganz normal. Unter uns – und wir sind ja zum Glück allein –: Ich bin ein behördlich anerkannter Irrer und besitze die Diplome zweier führender europäischer Institute. Ich laufe mit Vorliebe Amok, auch über längere Strecken. Als Spezialität betreibe ich die Vivisektion meiner Opfer. Das liegt bei uns in der Familie, wissen Sie. Deshalb habe ich auch stets ein rostiges Küchenmesser bei mir. Ich trage es hier unterm Hemd, für alle Fälle. Es freut mich, Ihre Bekanntschaft gemacht zu haben.«

Mein Besucher erbleichte. Ich hatte sichtlich Eindruck auf ihn gemacht. Als ich die Hand wie ungefähr unter mein Hemd schob, stieß er einen heiseren Schrei aus und enteilte mit großen Sätzen.

Auch ich erhob mich, schlenderte gemächlich zur Autobusstation, trieb die Wartenden mit einem scharfen »Platz da, ich bin verrückt!« zur Seite und stieg ein, ohne auch nur eine Sekunde mit Schlangestehen verloren zu haben ...

Was nun also den vorerwähnten Kasimir Blaumilch betrifft, so war er ein fünfundvierzigjähriger, stellungsloser Okarinaspieler und befand sich, wie schon gesagt, in der Einzelzelle Nr. 7 in Bath Jam. Er hatte gerade einen Tobsuchtsanfall erlitten, weil ihm der Schuhlöffel, mit dem er sich einen Schacht in die Freiheit graben wollte, vom Wärter beschlagnahmt worden war. Blaumilch galt als hoffnungsloser Fall. Seine geistige Umnachtung hatte vor ungefähr Jahresfrist eingesetzt, als ihm die israelischen Behörden mit der Begründung, daß er geistesgestört sei, das Ausreisevisum verweigerten.[1] Seit damals versuchte der völlig zerrüttete Mann immer wieder, unterirdische Gänge zum Meer zu graben.

1 Israel dürfte das einzige Land der Welt sein, in das jeder Wahnsinnige einreisen kann. Aber man läßt ihn nie wieder hinaus, damit er dem Land keine Schande macht.

Nach seinem vom Verlust des Schuhlöffels ausgelösten Tobsuchtsanfall beruhigte sich Blaumilch allmählich, wartete das Dunkel der Nacht ab, öffnete seine Zellentür und entwich. Er erreichte noch ganz knapp den Autobus nach Tel Aviv und begab sich dortselbst schnurstracks zum Solel-Boneh-Warenhaus, in das er unbemerkt hineinschlüpfte.
Das geschah am Mittwoch.
Donnerstag kam der Verkehr an der Kreuzung Allenby Road und Rothschildboulevard[1] in aller Frühe zum Stillstand. Noch im Morgendämmer war in der Mitte der Straße ein Zelt errichtet worden, und vier verrostete, in weitem Quadrat aufgestellte Öltrommeln zeigten an, daß Straßenarbeiten im Gang waren. Um 6 Uhr erschien ein Straßenarbeiter mittleren Alters, der einen fabrikneuen pneumatischen Drillbohrer hinter sich herschleppte. Um 6.30 Uhr zog er mit diesem Bohrer zwei fußtiefe, einander überschneidende Gräben durch das Pflaster, und zwar dergestalt, daß sie die vier Ecken der Straßenkreuzung durch ein »X« miteinander verbanden. Um 7 Uhr ging er zum Frühstück.
Um 10 Uhr war das Chaos nicht mehr zu überbieten. Die Ketten der wild hupenden Autos reichten bis in die Außenbezirke Tel Avivs. Berittene Polizisten, nach allen Seiten Befehle brüllend, sprengten umher, aber auch sie wurden vom höllisch siedenden Durcheinander verschlungen.
Zu Mittag erschien der Polizeiminister, beauftragte die zweiundzwanzig höchstrangigen unter den anwesenden Polizeioffizieren, um jeden Preis die Ordnung wiederherzustellen, und machte sich zornbebend auf den Weg zum Rathaus – selbstverständlich zu Fuß, denn es verkehrten längst keine Autobusse mehr.
Alle verfügbaren Ambulanzen und Löschwagen der städtischen Feuerwehr wurden zum Einsatz beordert und versuchten gemeinsam einen Durchbruch. Der Versuch scheiterte.
Ein einziger behielt in diesem ganzen unbeschreiblichen Durcheinander den Kopf oben: der Mann, der die Straßenarbeiten durchführte. »Tatatata« machte der Drillbohrer in Kasimir Blaumilchs starken Händen, während er sich langsam, aber sicher die Allenby Road entlanggrub, in der Richtung zum Meer.

1 Die größte und verkehrsreichste Straßenkreuzung der größten und verkehrsreichsten Stadt des aufstrebenden Staates; entspricht ungefähr dem Times Square in New York während der Stoßstunden.

Der Polizeiminister traf den Leiter der städtischen Straßenbauabteilung, Dr. Kwibischew, nicht in seinen Amtsräumen an. Dr. Kwibischew war nach Jerusalem gefahren, und sein Vertreter zeigte sich nur mangelhaft informiert. Er versprach jedoch dem Minister, die Straßenarbeiten sofort nach Rückkehr Dr. Kwibischews einstellen zu lassen, und telegrafierte in diesem Sinn nach Jerusalem.

Auch der Bürgermeister hatte Wind von der Sache bekommen und entsandte seinen Sekretär zu sofortigen Nachforschungen an Ort und Stelle. Der Sekretär passierte anstandslos den dreifachen Polizeikordon, trat an den drillbohrenden Arbeiter heran und nützte eine kurze Pause im nervenzermürbenden »Tatatata« zu der Frage aus, wann ungefähr mit der Beendigung der Arbeit zu rechnen sei.

Kasimir Blaumilch gab zuerst keine Antwort. Als er sah, daß er den lästigen Fragesteller auf diese Art nicht los wurde, warf er ihm das einzige hebräische Wort hin, das er kannte:

»Chammer!«[1]

Gegen Abend gelang es der Polizei, mit übermenschlicher Anstrengung und stellenweise unter Verwendung von Tränengasbomben, eine Art Ordnung in das Chaos zu bringen, ihre berittenen Kollegen und deren Pferde im Zustand völliger Erschöpfung zu bergen und den gesamten Verkehr im Umkreis von zwei Kilometern zu sperren. Das Rathaus und die Direktion des Solel-Boneh-Konzerns wurden hiervon verständigt.

Zwei Tage später, sofort nach Erhalt des Telegramms, kehrte Dr. Kwibischew aus Jerusalem zurück und fand seine Amtsräume völlig auf den Kopf gestellt: Die Beamtenschaft hatte in den Archiven nach dem Straßenreparaturprojekt »Allenby-Rothschild« geforscht, hatte zwei verschiedene Pläne gefunden und wußte nicht, welcher der richtige war. Dr. Kwibischew ließ sich die Pläne vorlegen, fand in beiden verschiedentliche Mängel des Kloakenwesens erwähnt und leitete die Pläne an die Kanalisationsabteilung weiter, deren Chef sich gerade auf einer wichtigen Mission in Haifa befand. Die Pläne wurden ihm durch einen Sonderkurier nachgeschickt, kamen jedoch unverzüglich mit dem Vermerk zurück, daß es sich hier um einen Irrtum handeln müsse, da Tel Aviv kein nennenswertes Kanalisationssystem besitze.

1 Wörtlich: »Esel.« In der Umgangssprache: »Sie sind der größte Idiot, der mir jemals untergekommen ist!«

Nach Dr. Kwibischews Strafversetzung ins Handelsministerium machte sich sein Nachfolger, Chaim Pfeiffenstein, an ein gründliches Studium des ganzen Dossiers, versah es mit einem großen roten Fragezeichen, schickte es ans Arbeitsministerium und wollte wissen, seit wann es üblich sei, daß das Ministerium öffentliche Arbeitsprojekte in Angriff nehme, ohne vorher die Stadtverwaltung zu konsultieren.
Inzwischen hatte sich Kasimir Blaumilch bis zur Rambamstraße durchgegraben, vom unablässigen »Tatatata« seines Drillbohrers und von seinen vier rostigen Öltrommeln getreulich begleitet. Fassungslos sahen die Bewohner der Allenby Road diese einstmals so wichtige Verkehrsader in einen von Makadamschotter übersäten Wüstenpfad verwandelt, auf dem sich selbst die Fußgänger nur mit Mühe fortbewegen konnten (Fahrzeuge überhaupt nicht).
Aber die eigentliche Verkehrskatastrophe trat erst allmählich zutage. Infolge des Wegfalls von Allenby Road und Rothschildboulevard waren die Seitenstraßen einer Überlastung ausgesetzt, der sich nur durch sofortige Verbreiterung beikommen ließ. Die Regierung legte eine Anleihe auf, um die erforderlichen Geldmittel flüssig zu machen. Und da sich die Verlegung der Autobusremise nach Norden als unaufschiebbar erwies, mußte die Wohnsiedlung ›Rabbi Schmuck‹ in aller Eile geschleift werden.
Chaim Pfeiffenstein, dessen Anfrage vom Arbeitsministerium scharf zurückgewiesen worden war, erstattete dem Bürgermeister Bericht und verlangte sodann von Solel Boneh genaue Auskünfte über das Fortschreiten des Unternehmens. Pjotr Amal, Solel Bonehs Generalmanager für Straßenbauprojekte, ließ keinen Zweifel, daß er der Angelegenheit seine volle Aufmerksamkeit zuwenden würde. Eine Abschrift der gesamten Korrespondenz ging an die Umsiedlungszentrale der Jewish Agency.
Der Vorschlag Pjotr Amals, zwischen Tel Aviv und dem Arbeitsministerium zu vermitteln, fand zwar die Billigung der Histadruthexekutive, wurde aber vom Bürgermeister im Einvernehmen mit den Autobusgewerkschaften abgelehnt, da zuerst die Straßenarbeiten eingestellt werden müßten.
Allenby Road war um diese Zeit nicht mehr zu erkennen: Zwischen Beton- und Makadamwällen zog sich ein tiefer Graben, von Wolken feinen Staubes überlagert. Aus geborstenen Wasserleitungen schossen gelegentlich hohe Springfontänen empor. Die Wohnhäuser standen leer.
Jetzt, auf dem Höhepunkt der Krise, zeigte sich der politische Weitblick Pjotr Amals. Er lud Chaim Pfeiffenstein zu einer Konferenz, und nach

mehrstündigen, erregten Debatten einigte man sich dahin, daß die Straßenarbeiten so lange suspendiert bleiben sollten, bis eine parlamentarische Kommission den Sachverhalt untersucht hätte. Das Kabinett und die Präsidentschaftskanzlei erhielten je ein Memorandum über diese Vereinbarung. Sie war bereits überflüssig geworden. Wenige Tage zuvor hatte Kasimir Blaumilch seine Bohrarbeiten durch eine geniale Linkswendung abgekürzt und erreichte noch am selben Abend die offene See. Was weiter geschah, ist nicht mehr aufregend: Das Meerwasser ergoß sich in den vormals als ›Allenby Road‹ bekannten Kanal, und alsbald schäumte es auch an die Ufer des Rothschildboulevards.

Es dauerte nicht lange, bis die Stadt der neuen Möglichkeiten gewahr wurde, die sich da boten, bis die ersten Wassertaxis auftauchten und die ersten Privatmotorboote sich ihnen zugesellten. Neues pulsierendes Leben griff allenthalben um sich.

Die offizielle Inbetriebnahme der Wasserwege erfolgte in feierlicher Weise durch den Bürgermeister, der dem Solel Boneh für die planmäßige Vollendung des gewaltigen Projektes in bewegten Worten dankte und abschließend bekanntgab, daß Tel Aviv fortan den Beinamen »Das Venedig des Mittleren Ostens« führen würde.

Ihre Zimmernummer, Sir

Natürlich können wir mit Venedig nicht ernsthaft konkurrieren, schon deshalb nicht, weil man sich in unseren Städten verhältnismäßig bequem zu Fuß fortbewegt. In dieser Hinsicht sind wir also uninteressant. Was uns für den internationalen Reiseverkehr dennoch interessant macht, ist die Tatsache, daß wir eine Gegend bewohnen, die den Angehörigen mehrerer Glaubensbekenntnisse als Heiliges Land, gilt: Für die Juden ist es das Land ihrer Geschichte, für die Christen das Land, in dem der Nazarener gelebt hat, für die Moslems das Land, in dem die Arabische Legion steht, und für die Amerikaner das Land der Ölgewinnung.

Indessen taugt auch die schönste, attraktivste Landschaft nichts, wenn sie über keine Luxushotels verfügt. Will also ein reicher Jude dem Land seiner Väter helfen, so baut er dort ein Hotel. Nebenbei ist das eine ganz gute Investition. Ausländer auf Reisen wünschen nichts sehnlicher, als geschröpft zu werden, und von dieser Regel macht auch Israel keine Ausnahme. Aber wehe dem Israeli, der in einem solchen Luxushotel abzusteigen wagt.

Ich selbst beging diesen ruinösen Fehler nur ein einziges Mal. Irgendwie war es mir gelungen, aus den Klauen des Steuereinnehmers ein paar unvermutete Pfunde zu retten, und ich beschloß, mir dafür einmal einen richtigen, großzügigen Urlaub zu gönnen. Meine Wahl fiel auf ein Super-de-Luxe-Hotel, das über einen eigenen Strand, einen eigenen Golfplatz, eine eigene Kricket-Anlage und, wie man sehen wird, noch über sehr viel anderes Eigenes verfügte.

Ein Page in einer deprimierend vornehmen Livree öffnete mir das Taxi, ergriff meinen Koffer und fragte:

»Welche Zimmernummer, Sir?«

»Das weiß ich nicht«, sagte ich. »Ich bin ja eben erst angekommen.«

Der Page dirigierte mich zu der ganz in Marmor gehaltenen Rezeption, wo mir ein Agent des Geheimdienstes meine Zimmernummer bekanntgab: 157. Diese Nummer trug der Page sofort in sein Notizbuch ein. Der Geheimagent übergab mir einen mit Diamanten besetzten Zimmerschlüssel aus 24karätigem Gold. Ich betrat das Zimmer, das die Nummer 157 trug, und begann mit dem Auspacken. Als ich mir die Hände waschen wollte, mußte ich feststellen, daß keine Seife vorhanden war. Ich läutete nach einer Sklavin. Sie brachte mir eine in Zellophan verpackte, aus Hollywood importierte Seife und fragte:

»Welche Zimmernummer, bitte?«

»157«, antwortete ich. Die Sklavin zog ein Notizbuch hervor und schrieb sorgfältig auf ein neues Blatt: »157«.

Mit nunmehr gewaschenen Händen begab ich mich in den Speisesaal des Hotels, wo man – ohne mich mit lästigen Fragen zu behelligen – eine Tasse Tee und zwei Scheiben Toast vor mich hinstellte. Da mir die Toasts vorzüglich mundeten, verlangte ich noch eine Scheibe.

»Zimmernummer?« fragte der Kellner mit der Steifheit eines knapp vor der Pensionierung stehenden Diplomaten. Das »157« wurde gebührlich notiert.

Auf dem Rückweg in mein Zimmer wollte ich von einem der Brigadegeneräle, die als Portiers Dienst taten, die genaue Uhrzeit erkunden.

»Meine Zimmernummer ist 157«, sagte ich. »Wie spät ist es?«

»532«, antwortete der Brigadier und trug die Nummer 157 in ein dickes Buch ein.
Ich kleidete mich fürs Abendessen um, bat um eine Kleiderbürste (157) und später um eine DDT-Spritze gegen die Moskitos (157). Da mich die ständige Nummernbuchhaltung allmählich zu enervieren begann, machte ich mich zum Boudoir des Hotelmanagers auf und wurde um eine Audienz vorstellig.
»Warum, o Herr, muß ich bei jedem Anlaß meine Zimmernummer angeben?« fragte ich.
Seine Lordschaft maß mich mit einem mißbilligenden Blick und antwortete in kühlem Oxford-Englisch:[1]
»Alle Dienstleistungen, die nicht im Pauschalpreis inbegriffen sind, werden in Rechnung gestellt, Sir. Deshalb müssen die Mitglieder unseres Stabs über die Zimmernummer informiert sein, Sir. Was ist Ihre Zimmernummer, Sir?«
»157.«
»Danke, Sir«, sagte seine Lordschaft und notierte: »Inf. für Nr. 157.«
157 wurde zum Leitmotiv meiner Tage. Kaum wagte ich noch jemanden anzureden, ohne sofort meine Zimmernummer zu nennen. Als ich einmal einen Grapefruitsaft bestellte und keinen bekam, gab ich dem Kellner zu bedenken, ob er jetzt nicht in seinem Notizbuch eine Eintragung vornehmen sollte: »Keine Grpfrt. für 157.« Auch in die Vorstellungszeremonien schlichen sich seltsame Allüren ein. Es war wie im Gefängnishof. Wenn ich auf jemanden zutrat, nannte ich nicht meinen Namen, sondern sagte:
»157. Sehr angenehm.«
»Ganz meinerseits«, antwortete Prinz Weingartner, der Sekretär des Hotels, und schrieb sofort in sein Notizbuch: »Vorgestellt Nr. 157.«
Aber mit einemmal schlug die ganze Situation um. Ich saß gerade auf der Amethystterrasse des Hotels und sog in tiefen Zügen die ozonreiche Abendluft ein, als einer der Aufseher an mich herantrat, das gezückte Notizbuch in der Hand.
»157«, sagte ich höflich. »Frische Luft.«
»57«, notierte der Aufseher. »Danke, Sir.«
Ich war drauf und dran, den Irrtum zu berichtigen, fühlte mich jedoch von

1 Das Personal der israelischen Luxushotels spricht ausschließlich Oxford-Englisch, so daß die amerikanischen Juden einen Dolmetscher engagieren müssen. Aber im äußersten Notfall können sich beide Gesprächspartner immer noch mit Jiddisch behelfen.

einer geheimnisvollen Kraft zurückgehalten. Bizarre Überlegungen kreisten in meinem Kopf und konzentrierten sich auf eine völlig neue Möglichkeit...

Abends im Restaurant bestellte ich eine extra große, extra grillierte Portion Kalbsleber.

»Zimmernummer?« fragte der Kellner, ein ehemaliger Oberst der königlichen Leibgarde.

»75«, antwortete ich.

»75«, notierte der Oberst. »Danke, Sir.«

So begann es, und so konnte ich mir im Verlauf der nächsten Tage manchen Wunsch erfüllen, von dem ich bisher nur im Opiumrausch geträumt hatte. Zweimal fuhr ich in einer eigens für mich bestellten Luxusjacht aus (75), dreimal bestellte ich mir ein indisches Bauchtänzerinnenduo (75) und einmal eine Liliputanertruppe (75). Das Beste war mir gerade gut genug. Wenn man schon einmal auf Urlaub ist, soll man nicht kleinlich sein. Wenn man kleinlich sein will, bleibt man besser zu Hause oder kauft sich eine Orangenplantage.

Nach zwei wunderbaren Wochen verließ ich das Hotel. Prinz Weingartner händigte mir die von Seiner Lordschaft, dem Manager, gegengezeichnete Rechnung aus. Sie belief sich auf 390 Pfund. In dieser Summe waren auch die nicht pauschalierten Dienstleistungen enthalten, wie Seife (5,–), Information (3,10), Luftschöpfen am Abend (4,90) und ein paar andere Kleinigkeiten.

Mit männlichem Händedruck verabschiedete ich mich vom Personal. Dem Brigadier gab ich 100 Pfund, seinem Adjutanten 50 Pfund.[1]

Während ich ins Taxi stieg, spielte sich an der Rezeption ein peinlicher Auftritt ab. Ein dicker, glatzköpfiger Herr erlitt dort gerade einen Wutanfall, riß allerlei Rechnungsformulare in kleine Fetzen und erging sich dabei in unzusammenhängenden Ausrufen – daß er nicht daran dächte, 2600 Pfund für 29 Portionen grillierter Kalbsleber zu bezahlen, die er weder bestellt noch verzehrt hätte, und dergleichen wirres Zeug. Es war wirklich beschämend. Kann man denn solche Lappalien nicht anders regeln als durch unbeherrschtes Brüllen?

1 Trinkgelder sind in Israel nicht üblich, weil sie – nach Ansicht der Gäste – dem von den Vereinten Nationen klar definierten Begriff der Menschenwürde widersprechen. Die Ansicht der Kellner ist weniger dogmatisch.

Das Geheimnis der »Stimme Israels«

Jedes Kind weiß, daß wir das Volk des Buches sind. Der Vorrang der Bibel auf unseren Bestsellerlisten wird zwar durch die amerikanischen Taschenbücher ernsthaft bedroht, aber vorläufig können wir unseren kulturellen Standard halten, weil es bei uns noch kein Fernsehen gibt; nur Radio.
Über das israelische Radio läßt sich nichts weiter berichten, als daß es ein sogenannter »Butterbrotbetrieb« ist. Und das Brot ist bereits so dünn geworden, daß es gar keine Butter mehr verträgt. Mit anderen Worten: Radio Israel hat überhaupt kein Geld.
In England gibt es, wenn ich nicht irre, zwei Arten von Rundfunkstationen: staatliche, die von der Regierung finanziert werden, und kommerzielle, die sich durch den Verkauf ihrer Sendezeit erhalten. In Israel gibt es einen einzigen Sender, den staatlichen, aber der bekommt von der Regierung kein Geld. Und da meines Wissens nur Vögel bereit sind, ohne Bezahlung zu singen – genaugenommen: nur männliche Vögel –, stehen unsere Rundfunkleute täglich aufs neue vor dem Problem, wie sie ihre Sendungen bestreiten sollen.
Vor einigen Tagen forderte mich die »Stimme Israels«[1] brieflich auf, etwas für ihr »Panta rhei«-Programm zu schreiben. Geschmeichelt von diesem ehrenvollen Auftrag, begab ich mich sofort ins Studio und meldete mich bei Herrn Noudini, dem Leiter des Programms. Herr Noudini eröffnete mir, daß er für meinen Beitrag einen sehr guten Einfall hätte: Es sollte ein Beitrag von hohem intellektuellem Rang werden, der zugleich die Gefühle des Hörers anspräche, ernst und literarisch wertvoll, ohne darum den Humor zu vernachlässigen, kulturkritisch, aber nicht, ausfällig, von geschliffener sprachlicher Eleganz und dennoch volkstümlich. Das war, in großen Zügen, Herrn Noudinis Einfall[2], und auf dieser Basis unterhielten wir uns ungefähr vier Stunden lang. Natürlich gingen wir nicht ins Detail, weil Herr Noudini mir bei der Gestaltung seines Einfalls freie Hand lassen wollte. Zum Schluß einigten wir uns, daß ich innerhalb Wochenfrist das Material für eine zweistündige Sendung abliefern würde.

1 Die »Stimme Israels« (»Kol Jisrael«) ist der Name unserer Rundfunkstation. Sie sendet auch Programme in englischer Sprache für die in Israel lebenden Angelsachsen, ähnlich wie BBC hebräische Programme für die Massen der in England lebenden Israelis sendet.

2 Ich muß nochmals daran erinnern, daß der Mann so gut wie kein Gehalt bezog; man durfte also nicht zuviel von ihm erwarten.

Des beiderseitigen guten Willens voll, schüttelten wir einander kräftig die Hände, als mir einfiel, daß ich die betont herzliche Atmosphäre vielleicht dazu ausnützen sollte, um gleich auch die finanziellen Aspekte der Angelegenheit zu klären. Ich fragte also Herrn Noudini rundheraus, wieviel mir die »Stimme Israels« für meine Arbeit zu zahlen gedachte.
Herr Noudini erbleichte, begann zu taumeln und sagte ein wenig mühsam: »Machen Sie sich keine Sorgen – daran wird's nicht scheitern.«
»Fein«, sagte ich. »Aber trotzdem ...«
»Sie werden zufrieden sein.«
»Womit?«
»Mit dem üblichen Honorar.«
Wenn ein Gespräch soweit gediehen ist, höre ich meistens auf. Denn obwohl ich Geld und Gold und Diamanten grenzenlos liebe, schäme ich mich zuinnerst, daß ich so materialistisch veranlagt bin, während die anderen Menschen alles aus purer Opferbereitschaft tun. Schon wollte ich klein beigeben – da erschien vor meinem geistigen Auge plötzlich das Bild eines untersetzten, büschelhaarigen Inkassanten, der mich derb anfuhr, weil ich meine Rundfunkgebühren noch nicht bezahlt hatte. Das gab mir die Kraft, Herrn Noudini mit harter Stimme zu fragen:
»Was zahlen Sie?«
»Unser Honorarsatz für das Manuskript einer ein stündigen Sendung«, flüsterte Herr Noudini, »beträgt fünfunddreißig Piaster ... Aber Sie müssen bedenken, daß der Name des Verfassers viermal erwähnt wird ... und daß wir damit wesentlich zu Ihrer Popularität beitragen ...«
Ich stellte in rasender Eile eine Kopfrechnung an: Das Manuskript einer zweistündigen Sendung würde mich zwei bis drei Wochen Arbeit kosten und kann dann immer noch abgelehnt werden. Aber selbst wenn es angenommen wird, hätte ich in der gleichen Zeit als Babysitter ungleich mehr verdienen können. Fünfunddreißig Piaster sind kein Honorar. Und die Steuer zieht auch noch fünfundzwanzig Piaster ab.
»Für zehn Piaster kann ich nicht arbeiten«, sagte ich Herrn Noudini. »Ich nicht. Ich bin einen höheren Lebensstandard gewöhnt. Was bekomme ich für zehn Piaster? Vielleicht einen Liter Öl für mein Motorrad. Das ist mir zu wenig.«
Herr Noudini gab zu, daß es wirklich nicht viel war, besonders im Vergleich mit ausländischen Honoraren. Andererseits könne niemand über seinen Schatten springen, auch ein Budget nicht, und das Honorarbudget

für die »Panta rhei«-Sendung betrage in Wahrheit nicht einmal fünfunddreißig Piaster, sondern zwanzig. Die fehlenden zwanzig Piaster hätte er sowieso durch buchhalterische Tricks aufbringen müssen, über die er sich nicht näher äußern möchte.

»Aber wie ist das möglich?« brauste ich auf. »Ich und Hunderttausende anderer israelischer Bürger zahlen regelmäßig unsere Rundfunkgebühren, und –«

»Davon bekommen wir nicht einen roten Piaster«, unterbrach mich Herr Noudini. »Schluckt alles die Regierung... Aber Sie müssen bedenken, daß der Name des Verfassers viermal erwähnt wird... und daß wir damit wesentlich zu Ihrer Popularität beitragen...«

»Das habe ich schon gehört«, sagte ich barsch. »Und das wird durch Wiederholung nicht akzeptabler.«

Herr Noudini tastete sich rückwärts zu seinem Sessel, sackte zusammen und fragte mit tonloser Stimme, wieviel ich in meiner unmenschlichen Geldgier eigentlich aus ihm herauspressen wollte.

»Ich hatte an fünf Pfund gedacht«, antwortete ich.

Meine Wiederbelebungsversuche waren schon nach wenigen Minuten von Erfolg begleitet. Herr Noudini schlug die Augen auf, sein Puls ging wieder halbwegs normal, nur das Atmen schien ihm noch Schwierigkeiten zu machen; jedenfalls japste er häufig nach Luft.

»Fünf Pfund«, stieß er zwischendurch immer aufs neue hervor. »Fünf Pfund für ein Manuskript... für fünf Pfund kann ich den Hemingway haben... lächerlich... fünf Pfund... gibt es überhaupt so viel Geld in diesem Land? Nein, lieber Herr... Aber ich sage Ihnen etwas: Ich werde dafür sorgen, daß Ihr Name fünfmal erwähnt wird!«

»Fünf Pfund«, wiederholte ich starr.

»Also gut. Achtunddreißig Piaster.« Herr Noudini seufzte resigniert. »Außerdem habe ich zu Hause einen alten Überzieher, den ich verkaufen könnte...«

»5 Pfund. Ich handle nicht.«

»39 Piaster.«

»4½ Pfund.«

»40 Piaster.«

»4 Pfund. Das ist mein letztes Wort.«

»42 Piaster.«

»3½ Pfund.«

»45 Piaster.«
An dieser Stelle erhob ich mich und brach die Unterhaltung ab. Es ginge mir ums Prinzip, ließ ich Herrn Noudini wissen. Und ich spürte ganz deutlich, wie er eine Welle von Haß gegen mich anbranden ließ.
»Warten Sie einen Augenblick, ich ruf' den Alten an«, sagte er und drehte die Wählscheibe. »Hallo? Hier Panta. Hören Sie, Chef ... bei mir sitzt gerade dieser junge Schriftsteller, von dem ich Ihnen erzählt habe ... ja ... und stellen Sie sich vor: Er verlangt für sein Manuskript nicht weniger als ... nicht weniger als zweieinhalb – wie? Sie sind einverstanden? Na wunderbar, dann ist ja alles in Ordnung ... ach so! Nein, das ist ein Irrtum – er verlangt nicht zweieinhalb Piaster, er verlangt zweieinhalb Pfund. Pfund. Ich sagte: Pfund! P-f-u-n-d. Doch, es gibt sie.« Herr Noudini legte die Hand über den Hörer und flüsterte mir zu: »Der Alte sagt, daß es eine solche Währung nicht gibt und daß die gesetzliche Scheidemünze in Israel der Piaster ist.« Dann sprach er wieder ins Telefon: »Hallo? Hallo. Ja, ich bin ganz sicher. Sie werden sie auch schon gesehen haben. Rechteckige, graugrüne Noten, das Pfund zu hundert Piaster ... Witze? Ich mache keine Witze. Ich schwöre, daß er wirklich zweieinhalb Pfund verlangt. Ganz richtig, zweihundertfünfzig Piaster ... Nein, es ist nicht der 1. April ... hallo ... hallo ...«
Mit einer lahmen Gebärde legte Herr Noudini den Hörer auf:
»Sehen Sie. Jetzt glaubt der Alte, daß ich ihn zum besten halten wollte. Na ja. Dann wird uns wohl nichts anderes übrigbleiben, als Ihren Namen sechsmal zu erwähnen.«
»Zweieinhalb Pfund«, sagte ich. »Ich bin Familienvater. Ich habe drei hungrige Mäuler zu stopfen.«
Herr Noudini erhob sich und schritt mir zähneknirschend ins Nebenzimmer voran, wo er auf einen anderen Abteilungsleiter einzureden begann:
»Paß auf, Jossele. Wenn du für dein nächstes Programm nur das halbe Orchester verwendest, ersparst du eineinhalb Pfund an Reisespesen. Die borgst du mir, und ich entlasse sofort einen Ansager, was mir fünfundfünfzig Piaster im Monat einbringt. Macht zwei Pfund fünf Piaster. Beim Wohnbaufonds habe ich noch zehn Piaster gut, und den Rest decke ich aus dem nächsten Jahresbudget – das heißt, ich gehe nicht auf Urlaub, sondern arbeite bei vollem Gehalt weiter und lasse mir die Ansagerzulage auszahlen ...«
Nach einer halben Stunde wilden Feilschens wurden die beiden einig. Allerdings mußte Noudini seine Uhr in Pfand geben.

»Das wäre also erledigt«, wandte er sich an mich und machte erst gar keine Anstrengung, seinen Zorn zu verbergen. »Sie bekommen Ihre zweieinhalb Pfund, Herr. Aber ich beschwöre Sie: Erzählen Sie niemandem davon!«

»Kein Sterbenswörtlein!« beteuerte ich. »Und wann bekomme ich das Geld?«

»In einem Jahr«, sagte Herr Noudini. »Wenn alles klappt.«

Ich dankte ihm, entschuldigte mich für meine Maßlosigkeit und gab ihm nochmals eine kurze, beredte Schilderung meiner katastrophalen Finanzlage. Aber das beeindruckte ihn nicht. In seinen Augen war ich ein schäbiger, rücksichtsloser Erpresser. Gesenkten Hauptes verließ ich den Raum.

Auf dem Gang stieß ich mit den Mitgliedern einer Regierungskommission zusammen, die seit Monaten an einer Expertise arbeiteten, um die Gründe für die dürftige Programmqualität der »Stimme Israels« aufzudecken. Sie hatten soeben die Akustik des Senderaums I geprüft, ohne jedoch das Geheimnis lösen zu können. Manche Dinge lassen sich eben nicht erklären.

Ohne Mundek geht's nicht

Angeblich haben wir eine Arbeiterregierung. Das heißt aber nicht, daß die Arbeiter tatsächlich den Regierungsapparat beherrschen. Sie beherrschen nur die einzelnen Industriezweige, die Fabriken und alle sonstigen Unternehmungen. Alle. Auch die Theater. In Israel verdient der letzte Bühnenarbeiter mehr als der erste Charakterdarsteller. Nach Ansicht unserer Wirtschaftsfachleute geht das auf die Wechselbeziehung zwischen Angebot und Nachfrage zurück: Jeder will ein großer Schauspieler werden und niemand ein kleiner Kulissenschieber.

Unsere Theater arbeiten auf kooperativer Basis. Der jugendliche Held hat die gleichen Rechte wie der alte Beleuchter, nur daß er für seine Überstunden nichts gezahlt bekommt, denn der Kunst muß man Opfer bringen. Und wenn die Schauspieler gelegentlich gegen die Diktatur des Proletariats revoltieren, dann enden diese Revolten so ergebnislos wie Hamlets berühmter Monolog oder wie der tibetanische Aufstand gegen Rotchina.

Damit bin ich bei Jarden Podmanitzki. Ich wollte damals aus diesem

Kaffeehaus nur rasch nach Hause telefonieren, und mein Fluchtversuch kam leider zu spät. Der bedeutende Charakterdarsteller Jarden Podmanitzki hatte mich bereits gesehen und kam mit ausgebreiteten Armen auf mich zu.
»Nehmen Sie Platz«, sagte er. »Trinken Sie etwas.«
Er sah ungewöhnlich sorgenvoll aus, mit tiefen schwarzen Ringen unter den Augen und auffällig vielen Runzeln über seinen breiten slawischen Backenknochen. Und dabei stand für die nächste Zeit gar keine Premiere bevor.
»Sie scheinen sich nicht besonders wohl zu fühlen«, sagte ich. »Ich möchte nicht stören.«
»Setzen Sie sich und trinken Sie. Wenn Sie mir versprechen, nichts darüber zu schreiben, erzähle ich Ihnen, was geschehen ist.«
»Leider kann ich für eine Veröffentlichung nicht garantieren.«
»Mundek.«
»Wie bitte?«
»Mundek. Der Mann bringt mich um.«
»Wer ist Mundek?«
»Sie wissen nicht, wer Mundek ist?! Wo leben Sie, Herr? Mundek ist der älteste Kulissenschieber an unserem Theater. Und wenn ich demnächst abkratze, wird die Welt ihn und niemanden sonst für meinen Tod verantwortlich zu machen haben.«
»Was halten Sie von der letzten Rede Chruschtschows?«
»Ein kolossaler Kerl, berstend vor Energie und vollkommen zahnlos. Ich weiß nicht, wie er in dieses Theater gekommen ist. Er sagt, er hat es gegründet. Mißverstehen Sie mich nicht. Ich bin kein Reaktionär. Im Gegenteil, die Arbeiterklasse hat an mir seit jeher einen Freund gehabt. Aber wenn ich an Mundek denke, sehne ich mich manchmal nach den guten, alten Feudalzeiten zurück. Das ganze Land liegt mir zu Füßen – das wissen Sie ja –, man jubelt mir zu, wo immer ich erscheine – und dieser Mundek behandelt mich wie irgendeinen Komparsen. Nur ein Beispiel. In einer der letzten Vorstellungen von ›Richard II.‹ beginne ich meinen berühmten Monolog im fünften Akt – spreche Shakespeares unsterbliche Verse, wie nur ich sie sprechen kann – ›Ich habe nachgedacht, wie ich der Welt / Den Kerker, wo ich lebe, mag vergleichen‹ – das Publikum hängt an meinen Lippen – und plötzlich, neben mir in der Kulisse und mitten in die atemlose Stille hinein, schneuzt dieser Mundek dröhnend die Nase und sagte zu ein paar Bühnenarbeitern: ›Kinder, efscher mir wellen schpilen a bissele Kurten?‹ Auf jiddisch sagt er

das, denn eine andere Sprache kann er nicht, und sagt es so laut, daß man es bis in die letzte Parkettreihe hört. Und während ich, Jarden Podmanitzki, heute wahrscheinlich der bedeutendste Shakespearedarsteller der Welt, den Monolog Richards II. spreche, sehe ich in der Kulisse Herrn Mundek und die anderen Herren Kulissenschieber Karten spielen, als ob ihnen die Welt gehörte. Jetzt frage ich Sie: Was hätten Sie an meiner Stelle getan?«

»Ich hätte sie gebeten, aufzuhören.«

»Machen Sie sich nicht lächerlich. Manchmal reden Sie daher wie ein Kretin oder ein Kritiker. Glauben Sie denn, man könnte diesen Leuten mit Vernunft beikommen? Nehmen Sie Mundek, zum Beispiel. Wieder in einem andern Stück. Jeden Abend bringt er ein halbes Kilo Käse, einen Laib Brot und zwei große Rettiche mit – und pünktlich im zweiten Akt, während meiner großen Liebesszene, beginnt er zu fressen. Ich soll eine Prinzessin verführen, ich soll ihr kniend den Schlüssel zu meiner Geheimtruhe überreichen – und kaum knie ich mich hin, beißt Mundek in den Rettich, daß es kracht. Was sage ich: kracht. Es dröhnt. Vom Geruch ganz zu schweigen. Wie oft habe ich ihn schon angefleht: ›Mundek, ich beschwöre Sie, fressen Sie Ihren Rettich etwas später, oder meinetwegen früher, aber doch nicht gerade während meiner Liebesszene!‹ Und was sagt Mundek? Es täte ihm leid, sagt er, aber er pflege sein Nachtmahl seit vierzig Jahren regelmäßig um 9 Uhr einzunehmen, und wenn uns das nicht recht wäre, dann müßten wir eben die Liebesszene verlegen. ›Sie halten also Ihren Rettich für wichtiger als meine Liebesszene?‹ frage ich ihn. Und darauf antwortet Mundek schlicht und einfach: ›Ja.‹ Nichts weiter. Oder die Art, wie er über die Bühne geht. Ein Elefant, sage ich Ihnen. Die Bretter knarren, die Kulissen schwanken, die Versatzstücke wackeln. Eines Tages konnte ich es nicht länger ertragen. ›Trampeln Sie während der Vorstellung nicht herum!‹ brülle ich ihn an. Daraufhin erkühnt sich Mundek zu der Bemerkung, daß ich ihm nichts zu befehlen hätte. Das war zuviel für mich. Ich begann zu toben. ›Sie Wurm! Sie Niemand! Wer ist hier der Star, Sie oder ich?‹ Mundek zuckt die Achseln. ›Was verdienen Sie?‹ fragt er. ›Hundertfünfundvierzig vor Abzug der Steuer‹, antworte ich, weil ich mich schäme, die wahre Summe zu nennen. ›Sehen Sie‹, sagt Mundek. ›Ich habe dreihundertfünfundzwanzig. Ohne Überstunden. Nu?‹ Er ist ein absoluter Diktator. Alle Macht konzentriert sich in seiner Hand. Wenn der Vorhangzieher auf Urlaub geht – wer vertritt ihn? Mundek. Und was geschieht? Kaum beginne ich meinen berühmten Monolog im fünften

Akt – kaum spreche ich Shakespeares unsterbliche Verse, wie nur ich sie sprechen kann – kaum beende ich die Zeile: ›Ich habe nachgedacht, wie ich der Welt‹ – da fällt der Vorhang. Aus. Nachdem mir der Theaterarzt Erste Hilfe geleistet hat, stürze ich mich auf Mundek: ›Was war das, Sie Abschaum?! Wie können Sie es wagen, mich um meinen Monolog zu bringen?!‹ Und ich hebe die Faust. ›Nur keine Aufregung‹, sagt Mundek. ›Das Stück ist sowieso zu lang, außerdem hatten wir mit Verspätung angefangen, und Sie, Herr Podmanitzki, waren so miserabel, daß man es nicht länger anhören konnte. Glauben Sie mir: Es war höchste Zeit für den Vorhang!‹ Ich konnte nur noch wimmern. ›Kerl, dieses Stück ist von Shakespeare‹, wimmerte ich. Mundek zuckt die Achseln. ›Meinetwegen soll es von Ben Gurion sein. Ich bin seit siebenunddreißig Jahren beim Theater, und wenn Mundek sagt, daß ein Stück zu lang ist, dann ist es zu lang.‹ Das waren die Tage, an denen ich mich mit ernsten Selbstmordabsichten trug. Wissen Sie, was ich gemacht habe?«

»Veronal?«

»Nein. Ich ging zu Sulzberger in die Direktionskanzlei. ›Sulzberger‹, sagte ich ruhig. ›Sie wissen, daß ich nicht überempfindlich bin, aber wenn das so weitergeht, wird Ihre Bühne auf Jarden Podmanitzki verzichten müssen.‹ Und ich erzähle ihm alles. Alles. Auch daß Mundek in den Pausen immer auf meinem Thron sitzt und manchmal mit Absicht seine jiddische Zeitung dort vergißt. Einmal hat er sogar seinen Zigarrenstummel in meinen Kronreif gesteckt, und das Publikum kam aus dem Lachen nicht heraus, weil es noch nie einen König mit rauchender Krone gesehen hat. Nachher versuchte ich es mit Mundek in Güte: ›Sie müssen doch wissen, was ein König ist‹, sagte ich ihm. ›Wie können Sie mir als König so etwas antun? Ich bin ein König, und meine Krone raucht!‹ – ›Was sind Sie? Ein König sind Sie?‹ bekam ich zur Antwort. ›Sie sind ein alter Schmierist und heißen Jarden Podmanitzki. Ein König spielt nicht Theater.‹ Seit siebenunddreißig Jahren ist dieser Idiot beim Geschäft und hat noch immer keine Ahnung, was auf der Bühne vorgeht. Das alles sage ich Sulzberger. Das und noch mehr. Und zum Schluß sage ich ihm: ›Sulzberger – entweder ich oder Mundek. Entscheiden Sie sich.‹ Sulzberger versucht mich zu beruhigen, es ist nicht so schlimm, es wird vorübergehen, auch ein Mundek lebt nicht ewig – aber ich bleibe hart. Ich bleibe so hart, daß Sulzberger schließlich nichts anderes tun kann, als mich entlassen. Er hat mich entlassen. Was sagen Sie jetzt? Er hat Jarden Podmanitzki entlassen. Verstehen Sie?«

»Ich verstehe. Er hat Sie entlassen.«

»Sie scheinen sich nicht klar darüber zu sein, was das bedeutet! Ich sage noch zu Sulzberger: ›Also Mundek ist Ihnen lieber als Podmanitzki?‹ Und Sulzberger antwortet: ›Keine Spur, aber ihn kann ich nicht entlassen, sonst streiken die Bühnenarbeiter, und wir haben keine Vorstellung. Und laut Gewerkschaftsvertrag müßte ich ihm eine Abfindung von 35 000 Pfund zahlen. Woher nehme ich die?‹ Ich mußte zugeben, daß an diesem Argument etwas dran war. Sulzberger hat irgendwie recht. Wir Schauspieler bleiben auf dem Posten, ob wir bezahlt werden oder nicht. Aber versuchen Sie, einen Mundek länger als zehn Minuten auf seine Überstundengebühr warten zu lassen! Mundek ist alles. Podmanitzki ist nichts...«

Der bedeutende Charakterdarsteller war in sich zusammengesunken und starrte mit leeren Augen vor sich hin, ein völlig gebrochener Mann. Er dauerte mich.

»Jarden Podmanitzki«, tröstete ich ihn. »Sie sind ein Titan des zeitgenössischen Theaters. Sie sind viel zu groß, als daß ein Zwerg wie Mundek Ihnen etwas anhaben könnte. Löschen Sie ihn aus Ihrem Gedächtnis. Denken Sie nicht an ihn...«

»Ja, wenn das so einfach wäre!« seufzte Podmanitzki. »Aber was, glauben Sie, ist gestern abend geschehen? Mundek hatte sich krank gemeldet, zum erstenmal in seinem Leben. Mundek war nicht da. Kein Trampeln, kein Schneuzen, kein Rettich, nichts. Es war so beängstigend ruhig hinter der Szene, daß ich nervös wurde und dreimal hängenblieb... Ohne Mundek geht's nicht.«

Sternenbanner mit zwei Sternen
Ein realpolitischer Vorschlag

Gestehen wir es: Unsere politische Situation weist gewisse Widersprüche auf. Einerseits nimmt man uns übel, daß ein so kleines Volk, das so wenig Öl produziert, so viele Zeitungen herausgibt. Andererseits leugnet niemand, daß wir nahe daran sind, die Welt zu beherrschen. In unseren Händen laufen die Fäden des verbrecherischen Kapitalismus, des verbrecherischen Kommunismus und des verbrecherischen Zionismus zusammen. Wir haben den Nationalsozialismus besiegt und aus Amerika einen Satelliten gemacht. Wer den Autor dieses Buches, seinen Freund Jossele und den pferdegesichtigen Herrn Schultheiß kennt, wird sich vergebens fragen, wie wir das alles zustande gebracht haben. Und doch wächst unsere Macht ständig. Angeblich spricht der Präsident der Vereinigten Staaten im Schlaf nur noch jiddisch – vorausgesetzt, daß wir ihn überhaupt schlafen lassen. Denn Amerika ist das erste und hauptsächliche Opfer unserer Aggression. Man mag das bedauern, sollte sich aber nicht darüber täuschen, daß die Amerikaner selbst an ihrer prekären Lage schuld sind. Wenn sie uns nicht so hartnäckig unterstützt hätten, wären wir nie auf den Gedanken gekommen, sie zu unterjochen.

Was ist es eigentlich, das die Vereinigten Staaten an uns kettet? Gut, wir sind »die Bastion der Demokratie im Nahen Osten«. Aber die Erfahrung lehrt, daß man unter diesem Prätext sogar mit despotischen Wüstenkönigen auskommen kann, wenn die Wüste nur stark genug nach Öl riecht. Auch an den vielen Juden, die in Amerika leben, liegt es nicht. Die zählen nur bei den Wahlen, besonders bei der Wahl des Bürgermeisters von New York, der aus irgendwelchen geheimnisvollen Gründen immer schon als loyaler Freund Israels auf die Welt gekommen ist.

Woran liegt es also? Was sind die Bindungen zwischen uns und Amerika? Vielleicht kann uns da eine Fabel weiterhelfen, die berühmte Fabel vom Löwen und der Maus. Eines Tages fing der Löwe; der unbestrittene König der Tiere, eine kleine Maus. »Töte mich nicht!« flehte die Maus. »Wer weiß, vielleicht kann dir selbst ein so armseliges Geschöpf wie ich noch einmal einen Dienst erweisen!« Den Löwen belustigten diese Worte, und er schenkte der kleinen Maus das Leben.

Einige Tage später kamen die Großwildjäger in den Wald und begannen auf den Löwen Jagd zu machen. Der Löwe geriet in begreifliche Unruhe, suchte Schutz hinter Bäumen, versteckte sich im Gesträuch, lief hierhin und dorthin, hügelauf und hügelab und verlor vollkommen den Kopf.

Plötzlich stand die kleine Maus vor ihm:

»König der Tiere«, sagte sie, »wie kann ich dir helfen?«

»Laß mich in Ruhe«, brüllte der nervöse Löwe. »Und mach, daß du fortkommst!«

»Diesen Gefallen kann ich dir tun«, sagte die dankbare Maus und ließ den Löwen in Ruhe.

Der tiefe pädagogische Sinn unserer Fabel wird dem aufmerksamen Leser nicht entgehen: Die kleine Maus hatte das in sie gesetzte Vertrauen gerechtfertigt und benahm sich ganz so, als wäre sie ein Mitglied der Löwenfamilie...

Familie? Nicht schlecht. Vielleicht in Form einer Föderation?

Um der historischen Wahrheit willen muß gesagt werden, daß dieser umwälzende Einfall ursprünglich in den Köpfen einiger dynamischer israelischer Staatsmänner entstand, die daraufhin sofort nach Amerika flogen, um die Sache unter Dach und Fach zu bringen. Nach Berichten aus gewöhnlich gut informierten Kreisen ist es auch schon zu einem grundsätzlichen Einvernehmen gekommen.

Diesem »Prinzipien-Entwurf« zufolge werden die Regierungen Israels und der USA sich feierlich bereit erklären, den uralten Traum ihrer beiden Völker zu verwirklichen, und sich zu einer politischen Föderation zusammenschließen. Statt zweier Staaten, die bisher unnötiger- und verschwenderischerweise voneinander getrennt waren, wird es in Hinkunft nur einen einzigen mächtigen Staatenbund geben, die »Monolithische Allianz, Partner: Amerika – Israel (MAPAI)«.

Schon die geographische Nähe der Zwillingsstaaten, die nur durch das Mittelmeer und den Atlantischen Ozean getrennt sind[1], spricht für ihre Verschmelzung. Auch ihre historischen Affinitäten dürfen nicht übersehen werden. Beide Staaten errangen ihre Unabhängigkeit, indem sie die Engländer verjagten, beide sind Schmelztiegel für Neueinwanderer, bringen unaufhörlich die Wüste zum Blühen und beherbergen eine erkleckliche Anzahl von Juden.

Der Flächeninhalt der MAPAI-Föderation wird 8150815 Quadratkilometer betragen, was für Israel einen Zuwachs von 40000 Prozent bedeutet. Die Gesamtbevölkerung dürfte an die 180-Millionen-Grenze herankommen – eine beträchtliche Ziffer selbst im Vergleich zur israelischen Einwanderungsquote der letzten Jahre.

Beide Mitgliedsstaaten werden auch nach der Vereinigung ihre politischen Systeme beibehalten. In den USA bleibt die Zwei-Parteien-Demokratie in Kraft, in Israel das bewährte System der städtischen Autobusgewerkschaften. Die beiden MAPAI-Präsidenten sind vollkommen gleichberechtigt, so daß

1 Eine lächerlich geringe Distanz, die von den neuen Düsenflugzeugen der El-Al in kürzester Zeit bewältigt wird.

sich das amerikanische Staatsoberhaupt nicht immer nach Ben Gurion richten muß.[1]

Hauptstadt der Föderation wird voraussichtlich Sde Boker.[2] Sitz der Regierung ist jedoch New York, damit die israelischen Minister nicht erst nach Ausreden suchen müssen, um länger in Amerika zu bleiben.

Die Knesseth bleibt als israelisches Parlament die einzig gesetzgebende Körperschaft und wird sechzig amerikanische Abgeordnete zulassen. Der Senat fusioniert sich mit der Keren Kajemeth.[3] Auch eine Fusion der politischen Parteien liegt im Bereich der Möglichkeit. Eine unserer religiösen Splittergruppen hat ihre Fühler bereits nach den Quäkern ausgestreckt, und die Maki[4] unterhandelt angeblich mit dem New Yorker Streichquartett.

Die bestehenden außenpolitischen Verpflichtungen der Föderationspartner werden durch den Zusammenschluß nicht berührt. Die USA verbleiben weiterhin in der NATO, Israel exportiert weiterhin Plastikprodukte nach Ghana.[5] Und garantiert selbstverständlich die Unverletzlichkeit der amerikanischen Grenzen.

Beide Staaten halten ihre eigenen diplomatischen Vertretungen aufrecht. Um den gesteigerten internationalen Anforderungen gerecht zu werden, verdoppelt Israel die Zahl seiner Auslandsemissäre, der schon früher erwähnten »Schlichim«.

Die militärischen Streitkräfte beider Staaten gehen vollkommen ineinander auf. Das gemeinsame Hauptquartier wird nach Ramat Gan verlegt.

1 Über etwaige Streitfälle entscheidet ein Zweierausschuß, bestehend aus dem Sprecher des israelischen Parlaments und dem Bürgermeister von New York.

2 Sde Boker ist der berühmte Kibbuz, in den sich Ben Gurion zurückzog, wenn ihm die Anstrengungen des politischen Lebens zuviel wurden und wenn er Ruhe und Einsamkeit brauchte. Von hier kehrte er dann wieder ins politische Leben zurück, wenn ihm Ruhe und Einsamkeit zuviel wurden.

3 Die Keren Kajemeth ist eine der größten Institutionen unseres Landes und beschäftigt eine Unzahl von Beamten. Sie wurde zu Beginn der Pionierzeit gegründet, und zwar zum Zwecke des Bodenerwerbs von arabischen Privateigentümern. Seither haben sich im Land gewisse Änderungen vollzogen, aber die Keren Kajemeth setzt ihre Tätigkeit mit einer Unzahl von Beamten weiter fort.

4 Die Maki ist die Kommunistische Partei Israels. Ihre Mitgliederzahl ist gering, aber ihr politischer Einfluß ist trotzdem gleich Null.

5 Israel ist ein fortschrittlicher Staat und unterhält freundschaftliche Beziehungen zu den erwachenden Völkerschaften des Schwarzen Erdteils, die uns das angenehme Gefühl vermitteln, eine hochentwickelte industrielle Großmacht zu sein. Wir unterstützen sie durch Lieferung unserer Fertigprodukte und beziehen dafür verschiedene Rohmaterialien, zum Beispiel Studenten.

Auf persönliches Ansuchen des israelischen Finanzministers wird klargestellt, daß die Bezahlung der israelischen Offiziere keine Angleichung an den amerikanischen Standard erfährt.
Alle wirtschaftlichen Unterschiede, die bisher zwischen den beiden Partnern bestanden haben, sind ehestens zu applanieren. Die neue Währungseinheit heißt »Eshkol«[1] und entspricht dem Wert von 1 Pfund oder 1,80 Dollar.
Natürlich ist damit zu rechnen, daß da und dort kleinere Meinungsverschiedenheiten und Reibereien entstehen werden, aber das läßt sich bei einem so gewaltigen Vorhaben kaum vermeiden. In gewissen amerikanischen Kreisen dürfte es auf Widerstand stoßen, daß im gesamten Föderationsgebiet am Samstag nicht geraucht werden darf. Auch die Zwangseinführung von Überwachungsbeamten des Oberrabbinats, die auf koschere Zubereitung der Speisen in sämtlichen Eisenbahn- und Schiffsküchen zu achten haben, wird vermutlich keine allgemeine Billigung finden.
Amerika verpflichtet sich zur Abnahme des israelischen Nahrungsüberschusses.
Die. offiziellen Landessprachen sind Hebräisch und Englisch.
Um durch eine symbolische Geste zu bekräftigen, daß die nationale Eigenständigkeit Amerikas weiterhin bestehen bleibt, erklärt sich die israelische Regierung bereit, die Sammeltätigkeit des United Jewish Appeal in den Vereinigten Staaten fortzusetzen.
Abschließend ist zu sagen, daß der grandiose Plan bereits ein Stadium erreicht hat, in dem er nur noch der Zustimmung Amerikas bedarf.

Gerechtigkeit für Dr. Partzuf
Drama in einem Akt

Es wird langsam Zeit, daß ich auch etwas Gutes über die Juden sage, sonst entlarvt man mich noch als Antisemiten. Schließlich können wir auf einige immerhin bedeutende Erfindungen hinweisen, wie etwa das Christentum, den Marxismus, die Psychoanalyse, die Relativitätstheorie, das

1 Zu Ehren des gleichnamigen israelischen Ministers.

Salk-Serum und Kaffee mit Mazzes. Auch wohnt uns ein starker Sinn für Gerechtigkeit inne. »Die Juden sind immer hinter der Gerechtigkeit her«, sagt ein altes hebräisches Sprichwort. Wie die Gerechtigkeit aussieht, wenn sie von ihren Verfolgern dann endlich gefangen wird, ist allerdings eine andere Frage; besonders wenn die Jagd nach Gerechtigkeit an einem so unpassenden Ort vor sich geht wie n einem städtischen Autobus in Tel Aviv.
Übrigens ist auch die Geschichte Tel Avivs einigermaßen bemerkenswert. Sie datiert nur fünfzig Jahre zurück. Vor fünfzig Jahren blieben einmal zwei Juden in einer öden Sandwüste stecken, und einer von ihnen drückte die Meinung aus, daß hier kein menschliches Wesen am Leben bleiben könne. Der andere behauptete, daß überall, wo ein Wille ist, auch ein Weg sei. Daraufhin schlossen sie eine Wette ab. So wurde Tel Aviv gegründet.
Aber die Umstände waren wirklich so trostlos, daß sich die längste Zeit niemand an der Gründung beteiligte. Wer es trotzdem versuchte, wurde von der infernalischen Hitze binnen kurzem vertrieben und zerstreute sich in alle Windrichtungen. Selbst jene Handvoll von Juden, die aus nicht immer durchsichtigen Gründen gezwungen waren, an dieser Stelle ihre erbärmlichen Hütten zu bauen und ihre fragwürdigen Geschäfte abzuwickeln, flohen nach geglückter Abwicklung eilends in wirtlichere Gegenden.
Tel Aviv entstand ohne jede Planung, aber mit enormer Lärmentfaltung. Als es etwa 1500 Einwohner zählte, war der Lärm so groß, daß 5000 von ihnen das Weite suchten.
Der Mangel an Planung machte sich immer peinlicher fühlbar. Die Straßen, im Hinblick auf eine mögliche Bevölkerungszahl von 10 000 angelegt, erwiesen sich als viel zu eng, um einen halbwegs flüssigen Verkehr für 50 000 Menschen zu ermöglichen, so daß selbst die größten Optimisten an der Zukunft Tel Avivs verzweifelten. Und in der Tat: Die düstere, unschöne Stadt übte schon durch die nahezu völlige Absenz von Grünanlagen eine deprimierende Wirkung auf ihre 100 000 Einwohner aus. Bedenkt man obendrein, daß sie nur über unzulängliche Rudimente eines Kanalisationssystems verfügt und daß zur Regenzeit ganze Wohnviertel unter Wasser stehen, dann begreift man, warum die Bevölkerungszahl nicht über 150 000 hinauskam.
Tel Aviv, wir müssen es leider zugeben, ist in keiner Weise anziehend. Wie vielen Juden kann man auch zumuten, in einem unerträglich übervölkerten Häuserhaufen unter katastrophalen hygienischen Bedingungen zu leben? Nun, wie vielen? 250 000? Gut. Aber das ist das absolute Maximum.
Ich bin gewiß kein Querulant. Ich muß mich nur wundern, wie es möglich

ist, daß eine Stadt von 400 000 Einwohnern keinen zoologischen Garten besitzt und auch sonst so gut wie nichts für ihre Kinder tut. Warum, zum Beispiel, gibt es kein anständiges Strandbad? Warum gibt es keine gepflegten Ausflugsorte im Grünen? Solche Fragen darf man nicht bagatellisieren. Die berechtigten Beschwerden von 700 000 Juden sind keine Bagatelle.
Es wäre hoch an der Zeit, daß sich die Stadtväter um diese Dinge kümmern. Sonst dauert es noch mindestens drei Jahre, bis Tel Aviv eine Million Einwohner zählt...
Und nun zurück zur Gerechtigkeit.
Ort der Handlung: Jede israelische Autobushaltestelle
Zeit: Jederzeit
Personen: Lauter gesetzestreue Bürger
DR. PARTZUF (bricht die bereits geschlossenen Türflügel auf und drängt sich in den zur Abfahrt bereiten Bus): In Ordnung. Fahren wir!
FAHRER (stellt den Motor wieder ab): Sie dort! Steigen Sie aus!
DR. PARTZUF: Warum?
FAHRER: Ich bin kein Auskunftsbüro. Sagen Sie schön »Idiot« oder etwas Ähnliches, und steigen Sie aus.
DR. PARTZUF: Ich denke nicht daran. Hier ist Platz genug. Die Herrschaften brauchen nur ein wenig zusammenrücken. Na? Wird's bald? (Er drängt mit voller Wucht gegen die geballte Menge.)
DIE SEITENWAND: Autsch... Ch-ch... (es entsteht ein Sprung)
NERVÖSER HERR: Was gibt's denn? Was denkt sich der Fahrer eigentlich? Ein Passagier mehr oder weniger spielt doch keine Rolle! Fahren wir!
ÄLTERE DAME: Ganz richtig. Noch dazu ein so magerer Mensch. Der nimmt sowieso keinen Platz weg. Fahren wir endlich!
FAHRER: Solange der Mann noch im Wagen ist, wird nicht gefahren. Ich habe Zeit.
DR. PARTZUF: Idiot! (will aussteigen)
ZWICKER (packt ihn am Ärmel): Warten Sie, warten Sie. Nur nicht nervös werden. Und Sie, Fahrer – hören Sie mit den Witzen auf und lassen Sie diesen armen Kerl mitfahren. Aus so etwas macht man keine Prestigefrage. Geben Sie Gas und fahren Sie los.
FAHRER: Ich weiß nicht, mit wem Sie reden. Ich habe Zeit.
NERVÖSER HERR: Unverschämtheit! Und das heißt Sozialismus? Der Mann will an seinen Arbeitsplatz. Er hat es eilig. Fahren Sie schon endlich, Sie Kretin!

MANFRED TOSCANINI: Durch solche Fahrer entstehen die Wirtschaftskrisen. Es ist ein Skandal.

ÄLTERE DAME: Pfui!

EIN IRAKI: Ben Gurion. Natürlich Ben Gurion.

DR. PARTZUF: Ich möchte aussteigen.

ZWICKER: Immer mit der Ruhe, alter Freund. Wir lassen Sie nicht aussteigen. Das ist jetzt nicht mehr Ihre Privatangelegenheit. Es betrifft uns alle. Seien Sie kein Feigling. Hauen Sie dem Fahrer eine hinein, und gut.

DR. PARTZUF: Ich möchte aussteigen.

VIELE STIMMEN: Nichts da... Hiergeblieben... Bestehen Sie auf Ihrem guten Recht, Mann... Sie sind Steuerzahler... Wir dürfen uns nicht tyrannisieren lassen... Heute dir, morgen mir...

NERVÖSER HERR (beugt sich zum Fenster hinaus, was streng verboten ist): Polizei! Polizei!

FAHRER (sortiert mit nervenzermürbender Ruhe sein Kleingeld)

POLIZIST (zwängt sich mühsam in den Wagen): Alles nach hinten, bitte!

DER SPRUNG IN DER SEITENWAND: Ch-ch-ch... (wird größer)

POLIZIST: Nicht drängen! Was geht hier vor?

NERVÖSER HERR: Der unverschämte Kerl von einem Fahrer hat diesen Herrn hier einen Idioten geschimpft und wollte ihn vom Trittbrett stoßen... Natürlich mußte sich der Herr zur Wehr setzen und hat ihn geboxt... Daraufhin hat der Fahrer zurückgeschlagen... Das ist alles.

POLIZIST: Wenn das so ist, nehme ich den Fahrer sofort auf die Polizeistube mit (zieht sein Rapportbuch hervor). Ich brauche zwei Zeugen für die Gerichtsverhandlung...

EIN KALTER LUFTZUG (weht durch den Autobus und kriecht lähmend über die Rücken der Passagiere, die beim Gedanken an tagelanges Sitzen und Warten in den dunklen Gerichtskorridoren von wachsender Furcht befallen werden)

POLIZIST: Ihr Name?

NERVÖSER HERR: Ich Tourist. Nicht sprechen Hebräisch. Amerikaner. Nje ponjemaj po ruski.

POLIZIST: Vielleicht Sie?

ÄLTERE DAME: Das machen Sie gut! Und wer wird für den kleinen Herschl kochen? Sie? No also. Außerdem hab ich nichts gesehn. Ich hab meine Brille zu Haus vergessen.

POLIZIST: Sie heißen?

IRAKI: Ben Gurion.
POLIZIST (blickt zornig um sich): Jetzt ist es genug. Wenn sich keine Zeugen melden, kann ich gegen den Fahrer nicht einschreiten ... He, Sie dort!
PANIK (greift um sich. Alles drängt verzweifelt zum einzigen Ausgang der Mausefalle. Der Autobus gleicht einem Hexenkessel. Bruder kämpft gegen Bruder, Söhne verkaufen ihre Väter. Da und dort sieht man angstgeschüttelte Gestalten aus den Fenstern springen.)
POLIZIST (deckt den Ausgang mit seinem Leib): Schluß! Sie dort – kommen Sie sofort her! Wie heißen Sie?
MANFRED TOSCANINI: Dr. Ezechiel Sauermilch, interne Krankheiten, Abdul-Nasser-Boulevard 101, zweimal läuten ... (er versteckt sich unter der Bank, während der Polizist Notizen macht)
POLIZIST: Jetzt brauche ich noch Zeugen ... (Es herrscht vollkommene Stille. Man hört eine asthmatische Fliege gegen ein Fensterglas ansurren.)
NERVÖSER HERR: Ich weiß gar nicht, was man gegen diesen Fahrer überhaupt aussagen sollte. Ist es vielleicht seine Schuld, wenn ein undisziplinierter Fahrgast sich weigert, einen zum Bersten überfüllten Autobus zu verlassen?
ÄLTERE DAME: Ganz meine Meinung! Der jüdische Autobuslenker arbeitet unter den schwierigsten Bedingungen – und dann kommt so ein Schwarzhändler daher ...
MANFRED TOSCANINI (steckt seinen Kopf unter der Bank hervor): Gegen den wackeren Arbeitsmann darf man überhaupt nichts mehr sagen! Die Zeiten sind vorbei!
DR. PARTZUF: Ja ... nein ... gewiß ... ich wollte ja gar nicht ...
ZWICKER: Schweigen Sie! Vor ein paar Minuten haben Sie noch das Maul aufgerissen – und jetzt wissen Sie plötzlich von nichts. Sie sind mir ein Held! Nächstens steigen Sie aus, wenn der Fahrer Sie höflich darum ersucht!
MANFRED TOSCANINI: Warum halten wir uns so lang mit dem Kerl auf? Wir brauchen ihn nur hinauszuwerfen und können weiterfahren.
VIELE STIMMEN: Jawohl ... Sehr richtig ... Wachtmeister, werfen Sie diesen fetten Gauner hinaus ... Der Fahrer hat vollkommen recht ... Ben Gurion ... Das wäre ja noch schöner ... Fahren wir ...
DR. PARTZUF: Aber bitte ... ich wollte ja ...
POLIZIST (wirft ihn hinaus): Ich werde Sie lehren, den Verkehr aufzuhalten ... Marsch ... Stehen Sie sofort vom Pflaster auf ... Ihre Identitätskarte!
FAHRER (läßt den Motor an): Vielen Dank, mein Junge. Das hast du brav gemacht.

Soziale Fürsorge

In den zwölf Jahren seines Bestehens hat der Staat Israel doppelt so viele Neueinwanderer aufgenommen, als er Einwohner hatte, und das bringt gewisse Schwierigkeiten mit sich. Man darf vermuten, daß auch die Regierung der Vereinigten Staaten mit gewissen Schwierigkeiten zu kämpfen hätte, wenn im Verlauf von zwölf Jahren 340 Millionen Einwanderer ins Land kämen; allein das Problem, wie man sie alle mit Fernsehapparaten versorgen soll, wäre kaum zu lösen. In Israel liegt die größte Schwierigkeit naturgemäß in der Wohnungsfrage. Wie viele Städte kann man denn schon in einer Woche aufbauen? Höchstens zehn bis fünfzehn. Und das genügt leider nicht. Die Neueinwanderer, deren Majorität von den aus desolaten Verhältnissen kommenden orientalischen Juden gebildet wird, finden zunächst in den sogenannten »Ma'abaroth« eine provisorische Unterkunft. Sie werden in diese aus dürftigen Wellblechhütten bestehenden Übergangslager für ein paar Tage eingewiesen und bleiben dann jahrelang dort. Während dieser Zeit sorgt der Staat für ihre sämtlichen Lebensbedürfnisse. Außerdem wird ein umfangreicher Apparat zu ihrer seelischen Betreuung und ihrer sachlichen Information in Gang gesetzt, damit die Insassen der Lager in möglichst guter Stimmung bleiben. Daß dies nicht ganz so einfach ist, wie es klingt, mag aus der folgenden Szene hervorgehen.

Personen: EVA, eine geschulte Kraft des Fürsorgeamtes
SA' ADJA SCHABATAI DER LAGERLEITER
SA' ADJA SCHABATAI WEIB

LAGERLEITER (tritt mit Eva auf): Irgendwo hier muß er wohnen. Welche Nummer, sagten Sie?

EVA (jung, weiße Hemdbluse, Strohhut, sichtlich überarbeitet und unter der Hitze leidend. Sie trägt eine Aktentasche, die mit allen möglichen Papieren und Formularen in allen möglichen Größen und Farben bis zum Platzen gefüllt ist. Nach längerem, nervösem Suchen fingert sie einen Akt hervor): Er heißt Schabatai. Sa'adja Schabatai. Baracke 137. Seine Frau war zuletzt vor etwa vierzehn Tagen bei uns im Zentralamt.

LAGERLEITER: Worüber hat sie sich beklagt?

EVA (nach einem Blick in die Papiere): Über ... über ... eigentlich über alles. Kennen Sie die Leute?

LAGERLEITER (nickt mehrmals, als wollte er »leider« sagen): Ja, ich kenne sie. Eine komplizierte Familie.
EVA: Wieso?
LAGERLEITER: Wieso? Das kann ich Ihnen erklären.
EVA: Einen Augenblick, bitte. (Sie nimmt einen Notizblock aus der Aktentasche, zückt den Bleistift.) Bitte.
LAGERLEITER: Also, Sa'adja Schabatai ist ein kranker Mann und hat eine große Familie.
EVA (macht Notizen, murmelt): ... krank ... große Familie ...
LAGERLEITER: ... er war dreimal im Krankenhaus, ist jedesmal ausgerissen und hierher zurückgekommen ...
EVA (schreibend): ... dreimal ausgerissen ...
LAGERLEITER: Aber das werden Sie ja selbst feststellen.
EVA (schreibend): ... selbst feststellen ...
LAGERLEITER (grinst): Sie haben einen Stenographiekurs gemacht?
EVA (beleidigt): Ich habe die Schule für Fortgeschrittene Sozial- und Fürsorgearbeit absolviert.
LAGERLEITER: Wo?
EVA: In Amerika. Ich war mit einem Stipendium drüben. Wir haben dort alles nach den neuesten psychologischen Methoden gelernt.
LAGERLEITER: Sehr schön. Und wie bewährt sich das hier?
EVA (zögernd): Danke ... eigentlich ..., ich habe noch nicht ...
FRAU SCHABATAI (erscheint im Eingang der Wellblechhütte, betrachtet die beiden mißtrauisch. Sie. macht keinen sehr gepflegten Eindruck. Außerdem ist sie schwanger.)
LAGERLEITER: Hatten Sie schon in einem Transitlager zu tun?
EVA: Erst einmal.
LAGERLEITER: Wann?
EVA: Jetzt.
LAGERLEITER (unterdrückt ein Lächeln): Ich wünsche Ihnen sehr viel Glück. (zu Frau Schabatai) Sind Sie Sa'adja Schabatais Frau?
FRAU SCHABATAI (glotzt wortlos)
LAGERLEITER: Sie scheint seine Frau zu sein ... Wir sprechen uns nachher. Alles Gute. (geht ab)
EVA: Hoffentlich. (Sie sieht Frau Schabatai prüfend an. Frau Schabatai sieht Eva prüfend an. Langes Schweigen.)
FRAU SCHABATAI: Fräulein ...

EVA: Eva.
FRAU SCHABATAI: Du sind die neue Fürsorge?
EVA: Ja. Von jetzt an kümmere ich mich um alle Ihre Angelegenheiten. Sind Sie Frau Schabatai?
FRAU SCHABATAI: Wer?
EVA: Ob Sie Frau Schabatai sind.
FRAU SCHABATAI: Nein. Ich bin Sa'adja Schabatais Frau.
EVA: Darf ich? (Sie setzt sich auf die wacklige Bank vor der Hütte und zieht abermals ihren Schreibblock hervor.)
FRAU SCHABATAI: Ich nicht schreiben, Fräulein...
EVA: Eva.
FRAU SCHABATAI: Kein Brot, Fräulein. Keine Arbeit. Sieben Kinder, Be'hyat Allah, sieben Kinder und eines hier. (Sie deutet auf ihren Leib.) Ben Gurion![1]
EVA (kramt verlegen in ihrer Aktentasche): Frau Schabatai, haben Sie schon einmal bei uns im Fürsorgeamt vorgesprochen? (Sie setzt tatendurstig den Bleistift an.)
FRAU SCHABATAI: Mein Mann gleich kommen.
EVA: Schon gut. Ich warte. (Sie weiß nicht recht, was sie tun soll, beginnt etwas zu schreiben, radiert es wieder aus, stöbert in den Papieren.)
FRAU SCHABATAI: Fräulein...
EVA: Eva. Nennen Sie mich Eva.
FRAU SCHABATAI: Hier mein Mann, Fräulein. – Sa'adja, das ist die neue Fürsorge.
SCHABATAI (bärtiger orientalischer Jude, stattliche Erscheinung, verneigt sich voll Würde und Gelassenheit)
EVA: Herr Schabatai?
SCHABATAI: Bitte. (Mit einer Handbewegung entläßt er seine Frau, die in der Hütte verschwindet.)
EVA: Wollen wir uns nicht setzen? (Schabatai läßt sich umständlich auf die Bank nieder) Ihre Frau hat mir gesagt, daß Sie keine Arbeit haben.
SCHABATAI: Nein.
EVA: Haben Sie ein Handwerk gelernt?
SCHABATAI: Ich bin Schuhmacher. Aber niemand will mich.
EVA: Warum?

1 Orientalische Einwanderer gebrauchen »Ben Gurion« als Interjektion, ungefähr im gleichen Sinn, in dem die Engländer »Good Lord!« sagen.

SCHABATAI: Weiß ich nicht. Niemand will mich.
EVA: Seit wann sind Sie Schuhmacher?
SCHABATAI: Ich habe noch nicht gearbeitet.
EVA: Nie?
SCHABATAI: Nie.
EVA: So. Hm. Was für eine Art Schuhe machen Sie?
SCHABATAI: Ich bin Schuhmacher. Aber niemand will mich.
EVA: Haben Sie schon Versucht, als Schuhmacher Arbeit zu finden?
SCHABATAI: Noch nicht.
EVA (Verwirrt): Warum nicht?
SCHABATAI: Ich habe ein schwaches Herz, Fräulein. Ich kann nur leichte Arbeit verrichten.
EVA: Ist denn die Schuhmacherarbeit anstrengend?
SCHABATAI: Für mich schon, weil ich keine Übung habe.
EVA (macht Notizen): Dann lassen Sie sich von der Arbeitsvermittlung eine leichtere Arbeit zuweisen!
SCHABATAI: Man gibt mir keine. Niemand will mich. Vielleicht können Sie mir eine Arbeit verschaffen?
EVA: Leider. Das fällt nicht in meine Obliegenheiten.
SCHABATAI: Es braucht nicht zu fallen. Sie brauchen mir nur einen Zettel zu geben.
EVA: Einen Augenblick, Herr Schabatai! Damit kein Mißverständnis entsteht: Ich komme nicht vom Arbeitsamt!
SCHABATAI: Geben Sie mir nur einen Zettel.[1]
EVA: Ich kann Ihnen keinen Zettel geben, Herr Schabatai. Ich habe keine wie immer geartete Verbindung zum Arbeitsamt. Meine Aufgabe besteht darin, Ihnen in Ihren persönlichen und Familienangelegenheiten an die Hand zu gehen. Also. Was können wir für Sie tun, Herr Schabatai? (Sie zückt den Bleistift.)
SCHABATAI: Sie können mir einen Zettel fürs Arbeitsamt geben.
EVA (verliert die Geduld): Von mir kriegen Sie keinen Zettel!! (sammelt sich) Herr Schabatai. Bitte. Wir wollen jetzt ganz ruhig Ihren Fall durchgehen. (legt ein Formular zurecht) Wie viele Kinder haben Sie?

1 In der breiten Masse herrscht der Aberglaube, daß ein Zettel, auf den der richtige Mann im richtigen Augenblick die richtigen Worte schreibt, Berge versetzen kann. Merkwürdigerweise trifft das tatsächlich zu.

SCHABATAI: Sechs. Schalom, Mordechai, Abdallah, Mazal, Chabuba, Schimschon und Uri.
EVA (notiert die Namen): Das sind sieben.
SCHABATAI: Sieben? Gut, dann sieben. Und G'ula noch dazu.
EVA: Wer ist G'ula?
SCHABATAI: Ein altes Weib. Sie lebt mit uns. Sie kann sich nicht mehr bewegen. Sie kann nur noch essen.
EVA: Ist sie mit Ihnen verwandt?
SCHABATAI: Ich weiß nicht. Sie ist mit uns hergekommen. Muß eine Verwandte sein, sonst würde sie nicht mit uns leben. Aber sie kann sich nicht mehr bewegen. Sie kümmert sich um die Kinder.
EVA: Hm ... ja ... sehr interessant, Herr Schabatai. Sie haben wirklich eine sehr ... eine sehr große Familie ...
SCHABATAI: Wollen Sie uns helfen, Fräulein?
EVA: Selbstverständlich. Dazu bin ich ja hier.
SCHABATAI: Dann geben Sie mir einen Zettel.
EVA (ausbrechend): Das ist doch ... (mühsam beherrscht) Nur Ruhe, Herr Schabatai. Wir werden jetzt erst einmal Ihre Karte ausfüllen, und dann wollen wir sehen, was sich machen läßt. Wann haben Sie geheiratet?
SCHABATAI: Wer? Ich?
EVA: Ja.
SCHABATAI: Bevor ich hierhergekommen bin.
EVA: Wie alt waren Sie damals?
SCHABATAI: Nicht alt.
EVA: Nämlich?
SCHABATAI: Nämlich. Dort, wo ich herkomme, heiratet man sehr jung ... Schauen Sie, Fräulein. Ich will ja nichts weiter von Ihnen. Nur einen Zettel fürs Arbeitsamt. Das ist alles. Nur einen kleinen Zettel ...
EVA (balanciert ganz knapp an einem hysterischen Anfall Vorbei): Herr Schabatai! Herr Schabatai! Habe ich Ihnen nicht schon gesagt ... Lassen Sie uns zuerst die Karte ausfüllen, Herr Schabatai. Wie viele Kinder gab es in Ihrer Familie?
SCHABATAI: Sechs.
EVA (notiert): Sechs.
SCHABATAI: Und eines trägt mein Weib.
EVA: Herr Schabatai! Ich meine die Familie Ihrer Eltern.
SCHABATAI: Familie meiner Eltern? Kenn ich nicht.

EVA: Hatten Sie viele Geschwister?
SCHABATAI: Ja.
EVA: Wie viele?
SCHABATAI: Das ist nicht so einfach, Fräulein. Viele von ihnen sind tot.
EVA: Versuchen Sie sich zu erinnern, Herr Schabatai. Es ist wichtig.
SCHABATAI: Das ist wichtig? Warum ist das wichtig? Ich werde Ihnen sagen, was wichtig ist. Wichtig ist ein Zettel!
EVA (verzweifelt): Herr Schabatai, ich bitte Sie...
FRAU SCHABATAI (tritt mit einem Holztablett aus der Hütte, breitet ein Handtuch von der Wäscheleine darüber und stellt ein Glas Tee darauf, das sie Eva anbietet): Bitte, Fräulein.
EVA (mit ersterbender Stimme): Nennen Sie mich Eva.
FRAU SCHABATAI (bleibt in Hörweite, reglos)
EVA (würgt unter größten Schwierigkeiten einen Schluck Tee hinunter, nimmt neuen Anlauf): Herr Schabatai. Wie soll ich Ihnen helfen, wenn Sie mir nicht einmal die einfachsten Personaldaten geben?
SCHABATAI: Wie bitte?
EVA: Ich bin beauftragt, Herr Schabatai, Ihre sozialen Verhältnisse zu erforschen und Ihnen bei der Bewältigung der Schwierigkeiten zu helfen, denen Sie als Neueinwanderer gegenüberstehen.
SCHABATAI: Wieso? (Frau Schabatai hat Evas Worte mit wachsender Panik angehört.)
EVA: Richtig. Im Grunde stammen diese Schwierigkeiten ja schon von früher her, sie wurzeln bereits in den Verhältnissen, unter denen Sie aufgewachsen sind. Nehmen wir an... zum Beispiel... daß Sie als Kind von einer Schlange gebissen wurden. (Schabatai versucht zu unterbrechen) Nein, ich weiß schon: Sie wurden von keiner Schlange gebissen. Wir nehmen nur an, das wäre geschehen. Gut. Für eine Weile waren Sie ein wenig verschreckt. Nach und nach haben Sie die ganze Geschichte vergessen. Aber in Ihrem weichen, kindlichen Gemüt ist eine tiefe Spur davon zurückgeblieben. (Frau Schabatai schreit wild auf und rennt in die Hütte.)
SCHABATAI: In welchem Kind, sagen Sie?
EVA: In Ihnen. Als Sie noch ein Kind waren! Sie!!
SCHABATAI: Nehmen wir an.
EVA: Na also. Und was geschieht? Viel später, nach Jahren und Jahren, sehen Sie plötzlich eine Schlange, die sich um Ihren Bettpfosten ringelt...

SCHABATAI: Gott sei Dank gibt es hier keine Schlangen. Leider gibt es auch keine Arbeit...
EVA: Wir sprechen jetzt nicht von Arbeit!
SCHABATAI: Fräulein! Nur einen kleinen Zettel...
EVA (Verfärbt sich, beginnt undeutlich zu lallen und hat die größte Mühe, ihre Haltung wiederzufinden; spricht von jetzt an sehr angestrengt und langsam): Herr Schabatai. Verstehen Sie mich denn nicht? Wenn ich Ihnen helfen soll, müssen wir einander kennenlernen. Wir müssen Freunde werden und zusammenarbeiten. Erinnern Sie sich: Als ich jetzt herkam, habe ich mich Ihnen vorgestellt, habe Ihnen gesagt, wie ich heiße und wer ich bin... Stimmt das, Herr Schabatai?
SCHABATAI: Das stimmt, Fräulein. Wie heißen Sie?
EVA: Wie ich heiße? Ich heiße EVA.
SCHABATAI: Sind Sie verheiratet?
EVA: Nein..., noch nicht...
SCHABATAI: Sie haben viel zu tun? Harte Arbeit?
EVA (verwirrt): Ja, allerdings... Sehr harte Arbeit. Aber sie gewährt mir große Befriedigung.
SCHABATAI: Ich verstehe. Sie sind also eine alte Jungfer, die hart arbeitet. Haben Sie Familie?
EVA: Vater und Mutter.
SCHABATAI: Gott segne sie beide. Reich?
EVA: Nein. Mein Vater ist alt...
SCHABATAI: ... und bekommt vom Arbeitsamt keine Arbeit mehr, ich weiß. Geschwister?
EVA: Nein.
SCHABATAI: Armes, unglückliches Mädchen.[1] Geben Sie Ihren alten Eltern Geld?
EVA: Natürlich.
SCHABATAI: Und wie steht's um Ihre Mitgift?
EVA: Das ist nicht so wichtig.
SCHABATAI: Aber Sie brauchen ein Kleid, nicht wahr? Sie brauchen Möbel, nicht wahr?
EVA: Ja.
SCHABATAI: Sehen Sie. Sind Sie verlobt?

1 In den Augen der orientalischen Juden ist es ein moralisches Unglück, wenig Kinder zu haben. Viele Kinder zu haben, ist ein ökonomisches Unglück.

EVA: Ich habe einen Freund.
SCHABATAI: Und Sie haben kein Geld zum Heiraten?
EVA: Wir haben keine Wohnung.
SCHABATAI: Das ist schlimm. Ein Junge und ein Mädchen, die heiraten wollen, brauchen ein Haus. Lassen Sie mich nachdenken ... Nicht weit von hier, im Dorf, stehen neue Häuser. Die Regierung wird Ihnen eines geben.
EVA: Nicht mir. Das sind Häuser für Neueinwanderer.
SCHABATAI: Es wird sich schon irgendwie machen lassen. Gehen Sie zu Ihrer Abteilungsleiterin, Frau Weißferger,[1] und sagen Sie zu ihr: »Frau Weißferger! Wenn man ein junges Mädchen ist, will man heiraten. Wenn man heiraten will, braucht man ein Haus. Geben Sie mir ein Haus, Frau Weißferger!« Und Frau Weißferger wird Ihnen einen Zettel geben ...
EVA: Sie wird mir *keinen* Zettel geben. Sie *kann* mir keinen Zettel geben.
SCHABATAI: Sie kann, Fräulein Eva. Sie sagt nur, daß sie nicht kann. Dem Sohn meiner Schwester hat sie einen solchen Zettel gegeben. Sie müssen nur Geduld haben und immer wieder zu ihr gehen und sagen: »Frau Weißferger! Geben Sie mir einen Zettel!« Zum Schluß wird sie Ihnen einen Zettel geben, oder sie wird ihren Posten wechseln. Aber das schadet nichts, Fräulein Eva. Dann fangen Sie eben mit dem neuen Abteilungsleiter alles von vorne an. Kopf hoch! Sie haben ein Recht auf ein Haus. Sie arbeiten hart. Sie tun vielen Menschen Gutes. Alle erzählen dem Fräulein Eva ihre Sorgen, und das Fräulein Eva möchte allen helfen, und alle wollen Geld haben, aber es ist nicht genug Geld für alle da ...
EVA: Wenn Sie wüßten, wie recht Sie haben, Herr Schabatai ...
SCHABATAI: Ich weiß es. Ich weiß, daß Sie uns nur mit schönen Worten helfen können. Und das ist sehr schwer.
EVA: Sehr schwer, Herr Schabatai.
SCHABATAI: Ja, ja. Das Fräulein Eva soll Geld hergeben und hat doch selbst keines. Wie hoch ist Ihr Gehalt?
EVA: Nicht hoch.
SCHABATAI: Und dazu ein Vater und eine Mutter und eine Hochzeit. Und Sie brauchen ein neues Kleid.
EVA: Ein neues Kleid? Daran darf ich nicht einmal denken. Allein für mein Zimmer zahle ich fünfundzwanzig Pfund. Und ich muß im Restaurant essen.

1 Die betreffende Abteilungsleiterin hieß in Wirklichkeit Weisselberger, aber man kann von Herrn Schabatai nicht verlangen, daß er einen so barbarischen Namen richtig ausspricht.

SCHABATAI (entsetzt): Im Restaurant essen?
EVA (nickt trübselig): Das macht mindestens zwei Pfund täglich.
SCHABATAI (noch entsetzter): Zwei Pfund?!
EVA: Mindestens. Und außerdem ...
SCHABATAI: Einen Augenblick. (Er zieht einen Notizblock aus seiner Tasche und nimmt Evas Bleistift.) Bitte weiter.
EVA: Außerdem reicht das nur für eine Mahlzeit.
SCHABATAI (rechnet): Zwei Pfund im Tag ... das macht ...
EVA: Sechzig Pfund im Monat.
SCHABATAI: Sechzig Pfund! Für eine einzige Mahlzeit am Tag!
EVA: Ja. Und was ist mit den Kleidern? Mit dem Kino? Mit einer kleinen Reise ab und zu? Herr Schabatai ...
SCHABATAI: Geben Sie die Hoffnung nicht auf, Fräulein Eva. Sie sind jetzt in einer schwierigen sozialen Situation, aber Gott wird helfen und wird alles in Ordnung bringen ... Fräulein Eva: Wurden Sie als Kind von einer Schlange gebissen?
EVA (in vollkommener Verwirrung): Nein.
SCHABATAI: Da haben Sie's. Wenn eine Schlange Sie gebissen hätte, wäre vielleicht alles ganz anders gekommen. Trotzdem sollten Sie den Mut nicht sinken lassen, Fräulein Eva. Unser Staat ist noch jung, und es gibt viele Leute, denen es ebenso schlecht geht wie Ihnen. Geduld, Fräulein Eva, nur Geduld. Die Menschen sind gut. Und ich bin auch noch hier! (Von fern ertönt die Hupe eines Autobusses.)
EVA (merkt mit einemmal, in welcher grotesken Situation sie sich befindet, errötet, springt auf): Entschuldigen Sie, Herr Schabatai, aber jetzt muß ich laufen ... der Bus ... (Ihre Aktentasche öffnet sich, zahllose Papiere wirbeln auf dem Boden umher.)
SCHABATAI (ist ihr beim Aufklauben behilflich): Macht nichts, Eva ... Nur Mut ... Da sind die Akten über meinen Fall ... nicht verlieren, sie sind wichtig ... Gott wird helfen, Eva.
EVA: Ich danke. Ihnen, Herr Schabatai ... Wirklich, ich weiß nicht ... Vielen Dank, Herr Schabatai. (eiligst ab)
SCHABATAI (ruft hinter ihr her): Viel Glück, Eva! Und kommen Sie zu mir, wann immer Sie wollen! Wir Juden müssen zusammenhalten ... (wendet sich langsam zu seiner Hütte zurück) So ein braves Mädchen ... ts, ts, ts ... (wiegt murmelnd das bärtige Haupt) So eine arme Fürsorgerin ...